반월당 이야기

반월당 이야기

초판 1쇄 인쇄 | 2021년 11월 29일
초판 1쇄 발행 | 2021년 12월 11일

지은이 | 권오인
펴낸이 | 김용길
펴낸곳 | 작가교실
출판등록 | 제 2018-000061호 (2018. 11. 17)

주소 | 서울시 동작구 양녕로 25라길 36, 103호
전화 | (02) 334-9107
팩스 | (02) 334-9108
이메일 | book365@hanmail.net
인쇄 | 하정문화사

＊책값은 뒤표지에 표기되어 있습니다.
＊잘못 만들어진 책은 구입처에서 교환해 드립니다.

반월당 이야기

권오인 지음

이 청산 간에서 나에게 진행형이 있다면 그것은 마음을 다스리는 일이다. 마음을 내려놓으며 자연을 닮아 가는 일이 말처럼 쉽지 않다. 하기야 나이 들면서 계단을 올라갈 때보다 내려갈 때가 무릎에 부담이 더 커져 어려운 법이니 말이다. 오늘도 밭 가는 심정으로 마음 갈며 온유한 삶을 살아가는 기도를 드린다.

작가교실

'세월은 유수와 같다'라는 말이 실감 난다. 무지개가 신비롭게 보이던 어린 시절에 어리석게 빨리 중후한 나이가 되기를 은근히 기다리기도 하였다. 하지만 지금은 반전이 되어 젊고 멋스런 청춘이 부럽다. 나이가 겹겹이 쌓인다는 것을 인정하는 마음의 반증이다. 나의 젊은 날은 공직에 고스란히 받쳐 인생 1모작을 일구고 이제 인생 2모작은 청산에 기거하며 역마살 낀 나그네가 되었다. 자유로운 영혼은 봄이면 밭 이름 짓는 농부로 지내고 다른 날은 재능기부로 봉사활동을 하면서 그리고 나머지 시간은 서생으로 세월을 낚으며 살지만, 여전히 분주하다. 어찌 보면 허튼 시간을 보내는 것 같지만 마음은 한가하다.

돌이켜보면 아직 내 마음의 고향은 공직사회에 머물러 있다. 평생 몸담았던 공직이었으니 내 생에서 별도로 분리하여 말할 순 없다. 모든 사고의 틀도, 방향성의 출발점도 그 뿌리와 맞닿아 있기 때문이다. 곧은 대나무도 다듬는 성격인지라 공직에서도 서생(書生)이었다. 말하자면 원칙을 중시하고 무엇이 옳고 그른지를 지키는 가치를 기본으로 하였다. 그러다 보니 내생적으로 스트레스를 많이 받으며 견디었다. 10을 3으로 나눌 때처럼 세상사가 딱 떨어지지 않는다는 것을 용인하지 못했다.

이같은 성격의 형성은 비단 공직생활의 영향뿐만 아니라 선대의 완고한 유전적 요인과 타고난 장남의 기질 같은 것들이 복합적으로 형성된 완벽주의와 책임감의 굴레에서 비롯된 것이다. 그러다 보니 내 인생을 내 마음대로 살아보지는 못했다. 늘 몸담은 조직의 정책 방향에서 자유롭지 못했고 윗분들의 그늘에서 뜻을 펴보지 못했다. 설사 의지가 있다 해도 세상은 내 뜻대로 흘러가지도 않았다. 그게 매인 제1의 인생이었다면 2모작의 인생은 풀어지는 인생을 맛보고 싶다.

　이제 그동안 몽상에서 아른거리거나 가슴에 눌려 있던 그 무엇을 하나씩 세상 밖으로 꺼내 보이려 한다. 그 하나가 지금 쓰고 있는 이 글이 마중물이 되어 자주 글을 쓰고 그것들을 엮어서 나의 책을 발간하려 한다. 그래서 오늘도 맑은 가슴으로 추억하고 기억하는 이야기와 생각들을 쓰고 있는 것이다.

　그런 것들을 담아 처음으로 자전 에세이를 쓰려니 창작에 대한 배움도 부족하고 식견도 한계에 부딪혀 서투르고 투박하지만, 용기를 내어 쓴다. 지나간 일생의 망각이 두렵기에 더 잊기 전에 더듬어내고 가물가물한 사연은 되새김질로 좀 더 사실에 접근시키려 했다. 하기야 에세이는 어차피 주관성에 무게가 실리는 것이 특성이지만 나의 삶 또한 사실적인 내용으로 기록하려 노력한다.

　문맥도 다듬고 굴려서 읽기 편하게 표현해야겠다고 생각은 해도 아는 만큼 표현하다 보니 많은 부분이 어색하지만, 가식이 없어 다행이다. 어휘나 단어도 익숙한 것과 새로운 것이 있다면 익숙한 것을 담백하게 썼다. 친구가 그렇고 술이 그렇다.

삽자루 하나를 잡아도 새로 산 것보다 손에 맞는 묵은 놈을 찾게 된다. 이 글은 내 삶에 대한 자취이고 생각에 대한 기록이다. 혹여 의도하지 않은 오해가 있거나 사실에서 멀리 떨어져 있는 팩트가 있다면 용서를 빈다. 누구를 음해할 목적이나 권모술수로 흠집을 내려는 생각은 애초에 없었기 때문이다. 솔직히 자전 에세이를 쓰면서 독자들의 관점에서 보면 상반된 이중성을 볼 수 있을 것이다. 나의 좋은 면만 보기를 바라지만 때로는 오해를 부를 수도 있다. 모두 긍정의 에너지로 이해하고 다독여주기를 바란다.

|차례|

세상과 마주하다

박꽃

지붕 위로 올라간 박 넝쿨
이엉 잡은 줄기에 돋아난 잎사귀
연두에서 청록에 이르도록 정연하다

그 너울 틈새로 피어난 하얀 박꽃
촘촘히 뜬 별이 잉태한 생명이다
핏기도 향기도 없지만 바람은 흔든다
그래, 박꽃은 순박하나 독기가 없다

삭월은 청정한 은하수를 부르고
그 작은 별들은 거꾸로 매달려
박속에 담긴 내 영혼과 박씨를
일란성 2쌍둥이로 익히고 있다.

그 여린박은 걱정이 동산만 하다
늘 불청객 비바람이 올까 싶어서다
어느덧 내 영혼은 여문 박속에 잠든다

박꽃이 필 때 탯줄을 묻다

　임진(壬辰: 1952)년 음력 오월 스무여드렛날 초저녁, 하이얀 박꽃이 필 때 첫울음을 터트렸다. 박꽃은 초가지붕 위에서 피고, 나는 구들장 위에서 태어났다.

　내 안팎이 박꽃을 많이 닮았지만, 사주에는 '명예가 있고 배곯지 않는 운세로 세상에 왔다'고 했다. 겉모습에서조차 박꽃 잎에 돋아난 잔털만큼이나 얼굴을 비롯하여 온몸에 보송보송한 솜털이 감싸고 있었다. 살집이 없고 깡마르게 태어났으나 울음소리만은 대문 밖까지 들릴 정도로 컸다.

　할머님이 해산을 도우며 사내인 것을 확인하고 "옳지, 우리도 아들 낳았다"며 기뻐하셨다. 탯줄을 끊어 뒤뜰 감나무 밑에 묻고 맑은 물을 떠 놓고 토속신인 삼신할매께 "손자를 점지해주셔서 감사하고 그저 건강하게 자라도록 해 달라"고 빌었다. 집안의 큰 경사였고 자랑거리였다. 그도 그럴 것이 전통적 가부장제 시대에 막내 고모에 이어 4촌 누이, 그리고 친누이까지 한 집에서 내리 세 명의 여자가 태어났으니 그 당시로는 흉 아닌 흉이었다. 나의 탄생은 가문의 속앓이를 풀어낸 경사였다.

　양쪽 대문과 중문에 왼쪽으로 꼰 새끼줄에 실한 고추와 숯, 그리고 솔가지를 끼워 걸었다. 새끼줄은 잡귀를 못 들어오게 막고, 붉은 고추는 귀신을 쫓으며, 숯은 전염병을 정화시킨다는 의미를 담은 조상의 지혜이다.

내가 고개를 가눌 정도가 되자, 할머님이 땅에 내려놓지 않고 업어서 키웠다. 욕심 많은 막내 고모 시샘에 과자도 빼앗기고 엉덩이도 꼬집혀 울기도 했다.

세 살 때 여동생이 태어나서 엄마 젖을 떼고 할머니 품에서 재롱을 떨며 잠들곤 했다. 새벽이면 일찍 일어나 꿈 이야기와 세상에 궁금한 것이 하도 많아 묻고 또 물어보며 아침을 맞았다.

다섯 살 무렵 나는 똘똘해 보이고 말도 잘해서 동네 사람들이 '변호사'라고 부르기도 했다.

한번은 우리 대나무가 이웃집 논으로 기울어 그늘이 들자 논 주인이 '자기네 논 위로 들어온 대나무는 자기네 것'이라며 자르는 것을 보고 있다가 그 집 논두렁에 서서 논 위로 팔을 들어 '그럼 이 팔은 누구 것이냐?'고 말하자, 아저씨는 깜짝 놀라며 '보통 아이가 아니다. 앞으로 크게 된 아이다'며 혀를 내둘렀다.

그렇게 가족들과 이웃들의 사랑과 주목받으며 당당하고 착하게 어린 시절을 보냈지만 성장하면서 성격이 몇 번이나 변했다.

초등학교 들어갈 때쯤부터 수줍고 내성적으로 바뀌어 말수도 적고 자신감도 떨어졌다. 고등학교 때 웅변도 하고 학생회장 선거에 출마하면서 활동적이며 잠자던 리더십도 꿈틀거렸다. 그 꿈 많던 소년의 시간은 너무 더디게 갔으나 지금은 너무 빨라 멀미가 날 정도다. 이것을 아인슈타인은 상대성이론으로 정리했던가 보다. '시간의 속도는 관찰자에 따라 상대적이다'는 문장으로 압축이 가능하다. 시계의 모양은 달라도 시간의 총량은 같듯이 시간을 어떻게 활용하느냐에 따라 달리 느껴진다. 아무튼 그때는 빨리 사회의 중심에서 세상을 이끄는 멋진 사나이가 되는 야무진 꿈도 꾸었다.

하지만 새파란 스물두 살에 바람 빠진 풍선 같은 공직생활을 시작하여 그야말로 희로애락을 38년간 넘나들다가 부이사관에 수여되는 홍조근정훈장 하나 받아들고 반백이 되어 백수의 거리로 나왔다. 돌이켜 보면 나의 40년에 가까운 공직생활은 나를 위해 살았다기보다 다른 누군가를 위해 살아온 날들이다.

나는 원래 간이 작다. 소심하고 조용한 남자라서 어떤 일이 닥치면 한없이 고민하고 걱정을 한다. 대체로 돌다리를 두드리기보다 애둘러 가는 마음이 연약한 사내다. 하지만 때론 정의에 맞지 않는 언행을 보면 불같이 달려들기도 하고 양심상 참을 수 없어 용기를 내어 맞서 싸우기도 했지만 바로 '참을걸' 하며 후회하곤 했다. 하지만 기본적으로 잠재된 내 가슴에는 온유함과 순리를 존중하는 괜찮은 사내로 살아왔다.

이제 와 꿈도 욕망도 다 내려놓고 생각하면 욕심은 변하지만, 천성은 변하지 않음을 느낀다. 그렇게 그만그만한 크고 작은 파도에 순응하고 때로는 부대끼며 살아왔지만, 여전히 박꽃의 본질은 그대로다.

박꽃은 화려하지도 않고 향마저 없어도 순박하고 별빛을 사랑한다. 그래서 진실하지만 모질거나 독기는 없다. 언제나 바람이 불면 가슴앓이를 한다.

권모술수, 언어의 무질서도 고통이다. 내가 그렇다. 이제 더 내려 놓을 것도 없지만 탯줄을 묻었던 그리고 내가 묻힐 고향에서 '밥상 위에서 태어났다'는 사주대로 배곯지 않으며 나답게 살려 한다. 그 것은 한마디로 호라티우스의 시 '오데즈(Odes)'에 나오는 카르페 디엠(carpe diem)이다. 하루하루를 즐겁고 의미 있게 살겠노라.

우리 집은 반월당

우리 집 택호는 반월당(半月堂)이다. 이 집에서 우리 가족들은 삶의 터전을 이루고 대를 이어 살았다.

사실 현재 은골에 있는 우리 집은 많은 식구들이 태어나고 살아오는 동안 변함없이 둥지 노릇을 톡톡히 해 주었다. 아마도 이 터전에 사람이 살기 시작한 것은 몇 백 년은 족히 됐다. 집 뒤에 수호신처럼 서서 대들보를 지켜왔던 아름드리 참나무랑 감나무, 그리고 모과나무가 그 증거다. 지금은 이미 생을 다하고 쓰러져 흔적조차 없지만 지금껏 동일 수종이 그렇게 큰 나무는 보지를 못했다. 하지만 그 나무들보다는 조금 작지만 소나무, 갈참나무 등이 지금도 집 주변을 감싸고 있다.

기왕 나무 이야기가 나왔으니 주변 풍경을 그려본다. 지금은 문전옥답이 됐지만 마당 아래턱까지 바닷물이 철썩였고 갈매기는 둔치에 알을 품었다. 앞 냇가에서 어머니는 빨래를 하고 아이들은 참게와 송사리도 잡으며 물장구치던 삶의 공간이었다. 뒤쪽으로는 병풍처럼 소나무 군락의 산이 펼쳐져 있다. 말하자면 배산임수다. 그 가운데에 □자형 초가집 형태의 집이었다.

초겨울에 이엉을 엮어 지붕을 새로 올리고 나면 참새들은 그곳에서 사랑을 나누고 편하게 잠을 잘 수 있는 따뜻한 보금자리가 된다. 한겨울에 처마 끝에 매달린 고드름을 따 먹는 재미도 쏠쏠했다. 여름에는 지붕 위로 올라간 박 넝쿨에서 핀 박꽃은 장관을 이루었다. 휘영청 밝은 달밤에 곧추세운 하이얀 박꽃은 가을이 되면 큼직한 흥부박이 되어 횡재의 기쁨을 누렸다.

우리 선대는 1928년 초봄에 이 집으로 이사했다. 그러니까 할아버님께서 할머님과 자식 삼남매, 그리고 일하는 분 두 명과 함께 정든 파도리 구모배를 뒤로하고 은골 동네로 온 것이다.

당시 아버지는 세 살이었다. 동네 분들 수십 명이 이불 보따리, 고추장 단지, 절구통 등 세간을 이고 지고 산 넘고 바다 건너 입성한 것이다.

보통 권 참봉이라 부르던 증조부(由字先字)는 사실 통정대부에 추증되었고 이로서 경제적으로나 사회적으로 약간의 권세가 있었기에 많은 재산과 살림살이를 장만하여 분가시킨 것이다.

특히 내로라하는 집터를 골라 금계포란형(金鷄包卵形)으로 불리는 이 집을 장만한 것이다. 후일에는 회룡고조형(回龍顧祖形)이니 반월형(半月形)이니 지사들마다 좋은 이름을 붙이곤 했다. 아무튼 용마루가 길쭉한 큰집이었으며 마당 가에는 허드레 물건을 보관하는 창고가 별채로 있었다. 당시로는 보기 드문 녹강 샘과 바닥에 마루를 깔은 변소가 있었고, 그 옆에는 예쁜 꽃밭도 있었다.

이후 아버지께서 1968년에 윗집을 개축하셨다. 아이 키보다 높은 마루도 낮추고 방 가운데에 장주를 달아 큰 행사 때 여럿이 모여 앉을 수 있도록 지었다. 그리고 꼭 10년이 지나 새마을 사업이 한

창일 때 초가지붕을 초록색 함석지붕으로 개량하였다. 산뜻한 맛은 있었으나 시골의 운치나 푸근한 초가집의 정감은 없었다. 더욱이 비 오는 날에는 빗방울이 함석을 두드리는 소리에 잠을 설치곤 했다. 하지만 세상의 변화에 집도 이렇게 저렇게 바뀌었다. 불편하고 비효율적인 부분부터 하나씩 하나씩 수선하고 고쳐가며 사는 것이다. 보일러도 놓고, 수도도 설치하고, 방안에 수세식 화장실도 넣으면서 말이다. 아버지의 손때가 안 묻은 곳이 없었다.

아버지는 그렇게 정든 집을 2006년 땡볕이 내리쬐던 날 먼 길을 떠나셨다. 그 후로 어머님은 혼자 큰집에 살기에는 너무 적적하다며 조그마한 집을 원하셨다.

그런데 그만한 여유가 없어 아래채와 사랑채를 헐어버리고 위채와 모채를 수선하기로 했다. 2008년 10월부터 동생들이 주관하여 자재를 사다가 지붕을 개량하고 벽체를 다시 쌓고, 대수선이 시작된 것이다. '헌 집 고치기가 새집 짓기보다 더 어렵다'더니 너무나 고생이 많았다. 그래서 여유 나는 대로 조금씩 일을 하다 보니 2010년 4월에서야 마지막으로 울타리를 할 수 있었다.

재미있는 것은 방을 고치면서 나온 몇 백 년 되었을 구들장을 안마당에 깔았다. 한동안 고랫재 냄새가 좋았고 색깔도 제법 예뻤다. 울타리 앞으로 작은 꽃밭도 만들어 목련이랑 으아리꽃도 심었다. 키작은 대문도 만들고 메주 전등도 달았다. 이젠 집 주변을 시간 나는 대로 정리하고 갖가지 나무들을 심어 아름답게 꾸미고 있다.

이만큼 집을 정리하다 생각하니 그동안 대대손손 비가 오면 비를 가려주고 눈이 오면 눈보라를 막아주던 집이었는데 변변한 이름조차 없다는 것이 아니다 싶었다. 때문에 이 고민 저 고민하다가 택호를 지었다.

맨 처음에는 반월어당(半月唹堂)으로 작명을 했었다. 우리 집 앞산이 명월산(明月山)인지라 뒤편에 있는 우리 집 달은 아직 보름이 멀었기에 '커가고 있는 달을 지켜보면서 조용히 웃는 집'이라는 의미였다. 그리고 현대적인 이름으로 사랑스럽다는 뜻의 '리나모빌'도 생각해 보았으나 어울림이 없었다. 그래서 순수한 시골의 향수를 찾아 '대밭집'을 떠올렸으나 이 또한 아니다 싶었다.

역시 한자의 깊은 맛과 심연의 통념이 어려 있는 뜻글자가 고즈넉한 고택과는 어울릴 것 같았다. 또다시 생각하다 보니 '이것이다'며 무릎을 쳤다. 머리에 번뜩 띄는 미앙(未央)이라는 단어였다. 이는 반월(半月)과 맥을 같이하는 '아직 반도 되지 않았다'는 뜻으로 시경(詩經)에 나오는 말이다. 이 의미는 '끝이 없고 무궁하다'이다. 실제 이 글은 한 고조 유방이 장안을 수도로 삼고 장락궁(長樂宮)과 미앙궁(未央宮)을 지었다. 자신이 세운 나라가 자자손손 번성하기를 바라는 의미로 말이다. 긴 생각에 객기가 생겨 천당 아래 인간이 사는 최고 높은 999당으로 지을까 고민도 했다. 하지만 이 또한 아니다 싶어 처음으로 돌아가 만세에 불러도 좋을 반월당(半月堂)으로 확정했다.

아직 부족하나 점점 영광스럽기를 기다리는 집이랄까? 이 집에서 늘그막에 온유한 맘으로 봄이 오면 노랑나비와 춤추고 여름엔 매미와 함께 노래 부르고 싶다. 가을이 오면 마로니에 낙엽 지는 소리에 시간 여행을 반추할 수 있는 여유도 그리고 함박눈이 내리는 날 가슴에 남아 있는 이들에게 편지도 쓰고 싶다. 이보다 더 중요한 것은 이 집에서 자유인으로 살면서 우리 형제자매들과 박장대소하며 웃음꽃을 피우는 거다. 이것이 나의 여생에 소박한 바람이다.

아버지의 발자취를 본다

2006년 8월, 땡볕에 플라타너스의 널찍한 잎사귀도 졸던 날, 아버지는 하늘의 부름을 받고 알 수 없는 곳으로 여행을 떠나셨다. 머나먼 저승으로 가시며 한마디 말도 못 하고 열기로 가득한 구름 사이로 떠났다. 한동안 인공호흡기에 의존하며 중환자실에 계셨기 때문이다. 마지막 떠나기 전에 사랑하는 아내와 아들딸들에게 하고픈 말이 많이 있었을 텐데 그 답답한 가슴이 얼마나 찢어졌을까? 그런 기회조차 드리지 못한 것이 두고두고 한이 되어 돌부리 산언덕에 잠든 묘소에 갈 때마다 가슴을 도려내는 아픔을 느낀다. 그래서 진부할지 몰라도 한평생을 살아오면서 우리에게 무언의 교훈을 남긴 철학을 몇 가지 헤아려 본다.

아버지는 한학 공부를 하셨다. 초등학교를 졸업하고 집에 한학 독선생(요즘 과외선생)을 모시고 사서인 〈논어〉, 〈맹자〉, 〈중용〉, 〈대학〉 등을 공부하던 중 19세 나이에 전쟁터였던 일본 오사카 시바다니 조선소로 끌려가 혹독한 노동과 굶주림에 시달렸다.

그에게는 인권은 고사하고 허기와 추위는 사치에 불과했다. 애간장을 녹이는 극도의 전쟁 공포감과 압박의 설움은 차라리 죽음을 택하고 싶은 심정뿐이었다. 입술을 깨물며 조국의 해방에 대한 믿음은 1년여 만인 1945년 8월 6일과 9일 히로시마와 나가사키에 미국의 원자폭탄이 투하되면서 현실로 다가왔다. 전쟁이 끝나고 주먹밥으로 허기를 달래며 현해탄을 건너 꿈에 그리던 가족과 조국의 품에 안기게 된 것이다. 나라 잃은 대가로 청춘의 영혼을 빼앗기고 강산을 폐허로 만든 그들의 만행을 뼈저리게 목도했다. 그 때문에 자유 대한민국을 지키는 국가관을 갖고 어떠한 난관에도 희망을 잃지 않고 인내로 이겨내면 뜻이 이루어진다는 것이 아버지의 교훈이다.

일본에서 돌아와 해방된 나라에서 젊은이다운 꿈을 펼쳐보기도 전에 동족상잔의 비극인 한국전쟁이 발발했다. 전쟁은 아버지를 비롯한 젊은이들을 사선으로 내몰았다. 아버지는 어머니와 태어난 지 얼마 되지 않은 누나를 두고 전쟁터로 떠나야만 했다.

가족들은 이제 가면 주검의 비보만이 있을 것이라는 예단에서 눈물로 보내야만 했다. 떠나는 아버지는 가족과 나라를 지키겠다는 비장한 각오가 있었다. 목에 군번줄을 걸고 육군하사 계급장을 단 철모를 눌러쓰고 전선으로 향했다. 진동하는 화약 냄새와 전우들의 시체를 넘나들 때가 가장 힘들었다고 회상하셨다. 휴전이 되고 나서야 기쁜 마음으로 귀가를 서둘렀다.

개인이나 나라는 똑같다. 평소 소중한 것을 지키지 않으면 고통이다. 일제강점기에 나라와 자유가 얼마나 절실한지 그리고 한국전쟁에서 사선을 넘나들며 평화를 지키는 일이 얼마나 소중한지를 몸을 바쳐 체험한 교훈을 역설하며 평생을 비둘기파로 사셨다.

아버지는 군 복무를 마치고 경찰시험에 합격하셨다. 지리산 빨치산 소탕 작전팀으로 발령이 났으나 할아버지께서 그곳도 전쟁터라며 평생 전쟁터에서 살 것이냐며 간곡히 만류하시어 경찰관의 꿈을 포기했다. 이후 새로운 것에 도전하기를 좋아하셨던 아버지는 아이디어도 뛰어나고, 또 특유의 유머 감각과 카리스마로 좌중을 리드하셨다. 그런 성격을 살려 일찍이 정치에 입문했다.

지방자치법에 따라 1960년 12월 19일에 실시된 제3대 기초의원 선거에 34세에 당선되었다. 주체할 수 없는 정의감과 열정이 가득한 젊은 가슴에 콧바람이 들었으나 5·16 군사 쿠데타로 새로운 정권에 의한 새로운 질서로 바뀌자 정치에 실망하고 정치가의 꿈을 접으셨다. 아버지는 나아갈 때와 물러날 때를 분명히 하는 분이셨다.

그런 경험 때문인지 아버지는 내가 정치에 관심을 보이자 단호하게 반대하셨다. 밖으로 보이는 화려함보다 가슴의 멍이 더 클뿐더러 한 편만 바라보는 반쪽 인생을 사는 것이 정치인이라는 교훈을 주셨다. 그러면서 귀에 딱지가 지도록 하신 말씀이 있다. "살아가면서 평탄한 길이 없으나 넘어지지 마라. 혹여 넘어져도 그 땅을 짚고 일어나야 한다." 당연한 듯 들렸으나 크나큰 의미가 있었다.

"아무리 가까운 형제간에라도 보증은 서지 마라." 자칫 돈 잃고 사람 잃는다는 것이다. 그리고 공직자는 성실하고 진실해야 한다며 정의를 강조하셨다. 정의는 사회의 보편적 가치이다. 그래서 가훈도 한 방울의 물도 바위를 뚫을 수 있다는 의미의 수능천석(水能穿石)이다. 정직하고 성실하면 어떤 꿈도 이룰 수 있다는 뜻이 담겨있다.

평소 자식들에게는 말수가 적은 엄친인지라 어린 시절에는 무섭기도 하였다. 하지만 나이가 들면서 많은 소통을 통하여 내면의 부성애를 느낄 수 있었으며 내가 살아가는 사표(師表)가 되었다. 평생 그 험한 인생길을 군홧발로 때로는 검정고무신으로 누볐던 발자국을 눈을 감고 따라가 본다. 어느새 칠순이 된 나의 주름진 얼굴에 뜨거운 눈물이 흐른다.

아버지가 보고 싶다.

내 별칭을 붙여준 사람들

사람은 누구나 이름이 있다. 그 이름은 일종의 호칭이다. 이를 역사적으로 거슬러 올라가 보면 고려 중기까지는 상당수가 성(性) 없이 불렀으나 조선시대에 이르러 성과 이름이 확립되었다. 그래서 남들도 다 가지고 있는 이름은 나도 있다.

나의 이름은 작명가께서 지었는데 오(五)는 항렬자이고 인(仁)은 어질게 살라는 의미로 작명했다. 하지만 열 살쯤 됐을 때 마을을 지나가던 도사께서 하룻밤 묵어가기를 청했다. 사랑방에서 아침밥을 먹고 난 도인은 밥값이나 한다면 내 이름 인(仁) 자를 철(澈)로 개명하라고 했다. 이름이 약해서 큰일을 못한다는 것이다. 그래서 호적은 바꾸지 않고 집안이나 동네 사람들이 한때 오철이라고 부르기도 했다.

여기에 더하여 별명이라는 닉네임도 있다. 이는 사람의 생김새나 버릇, 성격 따위의 특징을 가지고 다른 사람들이 본명 대신에 지어 부르는 호칭이다. 그러기에 별명은 스스로 원해서 가지게 되는 것이 아니라 자라는 과정에서 한 동네의 소꿉동무나 학교 친구들로부터 얻게 되는 애칭이 되기도 하나 대개는 놀림거리로 부른다. 예를 들면 키 작다고 꼬마, 눈이 크다고 왕눈이, 허풍만 떨고 실속이 없다고 허당, 머리가 크다고 가분수 등 가지가지 많기도 하다.

나는 어른들의 귀염을 독차지하며 자랐기에 고모나 누나들이 시샘하느라 '보리 쭉정이'라고 불렀다. 생긴 모습이 약하고 솜털이 많이 난 모습이 쭉정보리를 닮았기 때문에 붙여진 1호 별명이다. 학창 시절에는 평범한 범생(?)이라서 특별한 별명이 없었다. 허나 공직생활을 하면서 나름 나의 성격이나 마인드에 관심을 갖은 주위 동료들이 닉네임을 붙여 불러주기도 했다.

충남도 공무원 직장협의회 정복회 회장은 내가 국제기획팀장으로 있을 때 사석에서는 '선생님'이라 불렀다. 정 회장이 가장 존경하는 사람을 선생님이라 칭한다는 것이다. 그동안 본인에게 선생님은 한 분이 계셨는데 이제 두 분이 됐다고 좋아했다.

또 공무원 직장협의회 양승록 회장은 내가 총무과 서무팀장으로 있을 때 '뉴 프론티어 맨'이라고 호칭했다. 마인드가 남달리 신선한 지각과 합리적 사유가 자신과 소통이 된다고 했다. 그래서 그랬는지 그 이후 직장협의회 회원들이 최고의 간부공무원을 무기명 투표로 뽑는 이벤트에서 최고 공무원에 선정되어 2005년 3월에 도청 직원들이 수여하는 아주 소중한 「충남도청 최고공무원패」를 받기도 했다.

또 어느 때인지는 기억할 수 없지만 연합뉴스 이우명 본부장은 담여수(澹如水)라 부르고 싶다며 허락해 주겠느냐 물었다. 담담한 물과 같이 변함이 없고 진실하다고 했다. 손사래를 쳤지만, 그는 나를 만날 때마다 담여수라 불렀다. 모두가 좋은 기억을 남겨주어 고마울 뿐이다.

나의 좌우명은 상선약수(上善若水)다. 가장 좋은 것은 물과 같다고나 할까? 도랑에 흐르는 물도, 강줄기를 타고 도도히 흐르는 물도 온갖 생명을 건사하면서도 다투지 않고 낮은 곳에 머문다. 시원지에서 바다로 흘러가면서 오염된 물이든 청청수든 어떠한 물도 마다하지 아니하며 함께 하나 본질을 잃지 않는다. 때로는 그렇게 사는 내 모습이 싫을 때가 있다. 언제나 내 의지나 주장 한번 제대로 펴보지 못하고 직장 상사나 타인의 뜻에 따라 희생하고 양보하는 편이 대부분이고 어쩌다 가장 잘한 경우도 합리적인 타협으로 결정될 때이다. 그렇게 사는 자신이 밉기도 하고 싫었지만, 이제는 그게 내 색깔이 되었다.

어쩌면 내 별칭도 미완의 쭉정이 모습에서 시작하여 존경받는 선생님으로 또 긍정의 리더로 불리다가 진실의 이미지로 바뀌어 갔나 보다.

지금 와서 어쩌겠는가. 새로운 것보다 익숙한 것이 더 편하고 좋은걸…. 나만의 그릇에 나를 담아 내 모습으로 나답게 살려 한다.

길에서 소중한 보물을 만나다

가족들의 사랑을 듬뿍 받으며 자랐다. 그도 그럴 것이 한 지붕 아래 내리 세 명의 여자가 태어난 뒤 기다리던 옥동자가 불현듯 나타나 집안의 허물을 벗겨주었으니 금이야 옥이야 왜 안 했겠는가? 거기에다 시골에서는 약간 살만하였으니 그럴 만도 했다. 할아버지께선 엄청나게 귀한 사탕을 지금의 금고 같은 궤짝에 넣어놓고 가끔씩 나를 불러서 주셨지만, 막내 고모한테 들키면 빼앗기고 말았다.

여름이면 마당에 밀짚방석을 깔고 온 가족들이 모여 밀을 맷돌에 갈아 별미로 칼국수를 만들어 먹었다. 나는 거칠게 갈아 밀가루로 만든 칼국수를 먹지 못했다. 목구멍에 넘어갈 때 껄쭉거려서 안 먹는 것이 아니라 아예 목에 넘기질 못했다. 동생들도 잘 먹는데 큰 놈이 안 먹고 밥을 달라고 한다고 어머니 눈총도 받곤 했다. 이제는 수육에 해물칼국수를 제일 좋아한다.

그렇게 가족들과 친인척, 그리고 지인들에게 사랑과 보살핌으로 자라서 그런지 어찌 보면 지금까지 나의 존재는 인덕(人德)으로 살아왔다 해도 과언이 아니다. 베란다에 핀 한 송이 꽃도 누군가가 정성을 들여 가꾸었기에 아름다운 꽃이 피듯이 나의 삶에 도움을 주신 모든 분들께 감사드린다. 뿐만 아니라 내 인생에 터닝포인트의 기회를 준 소중한 사람들도 하나의 보물이다.

아무것도 모르고 입문한 나의 공직생활은 천수답에 농사짓는 농부와 같았다. 하늘이 돕고 땀을 흘려야 볏섬이라도 거둘 수 있는 하늘 아래 첫 번째 논 말이다. 가뭄에는 하늘만 쳐다보다 고작 물 한 그릇 떠 놓고 정성껏 기우제 지내는 것이 전부이다. 하루에도 열두 번씩 산비탈길을 따라 올라가 논두렁을 걸어 보지만 걱정뿐이지 별수가 없다. 물 한 방울이라도 논바닥을 축이기 위한 처절한 몸부림이 있을 뿐이다.

그러하듯 그 암울한 시절에 인사에서 연줄이 첫 번째라는 불공정한 공직에 들어가 보니 연줄이 없는 나는 늘 뒷전으로 밀렸다. 열 자되는 장대를 돌려도 한 사람 닿을 데 없는, 말하자면 빽이 없는 놈은 땀만 흘리고 소득 없는 천수답에 불과했다. 누구는 적당히 있어도 비옥한 땅에 물이 철철 넘쳐 논두렁 터지게 잘되는 벼를 수확하는 문전옥답도 있었는데 말이다. 나는 땀과 실력으로 맞섰지만, 한계에 부딪히곤 했다.

공직생활을 시작한 나의 꿈은 면장이었다. 아는 만큼 보인다고 면서기로 시작한 그때 나의 눈높이에서 면장이 가장 높았기 때문이었다. 하지만 훗날 면장은 못했어도 부시장을 역임했으니 소원을 이룬 셈이다.

어느 날 선술집에서 선후배들과 소줏잔을 기울일 때였다. 자연스럽게 사는 집 이야기가 나왔다. 그때 나는 전세를 살고 있었지만 그다지 내 집 마련에 관심이 없었다. 전세를 살아도 불편하지 않앉고 퇴직하면 고향에 살 집이 있으니 별 걱정을 안 했기 때문이었다. 그리고 아파트는 엄두도 내지 못할 형편이어서 포기한 상태였기 때문이다. 그런데 선배가 무지의 잠에서 깨어나게 하는 충격적인 말을 했다. "달팽이도 집이 있는데 처자식 끌고 셋방살이나 다니느냐." 아뿔사! '이제 내 집이 있어야 하는 구나' 하는 생각이 번뜩 떠올랐다.

우선 맛보기 임대 아파트로 옮겼다. 딸애들이 무척 좋아했다. 현관문이 불이 나게 들락거렸다. 그곳에서 얼마간 살다가 아파트를 분양받았다.

입주하는 첫날 새벽에 아내 하고 솥단지와 맑은 물 한 그릇 떠 놓고 무해무득하게 살게 해달라고 북향재배했다. 어찌나 좋았던지 첫날밤은 잠도 오지 않았다. 아이들도 전학 온 학교에서 가정환경 조사서를 가지고 와서 연필 끝에 침을 묻혀 '자가 아파트'에 동그라미를 쳤다. 아파트가 무엇인지 꼬마들의 기도 살리고 아내도 살맛나게 했다. 그것이 선배의 야속할 만큼의 일침으로 내 인생에 이루어지지 않을 것 같았던 소중한 첫 아파트를 장만하였다.

지금은 자가용을 소유한다는다는 것이 대수롭지 않은 일이지만 90년대 초 만해도 여간 어려운 일이 아니었다. 시골에서는 손가락을 꼽을 정도였다. 대전만 해도 관공서나 아파트 주차장에 몇몇 대씩만 주차되어 있을뿐 많은 주차 공간이 텅텅 비어 있을 정도였다.

그 시절에 친구가 자동차면허학원에 다니자고 제안했다. 하지만 전혀 뜻이 없었다. 평생 자가용을 소유할 희망이 없었기 때문이었다. 하지만 몇 번 조르는 바람에 갑천변 상이용사 운전교습소로 가서 두 차례 연습을 하고, 그곳 쓰레기통에 버려진 운전면허 기출문제집을 들고 와서 공부하고 이튿날 면허증을 땄다. 산길을 가다 밤 한 톨 주운 횡재였다. 하지만 면허증은 장롱면허에 불과했다. 당장 자동차를 살 돈도 없고 운전할 자신도 없었기 때문이었다.

허나 무엇이든 준비된 자에게는 언제든지 기회는 오는가 싶다. 얼마 지나지 않아 동료가, 공매하는 엑셀 자동차가 있으니 응찰하라며 부추겨 평생 처음으로 자가용을 샀다. 비록 중고차이긴 해도 우리 시골에서는 맨 처음으로 자가용을 샀다고 뽐내며 타고 다녔다. 그것이 내 인생에서 감히 생각하지도 못한 것을 이룬 또 하나의 소중한 것이다.

마지막으로 가장 소중한 늦둥이 아들 혁률이를 얻은 것이다. 비단 혁률이뿐만 아니라 두 딸도 마찬가지로 귀하고 예쁜 녀석들이다. 한 생명은 누구든 똑같이 존엄의 가치가 있고 존중받아야 마땅하다. 그럼에도 더 소중히 여기는 것은 가족들을 비롯하여 친인척 모두가 늦게까지 기다려 주었기 때문이다.

내가 장남이기에 가족들은 내심 대를 이을 아들을 기다렸으나 정작 나는 두 딸로 족하다고 말해왔다. 자식에 관해서는 경제적으로 능력껏 낳아야 된다는 것이 내 소신이었기 때문이다. 하지만 정작 부모님은 말씀을 안 해도 집안 식구들이 난리였다. 아내와 나는 많은 고민과 기도로 아이를 갖게 되었다. 어머니는 출산을 위해 병원에 입원 중인 안내를 간병하다 사내아이가 태어나자마자 숨을 몰아쉬며 내게 전화를 주셨다.

"아들이다, 아들! 빨리 와 봐."

더 이상 말을 잇지 못했다. 이튿날 아침, 아버지는 시골에서 첫차를 타고 선걸음에 달려왔다. 맏손자 낳았다고 밤새 이름 몇 개를 지어 오셨다. 그리고 혁률이가 병원에서 집으로 오던 날 두 딸은 집안 가득히 오색풍선을 달아 놓고 동생을 반갑게 맞아 축복해 주었다. 내가 태어났을 때보다 더 많은 사람들에게 더 큰 축복을 받으며 세상에 온 것이다.

첫돌 날, 많은 축하객의 박수를 받으며 연필을 잡았다. 사주 또한 '조약돌(보석)에 비가 내려 씻기는 형상'이다. 보석이 깨끗해지면 자신을 드러낸다. 여기에 태양을 만나면 빛이 난다. 아무래도 이 다음에 열심히 노력하여 훌륭한 나라에 재목이 되려나 기대한다. 내 나이 마흔넷에 늦둥이 아들을 얻어 부모님께 효도하고 내 생애에 가장 잘한 일이어서 소중한 보물임에 틀림없다.

지금껏 내가 잘살 수 있도록 베풀어주신 분들의 뜻은 나에게는 소중한 '인덕'이요, 올챙이 시절에서 보면 이루지 못할 것만 같았던 관직에 나아가 부시장을 역임하고 부이사관으로 퇴임했고, 아파트와 자가용도 소유하고 늦게 귀한 아들도 얻었으니 이만하면 부러울 것 없지 않은가? 세상에서 가장 무서운 사람이 '아쉬울 것 없는 사람'이라던데 지금 내가 무서운 사람이 되었나 보다.

배움의 길은
멀고도 멀었다

만리포 윤슬

어린 시절 모시바지 적시던
내 고향 서쪽 바다
바다와 살 섞여 숨 쉬던 포구
순결의 모래 소리와 갯바람

맑고 고운 파랑은
모래톱을 그리고
하이얀 모래알 더부살이해도
비릿한 내음에 피어나는 해당화

그 아름답던 여름날은 떠나고
가파른 파도에 어부도 닻을 내린 밤
휘황한 달빛에
반짝이는 만리포 윤슬

두 번 입학한 초등학교

나는 초등학교를 두 번 입학했다. 할아버지의 손자 사랑 때문에 일어난 해프닝이었다.

첫 번째 입학은 여덟 살 때 할아버지 손에 이끌려 학교에 갔다. 왼쪽 가슴에 콧수건 달고 앞 사람 뒤통수를 보며 삐뚤빼뚤 줄을 섰다. 입학식 날 교장 선생님 말씀은 귀에 들리지도 않았다. 어린 촌놈의 눈에는 모두가 처음 보는 것들이었고 모두가 신기하고 낯설고 불안했다. 모르는 아이들과 선생님들을 보니 주눅이 들어 작은 꼬맹이가 되었다.

나의 눈을 더욱 크게 만든 건 엄청나게 넓은 운동장과 교실 안의 책걸상이었다. 보이는 것마다 새롭고, 낯설고, 크고, 무섭고, 불안한 것들 뿐이었다. 집에 돌아올 때도 처음 걷는 길이기에 내심 불안하고 걱정도 되었다. 그날 할아버지는 입학식이 끝나고 먼저 가셨기 때문에 혼자서 집으로 돌아와야 했다.

이튿날부터 아침 일찍이 책 보따리를 허리에 두르고 누나들과 길을 나섰다. 그 좁다란 산길은 험하고 멀었다. 집을 나서서 시냇물이 흐르는 징검다리를 건너 꼬불꼬불한 논두렁길을 걸어갔다. 풀잎에 맺힌 이슬을 피하기 위해 서로가 먼저 가라며 등을 떠민다. 이윽고 여우가 산다는 울창한 소나무 사이로 난 산길을 넘어 중간 마을을 지나 곱돌재에 다다랐을 때면 등이 촉촉했다. 재를 넘어 공동묘지 앞을 돌아 학교에 도착한다. 그 길을 뛰다 걷다 하며 부지런히 가면 30분은 족히 걸린다. 비가 내리면 대개는 장대비를 다 맞고 학교에 가지만 나는 미국 원조 밀가루 포대를 반으로 접어 쓰고 갔다. 그것만으로도 다른 아이들의 부러움을 샀던 시절이었다. 그렇게 단풍잎이 곱게 물들 때까지 선배들과 함께 잘 따라다녔다.

첫눈이 내리고 소한 무렵에 한파가 닥쳤다. 몸이 약골인 나는 고열을 동반한 독감에 이불 덮고 아랫목에 누웠다. 그로 인하여 몇 날을 결석하다 겨울방학을 맞았다. 방학이 끝나고 학교에 가려니 할아버지께서 완전히 회복도 안 됐다며 야단을 하셨다.

몸을 추스를 때까지 더 쉬었다. 봄에 다시 학교를 가라는 말씀에 나는 낙오자가 되었다. 지금도 입학 동기를 만나면 서먹하다. 졸업으로 따지면 선배이기 때문이다.

이듬해 3월에 두 번째 입학식에는 혼자서 씩씩하게 참석했다. 이미 똑같은 학교를 반 년 넘게 다녀본 나는 학교생활이 재미있고 안정되었다. 다만 동기생은 다르지만 아는 길을 편히 갈 수 있었기 때문이다. 학교에 가는 길도 곱돌재보다 더 험한 명월산 성황당길을 넘어 선배들과 동요도 부르고 진달래꽃도 꺾으며 다녔다. 진달래꽃이 필 때는 사람을 잡아먹는 용천배가 나타난다며 장난도 치면서 즐겁게 보냈다.

그 시절에는 유난히 자연부락 단위로 싸움들이 잦았다. 어느 날은 이웃 동네 아이들과 패싸움으로 피를 보기도 했다. 아무래도 힘이 무기였던 선조들의 땅 뺏기 싸움에서 비롯되었던 것이 아닌가 생각된다. 이런저런 일로 유년 시절은 추억으로 도배질할 것만 같다. 그숱한 동창생들과 선후배들은 지금 어디서 무엇을 하며 늙어 갈까? 그날이 그립고 같이 뛰놀던 동무들이 보고 싶다.

　돌이켜보면 초등학교를 두 번 입학한 것이 자랑거리도 아니고 무용담도 아니지만 인생에서 처음으로 배움이 시작되는 초등학교 입학의 첫 단추가 어긋나면서 이후에도 배움의 길은 순탄치 않았다. 고등학교 갈 때도 아버지와 진로의 문제로 포기하면서 1년 뒤에 가고 싶지 않은 학교를 가야만 했고, 억지로 간 대학도 적성이 안 맞아 고개를 돌렸다. 이후에 주경야독으로 대학을 졸업하고 43년 만에 대학원에서 정책학 석사학위로 긴 학문의 길을 마쳤다. 하지만 배움에 열정은 아직도 진행형이다.

아는 만큼 보인다

평소에 나는 모르는 것이 너무 많다고 자책하곤 한다. 가끔 다른 사람들은 다 아는 것을 나 혼자만 몰라서 창피를 당하기도 하고 때로는 주변 눈치 보고 따라 하며 아는 척 넘길 때도 있었다. 지금도 여전히 무지하고 곁눈질하기는 마찬가지다. 정말 늙어 죽을 때까지 배워도 모르는 것은 여전한 것 같다. 그래서 요즈음에는 인터넷 선생님을 모시고 산다. 신문을 보다가도 생소한 전문용어가 나오면 찾고 아주 사소한 것도 선생님께 물어본다. 속 시원하게 그리고 자상하게 알려주어 너무 고맙다. 하지만 인터넷이 세상에 나오기 전에는 자유롭게 물어볼 곳이 부족했을 뿐 아니라 다른 사람에게 물어보는 것도 여간 민망한 일이 아니었다.

'아는 길도 물어 가라'는 속담이 있지만, 실제 내비게이션이 없던 시절에 모르는 길을 물어보는 일도 쉬운 것만은 아니었다. 알고 모르는 것은 그 사람의 가늠자 수준이기에 안다는 것은 정말 좋은 것이다. 아는 만큼 보이고 아는 만큼 행동하기 때문이다.

화장실이라는 명칭을 중학교 1학년 때 알았다. 그 시절에는 학교 등 공공장소에서 지금의 화장실을 변소라 쓰고 또 그렇게 불렀다.

시골의 가정에서는 보통 뒷간이라고 부르고 환경 또한 여간 허접한 곳이 아니었다. 다른 이름은 본 적도 들어본 적도 없다. 그렇게 아는 것이 전부였다.

그런 내가 중1 때 수업 시간표에 HR(Home Room)이라는 정규 학습 외의 특별 학습활동 시간이 있었다. 다양한 분야의 학습과목 중에서 자율적으로 선택하여 공부하는 시간이다. 처음 배우는 영어를 공부하려고 회화반에 등록했다. 딱 한번 갔던 회화반은 교실에 학생들이 넘쳐나도록 인기가 있었고 나 또한 호기심과 흥미로움으로 가득했다.

하지만 그 뒤 미술 수업 시간에 정물화 그리기를 배웠다. 그 시간에 사과 그림을 그려 제출했더니 선생님께서 "미술에 재능이 있다"고 칭찬하면서 HR 시간의 회화반을 미술반으로 옮기라고 명령했다. 선생님 말씀은 법이었기에 반론할 생각조차 할 수 없었고 더욱이 칭찬까지 해 주시니 너무 기분이 좋아 방과 후에 열심히 그림을 그렸다.

그러던 어느 날 충남교육청이 주관하는 미술대회에 학교 명예를 걸고 선배들과 함께 갔다. 어느 곳인지는 기억이 나지 않지만 큰 교량 아래에서 풍경화를 그렸다. 그 전날 오후에 도착하여 저녁 먹은 식당에서 무식이 들통나고 말았다. 선생님께 어디에 변소가 있는지 물어보니 식당 모퉁이를 가르쳐주었다. 그곳에 가보니 '화장실'이라는 표지가 붙어있지 않은가. 내가 아는 '화장실'은 여자들이 경대 앞에서 분을 바르며 화장하는 곳이기에 당황했다. 재차 선생님께 여쭤보니 아무렇지 않게 그곳으로 가라 한다. 화장실이라 쓴 문을 조심스럽게 열어보니 소변기가 있지 않은가. 순간 황당했다.

화장실에 왜 소변기가 있을까? 전혀 이해되지 않았다. 그때는 변소의 다른 말이 화장실인지 정말 몰랐기에 창피한지도 겸연쩍지도 않고 오히려 무엇인가 잘못됐다는 의구심만 갔다. 무지의 한계였다. 지금 생각만 해도 웃음이 절로 나온다.

처음 경험한 회전문과 에스컬레이트는 찬바람이 부는 초겨울 날이었다. 군에서 육군 하사로 복무하고 있을 때, 부대장께서 장교로 전환할 것을 몇 차례 권고하였다. 그때마다 싫다며 거부했지만 장교의 자질이 있다면서 이번에는 꼭 응시하라며 제출할 구비서류 목록과 특별 외박증을 주었다. 하는 수 없이 운명으로 받아들였다.

「장교응시추천서」를 받기 위해 서울에 사시는 친족에게 연락을 드렸더니 서울에 있는 모 5성급 호텔 커피숍에서 기다리라고 했다. 택시에서 내려 호텔을 올려다보니 장엄하고 화려한 건물이 육군 하사를 압도했다. 감히 혼자 들어갈 엄두도 내지 못하고 문밖에서 서성이며 기다리던 나는 불안하고 초조했다. 이윽고 반가운 그분을 만났다. 어찌나 반가운지 구세주를 만나는 기분이었다. 호텔 안으로 들어가는 출입문은 회전문이었다.

처음 보는 회전문은 신기하기도 하고 호기심도 갔다. 회전문의 안쪽에 4등분으로 된 칸막이가 있는 것을 모르고 앞서 들어간 그분을 놓칠세라 얼른 뒤따라 들어갔다. 그랬더니 한 칸의 공간이 비좁아 구두 뒤꿈치를 밟았다. 그 짧은 시간이지만 어찌나 민망하던지 얼굴을 마주 볼 수가 없었다. 이어서 처음 보는 벨트처럼 위아래로 돌아가는 물체에 올라섰다. 눈치를 보며 내디뎠지만 내릴 때 발을 빨리 떼지 않으면 뒤로 넘어질 것 같은 불안감에 가슴이 콩닥거렸다. 그 뒤로 한동안 자랑거리가 되었던 에스컬레이터였다. 몰랐지만 아는 듯 태연하게 오르내렸으나 그때서야 회전문과 에스컬레이터를 실수하면서도 신기한 눈빛으로 또 하나를 알게 됐다.

아는 만큼 보이고 아는 만큼 행동한다는 말은 진리다.

물거품이 되어버린 꿈

밤마다 꾸는 꿈이 다르듯 내 미래의 꿈도 시시때때로 변했다. 왜냐면 특별히 내세울 만한 끼도 없었고 잘하거나 좋아하는 분야도 없이 평범한 인문 사고인 데다가 확고한 철학이나 가치관도 없었기에 그때그때 생각이 바뀌었기 때문이다.

겨우 안다는 직업의 종류가 내가 보았던 농부나 선생님, 그리고 공무원 정도였다. 그 중에 하나 초등학교 때는 어른이 되면 과수원을 하고 싶었다. 이웃집 과수원 아이들이 부러웠기 때문이다. 계절이 바뀔 때마다 입에 물고 다니는 과일도 달랐다. 복숭아부터 시작해서 포도, 사과, 배로 끝난다. 부러우면 지는 거라는데 정신적으로 지며 살았다. 중학교 때는 존경하는 국어 선생님을 닮은 국문학자가 되고 싶었다. 무궁한 글을 쓰고 좋은 글귀를 읽는다는 것이 얼마나 행복일까 하는 생각이 나를 그쪽으로 이끌었다. 하지만 어른들은 한결같이 소설이나 쓰고 시나 읽는 선비치고 굶어 죽지 않은 사람이 없다며 고개를 가로저었다. 그런 말을 들을 때마다 의지가 없어 흔들렸다.

고등학교에 들어가면서 불편한 학교생활이 시작되었다. 시골 학교인지라 일 년을 쉬고 들어가니 중학교 동창생은 선배가 되었고 동급생들은 중학교 후배들인 데다가 사촌 동생이 둘이나 같은 반에 있었다. 그러다 보니 자연스럽게 동생들과 가까운 친구들은 형이라 부르고 다른 아이들은 선배라고 불렀다. 어쩌면 고등학교 동급생 중에는 절친이 없고 부딪친 추억도 적다. 하지만 중고등 전교 학생 웅변대회에 나가면서 동급생과 친근한 소통의 기회도 왔고 내 꿈도 바꾸어 놓았다.

교장 선생님께서 웅변대회를 강평하면서 "권오인 학생의 성량이 가장 우수했다"는 칭찬 한 마디가 나를 둘러싼 주변 환경과 방향성을 바꾼 것이다. 그 유명세를 타고 학생회장에 출마하면서 중고교 반장, 대의원을 중심으로 조직을 결성하고 교내 활동을 하면서 정치계 진출의 꿈을 꾸며 열정으로 불탔다.

당시 행정구역상 태안은 서산군에 속해있지만 내가 정치 무대에 나설 때쯤에는 서산군은 서산과 태안군으로 분리될 것으로 예단했다. 막연한 생각이 아니라 역사적 배경이나 민주주의 국가 발전 과정에서 나타나는 현상을 책에서 읽었기 때문이었다. 따라서 국회의원을 1시군 한 명을 뽑는 소선거구제라면 그때 태안군에 초대 국회의원이 되어야겠다는 목표가 확고했다. 그래서 조직을 읍면별로 균형 있게 편성하고 그 간부들과 토요일 방과 후에 모인의 집에 모여 우애와 결속을 다졌다.

한편 자신의 역량을 높이기 위해 토요일마다 만리포 가는 막차를 탔다. 만리포에서 천리포 방향으로 모래사장을 따라 걸어가면 민가가 없고 해당화가 지천인 나만의 무릉도원이 있다. 그곳에서 드넓은 망망대해를 바라보며 야망을 불태웠다. 저 넓은 세상에서 대한민국

국민과 시베리아 동토의 땅 같은 태안의 발전을 위해 내가 무엇을 할 것인가? 심호흡으로 마음을 다잡고 휘영청 밝은 달의 은빛으로 물든 윤슬을 많은 청중으로 생각하고 소리 높여 연설을 시작한다.

"친애하는 유권자 여러분! …권오인을 국회로 보냅시다."

그동안 학교운동장에서 유세하던 국회의원 출마자들의 연설을 보고 들은 대로 흉내를 냈다. 한동안 소리 지르다 보면 밤은 깊어 가고 배가 너무 고파 목소리가 나오지 않는다. 부랴부랴 마무리하고 한 시간 정도 산길로 들길로 허기진 배를 움켜잡고 뛰다시피 집에 오곤 했다.

그러던 어느 날 아버지한테 딱 걸렸다. 학생이 공부나 할 것이지 쓸데없는 짓을 한다고 혼쭐이 났다. 특히, 이다음에라도 정치는 꿈도 꾸지 말라는 불호령이 떨어졌다. 그 말에 왜 그리 슬피 울었을까? 그리고 무슨 큰 국가와 민족을 위한 절체절명의 사명감이나 이상이 있는 것도 아니면서 무슨 용기와 배짱이 있었기에 어린 학생이 그랬을까? 돌이켜 생각하면 헛웃음이 절로 나온다.

대학 콤플렉스를 치유하다

봄바람이 불면 제비꽃이 보고 싶고, 초승달이 뜨면 그리운 사람이 생각나듯이 외생적 현상에 의해 내생의 반응이 일어난다. 하지만 하늘은 인간에 무심하다. 오랜 가뭄이 있은들 하늘이 인간에 측은지심으로 볼 일도 아니고 토네이도가 미국 오클라호마주를 휩쓸고 지나간 뒤 미안해하지도 않는다.

그렇듯 나는 해마다 매서운 눈보라가 치는 날이면 내 마음은 마당 가장자리를 거닌다. 그날은 으레 마당 가 언덕에 선 큰 소나무에서 부엉이가 울면서 대학 진학의 꿈을 되살렸기 때문이다. 자연은 기후변화에 민감하게 반응하지만 하늘은 내게 무심했다. 마치 정신적 질병 같은 트라우마 현상이 한동안 지속되었다. 더욱이 그때쯤이면 TV에서 대학입학 예비고사 관련 뉴스가 단골 메뉴로 보도되어 더욱 몸살을 부추겼다. 그렇게 된 까닭은 청소년기에 꾸었던 꿈과 무관하지 않다.

앞서 언급했듯이 정치에 꿈이 있었기에 인문학 분야를 생각했으나 아버지께서 공업전문대를 강요하는 바람에 입학만 했다가 적성이 맞지 않아 자퇴했다. 그 뒤 낮에는 아르바이트로 돈을 벌어 야간에 학원을 다녀 다음 해에 내가 가고 싶은 대학에 갈 계획이었지만 뜻대로 이루어지지 않았다.

　오랫동안 산후병을 앓는 사람처럼 대학시험 때만 되면 병이 도졌다. 하지만 환경적 제약으로 어쩔 수 없었다. 더욱이 큰딸 작은딸이 유치원에 들어갈 때나 초등학교 입학할 때면 늘 「가정환경조사서」를 써 오라 한다. 학력란에 '고졸'이라 쓰기도 자존심이 허락하지 않기에 잠복된 대학 병이 불끈불끈 솟아올랐다. 그럴 땐 애매한 소주병만 물구나무서기를 한다. 언제까지 이렇게 수십 년째 대학 콤플렉스에 갇혀 가슴앓이로 살아갈 것인가. 누구를 원망할 일도 여건을 탓할 것도 아니라 내 의지의 결여에 있음을 스스로 답했다.

　머리에만 머물러 있던 대학에 두 발로 걸어갔다. 마흔두 살에 모 대학 행정과에 입학했다. 수업 시간이 어찌나 재미있고 맛깔 나는지 책만 보아도 침이 꼴닥꼴닥 넘어갔다. 하지만 여기에도 넘기 힘든 가시덤불이 있었다. 당시 가장 먼저 출근하고 가장 늦게 퇴근해야 하는 총무과 주무팀에 재직하고 있었기에 오후 여섯 시에 학교 갈 때면 여간 눈치 보이는 것이 아니었다. 때로는 수업이 끝나고 한밤중에 사무실에 들러 새벽까지 잔무를 정리하고 퇴근하며 그렇게 다녔다. 그 와중에도 1학년 중간고사 첫 주관식 시험에 모범 답안을 작성했다는 교수님의 칭찬으로 유명세를 타기도 했다.

　이윽고 전문행정학사 증서를 받는 순간 너무 기뻤다. 남들은 하찮게 여길지 모르지만 나에게 대학의 첫 단추는 귀하고 소중했기 때문이다. 이어서 한국방송통신대학교 행정학과에 편입학했다. 나와의 싸움이 시작되었다.

　혼자 인터넷 강의를 들으며 공부하고 출석 시험을 보는 시스템이기에 철저한 공부 프로그램 이행이 중요했다. 이 대학 입학생의 6% 정도만 졸업한다더니 학사관리는 빡세었다. 그렇게 2년의 세월이 지나 과락 없이 졸업논문을 쓰고 행정학사 증서를 받았다. 그토록 소망하던 대학졸업의 증서를 받았으나 무엇인가 부족함을 느꼈다.

늦깎이로 여기까지 왔으니 대학원에 진학하고 싶은 욕망이 생겼다. 한남대학교 지역발전정책대학원에 진학했다. 그야말로 어영부영 적당히 졸업장이나 따려고 다니는 것이 아니라 그야말로 지식과 꿈을 향해 나름 열심히 공부했다. 졸업논문은 언론과 관련 있는 「지역신문이 지역사회에 미치는 영향에 관한 연구」였다.

최우수 성적으로 표창패와 함께 「정책학석사학위증서」를 받았다. 정순호 지도교수는 여러 차례 박사과정을 권했지만, 심신이 너무 지쳐있었다. 그때 내 나이 쉰한 살이었다.

공교육인 초등학교에 여덟 살에 입학하여 43년 만에 대학원을 졸업하고 두 발을 뻗을 수 있었다. 하지만 어려워도 박사과정을 이수하지 못한 것이 지금은 아쉬움으로 남지만, 아직 공부의 열정은 끝나지 않았기에 희망을 건다.

나를 무엇이 이토록 공부로 내몰았을까? 그것은 자존심이었을까 아니면 학문의 열망이었을까? 아직도 가슴에 숨겨진 미스터리는 나도 모른다.

그의 아내는 조각상이었다

일반적으로 어렸을 때는 감정의 기복이 크다. 울다가도 머리 한 번 쓰다듬어 주면 웃고, 자지러지게 웃다가도 곧잘 삐친다. 아이는 눈에 보이는 것이 전부이기에 감정조절 능력이 미치지 못하기 때문이다. 아이는 물론이거니와 성인의 교육도 큰 효과를 거두는 데는 사랑의 힘이고 칭찬이다. 그래서 칭찬은 고래도 춤추게 한다고 하지 않는가.

충남 공무원 교수로 재직하고 있을 때의 일이다. 신규 교육생의 수업 시간 중에 한 교육생이 집중력 있게 열심히 공부하고 있었으나 발표는 약했다. 관심 있게 지켜보니 수줍음을 많이 타는 내성적인 교육생이었다.

공직자가 시험만 잘 보고 표현력이 약하다면 대인관계에 어려움이 많다. 대국민 정책 홍보도 필요하고 현장에 갈등 관계가 있을 때 이해시키고 설득도 해야 하는데 내성적이라는 이유로 원만하게 처리를 못 한다면 걱정이 아닐 수 없다.

관심을 갖고 몇 번 대화를 하면서 장점을 살려 칭찬을 해주었더니 수료할 때는 제법 자신감을 갖고 다른 사람 앞에 서서 발표를 곧잘 했다. 지금은 어디서 어떻게 지내는지 모르지만, 누구나 표현하기 전에 생각이 없어서가 아니라 마음속으로 백조처럼 열심히 물갈퀴 짓을 하고 있지만, 용기와 자신감이 낮아 사람들 앞에 서면 불안하고 움츠러들어 의사전달이 잘 안 된다. 이런 사람들은 자신의 땀과 교육으로 치유가 가능하다. 여기 교육에 자주 인용되는 사랑과 칭찬을 통하여 기적같이 이룬 거짓말 같은 신화가 있다.

그리스 신화에 나오는 피그말리온이라는 젊은 조각가 이야기다.

그리스 키프로스 섬에 사는 그는 너무나 못생겨서 사랑에 대해서는 체념한 채 조각에만 정열을 쏟았다. 그러나 자신도 언젠가 사랑을 얻을 수 있겠지 하는 막연한 기대감으로 자신이 생각하는 이상형의 여인상을 나체상으로 조각했다.

정성을 다하여 다듬고 어루만지며 조각한 여인상은 실제 살아있는 여자처럼 아름다웠다. 피그말리온은 자신도 모르게 그 조각상에 연민의 정을 넘어 사랑의 감정으로 싹터갔다. 그래서 매일 꽃을 꺾어 여인상 앞에 바쳤다.

어느 날이었다. 섬에서 자신의 소원을 비는 축제가 열렸다. 피그말리온은 신께 그 여인상을 사랑하게 되었노라며 아내가 되게 해달라고 간절히 빌었다. 기도를 마치고 집에 돌아온 피그말리온은 여인상의 손등에 입을 맞추었다. 그런데 놀라운 일이 일어났다. 손에서 온기가 느껴지기 시작한 것이다. 놀란 피그말리온이 그녀의 등을 어루만지자 조각상에서 점점 따스한 체온이 느껴지며 사람으로 변해가기 시작했다. 피그말리온의 순수한 사랑을 받아들인 신이 그 조각상을 아름다운 여인으로 만들어 주었던 것이다. 조각상이 살아있는 여인으로 변하자 피그말리온은 결혼을 하고 파포스라는 딸을 낳았다.

이처럼 사랑에 감동하여 여인상에게 생명을 주었듯이 타인의 기대나 관심으로 인하여 능률이 오르거나 결과가 좋아지는 현상을 피그말리온 효과라 한다. 또 일이 잘 풀릴 것으로 생각하면 잘 풀리고, 안 풀릴 것으로 기대하면 안 풀리는 경우를 모두 포괄하는 「자기충족적 예언」과 같은 말이다.

심리학에서는 타인이 나를 존중하고 나에게 기대하는 것이 있으면 기대에 부응하는 쪽으로 변하려고 노력하여 그렇게 된다는 것을 의미한다. 특히 교육심리학에서는 교사의 관심이 학생에게 긍정적인 영향을 미치는 심리적 요인이 된다는 것을 말한다.

실제로 세계적인 제조기업 GE의 전 회장인 잭 웰치는 어린 시절에 말을 심하게 더듬어서 놀림을 받았다. 그에게 어머니는 늘 격려를 아끼지 않았다. "네가 말을 더듬는 이유는 생각의 속도가 너무 빨라서이다. 그 속도를 입이 따라가지 못하기 때문이니 너무 걱정할 필요 없다. 너는 나중에 훌륭한 사람이 될 거야"라고. 잭 웰치가 어떤 사람이 되었는지는 이미 증명이 되었다.

또 하나 1968년 하버드대학교 사회심리학과 교수인 로버트 로젠탈(Robert Rosenthal)과 미국에서 20년 이상 초등학교 교장을 지낸 레노어 제이콥슨(Lenore Jacobson)은 미국 샌프란시스코의 한 초등학교에서 전교생을 대상으로 지능검사를 한 후 검사 결과와 상관없이 무작위로 한 반에서 20% 정도의 학생을 뽑았다. 그 학생들의 명단을 교사에게 주면서 '지적 능력이나 학업성취의 향상 가능성이 높은 학생들'이라고 믿게 하였다. 8개월 후 이전과 같은 지능 검사를 다시 실시하였는데, 그 결과 명단에 속한 학생들은 다른 학생들보다 평균 점수가 높게 나왔다. 그뿐만 아니라 학교 성적도 크게 향상되었다. 명단에 오른 학생들에 대한 교사의 기대와 격려가 중요한 요인이었다.

이 연구 결과는 교사가 학생에게 거는 기대가 실제로 학생의 성적 향상에 효과를 미친다는 것을 입증하였다. 이렇듯 피그말리온 효과는 긍정적인 기대나 관심이 사람에게 좋은 영향을 미치는 것을 말한다.

돌이켜보면 그동안 많은 사람들로부터 칭찬과 사랑을 받고 오늘에 이르렀으나 타인에게는 칭찬이나 격려에 인색했었다. 부족한 이타적인 행태가 부끄럽다.

제 **3** 장

어디서
어떻게 살아왔나?

청개구리

하염없이 장대비가 옵니다.
광야를 헤매는 빗줄기는
우레의 섬광과 굉음을 동반합니다

소스라치게 놀란 청개구리는
감나무 옹이에
죄지은 몸을 움츠린 채
하늘 향해 입 벌려
애잔한 잘못을 절규합니다

어미의 눈물과
새끼의 울음이 범벅입니다
이미 잦아든 이슬비에 맘 쓸어 담고
어미눈물 덮고 잠이 듭니다

공돌이, 넥타이를 매다

　나의 사회생활에 첫 밥숟갈은 기름밥이었다. 적성에 맞지 않은 공업전문대를 자퇴하고 취직을 했다. 서울에 있는 제법 규모가 있는 방위산업체 프레스부였다. 처음 공장 문을 들어설 때 기대감으로 설레기보다 공돌이가 되었다는 생각에 실망감과 창피한 마음이 앞섰다.

　이미 춘삼월의 봄은 시작되었지만 공장 안은 을씨년스러웠다. 기계 소리와 기름 냄새로 가득했고 사람들은 고된 작업으로 얼굴이 찌들어 있었다. 미소가 없는 낯선 얼굴들 사이로 누군가가 손짓하며 불렀다. 작업반장이었다.

　가까이 가서 보니 험상궂은 인상을 풍겼다. 기름에 쩔은 옷과 헝클어진 머리에 거의 공포 분위기를 느끼며 신상명세서를 작성하고 작업할 수 있는 기름으로 찌든 옷으로 갈아입었다. 얼마나 오랫동안 빨래도 않고 많은 사람들이 입었는지 눅눅한 기름과 땀으로 범벅이 된 작업복에서 고약한 냄새가 진동해서 구토가 나올 것만 같았다.

　당시는 인권이나 근로자의 복지라는 개념조차 없던 시절이기에 그런 것이 당연시됐다. 반장은 공장 맨 구석진 곳으로 데리고 가더니 다짜고짜 프레스에 철판을 넣고 금형을 찍어내는 시범을 보였다. 엄청난 쇳덩이가 굉음과 함께 순식간에 철판을 찍어내는 걸 보니 무섭고 자신이 없었다. 늙수그레한 선수(?)들은 아무렇지 않은 듯 분주하게 작업을 했다. 그날 싸들고 간 도시락을 기름으로 범벅이 된 손으로, 덜커덩거리며 돌아가는 기계의 소리를 들으며 눈물과 함께 먹었다.

　2주일쯤 지났을 때 옆 라인에서 사고가 났다. 프레스는 중년의 기능공 손가락을 삼켰다. 펄쩍펄쩍 뛰면서 피가 철철 흐르는 손가락을 붙들고 뒹구는데도 다른 사람들은 아무렇지도 않은 듯이 자기 할 일만 했다. 알고 보니 인정이 메말라서가 아니라 흔히 있는 사고였기 때문이었다. 그렇다면 언제일지 몰라도 나도 손가락을 잃을 수 있겠구나 하는 공포가 밀려와 머리끝이 쭈뼛 솟구치고 가슴이 섬뜩했다.

　며칠 후, 나도 사고의 위기를 겨우 모면했다. 사고의 개연성은 그렇게 늘 존재하고 있었다. 나는 불구가 되고 싶지 않다는 결심을 하고 작업반장에게 말했다.

　"반장님, 저는 도저히 프레스 작업을 못 하겠어요. 제발 작업부서 좀 옮겨주세요."

　다행히 반장은 나를 선반부로 옮겨주었다. 선반부는 프레스부에 비해 위험 요소가 적고 작업 여건이 좋았다. 철봉을 깎아서 부품을 만드는 작업이었다. 하지만 여전히 기름에 밴 작업복을 입고 하루 종일 서서 일을 하는 것은 다르지 않았다. 여기에 생산된 제품은 불량률이 5%가 넘지 않아야 되며 일일 작업지시량도 만만치 않았다. 그럭저럭 지나간 한 달을 돌아보니 당초 목적했던 계획이 빗나가고 있었다. 아뿔싸! 주경은 하고 있지만 더 중요한 야독은 이루어지지 않았다.

　나는 공돌이 생활 50일로 만족하고 다른 주경야독할 수 있는 일을 찾으려고 사표를 냈다. 작업반장이 "장난 치냐"며 버럭 화를 냈다. 며칠 일하다 말고 나가면 다른 사람들한테 영향을 미친다는 것이다.

　동료들 앞에서 혼쭐나면서도 사표수리 되면 노임을 받아가려고 기다리고 있는데 생산과장이 2층 사무실로 불렀다. 나는 불안한 마음으로 사무실로 들어섰다. 처음 보는 과장은 입사할 때 제출했던 신상명세서와 사직서를 들여다보면서 말했다.

　"자네 글씨가 반듯하고 돋보이는데, 마침 공정업무를 보던 직원이 사직을 했어. 자네가 그 사무를 보면 어떻겠어?"

　나는 사무직이라면 힘도 덜 들고 주경야독이 가능할 것이라는 판단을 하고 동의를 했다. 과장은 간단한 몇 가지 질문으로 면접시험을 대체하였다. 결제를 다녀온 과장은 합격이라며 축하해주었다.

　뜻밖에 행운이 왔다는 사실이 믿기지 않아 어안이 벙벙했다. 전임자는 한양대를 나와 2년 가까이 공정업무를 보다 증권사로 이직했다. 그런데 그 사람은 바쁘다는 핑계로 업무인계도 해주지 않았다.

　하지만 공돌이 신세를 면한 나는 신바람이 났다. 그날 곧바로 서점으로 달려가 공정 관련 책을 구입하여 밤새도록 읽고 이튿날 기름때 묻은 작업복 대신 정장에 넥타이를 매고 개운한 발걸음으로 출근하였다.

　당장 급한 업무는 상공부에 철근 원자재 수입 계획을 승인신청하는 것이었다. 그때 처음으로 공무원이 우리 사회에서 '갑'인 것을 알았다.

불량 로스(loss)률 계산에 에러(error)가 났다며 불승인 연락이 왔다. 바로 정정 공문을 보냈으나 이번에는 신청 기간이 늦었다고 태클을 걸었다. 통사정하여 간신히 위기를 모면했다.

내가 공정 관련 이론 공부를 하면서 실제 업무를 살펴보니 구태의 연한 품질관리와 과거 답습의 공정별 작업계획으로 여전히 생산성은 비효율과 비능률로 낮았다. 이를 전면적으로 수정하여 생산과정과 제품의 품질관리를 한 단계 업그레이드시켜야겠다는 당돌한 계획을 입안하여 결재를 올렸다.

사장부터 회사가 발칵 뒤집혔다. 간부들은 그제야 비능률의 심각성을 알고 회사 차원에서 대책을 마련하는 눈치였다. 그런데 생산 현장에서는 어디서 고졸 출신의 애송이가 문제를 만드느냐면서 반발했다. 하지만 전무께서 '회사에 꼭 필요한 책임감 있는 사원'이라며 '걱정 말고 열심히 하라'고 격려해 주었다. 입사 2개월에 일약 뜨는 별이 되었다.

그렇지만 나는 공돌이 생활이 싫어서 진작부터 공무원시험 공부를 하고 있었다. 입사 5개월쯤 되었을 때 치른 공무원시험에서 합격통지를 받았다.

공직에 가려고 회사에 사표를 냈는데 사표 수리가 되지 않고 계속해서 좋은 조건을 내걸며 연락이 왔다. 계속 회사를 다니면 3년 내로 과장으로 승진을 시키고 방위산업체 위탁생으로 한양대학에 특례입학시켜주겠다면서 한동안 간부들의 설득이 이어졌다.

그때 아버지가 만류하셔서 고향에서 공무원 생활을 시작했다. 기름에 찌든 작업복을 입고 출발한 사회 초년생은 5개월 만에 잡는 손을 뿌리치며 그 회사의 정문을 나와 넥타이를 매고 공직에 첫발을 디뎠다. 참으로 감회가 새롭다.

공직에 첫발을 내딛다

사람의 운명은 타고 나는 걸까?

이제 세월에 바래서 가물가물한 당사주가 떠오른다. 먹구름으로 가득한 하늘에서 함박눈이 무섭게 내리던 날, 꼬맹이였던 나는 사랑방에 아버지와 군불을 지피며 아궁이에 고구마를 굽고 있었다.

그때 눈을 맞으며 낯모르는 할머니 한 분이 절룩거리며 집 안으로 들어오셨다. 그분이 안방으로 들어가시고 잠시 후 콩을 고르던 우리 할머니께서 방 아랫목에서 부르셨다. 안방에 갔더니 방금 들어오신 할머니가 그림책을 펴 놓고 나에게 책장을 넘기며 이야기해 주셨다. 나중에 알았지만, 그것이 당사주(唐四柱) 책이었다.

당사주에 나온 내용은 "벼슬에 오르고 밥상 위에 노적누리도 많아 잘 살겠다"라는 것이다. 그때는 무슨 뜻인지 몰랐지만, 호기심에 재미있다는 생각만 했다. 어떤 일이 생길 때마다 잠재되었던 그 할머님이 떠오른다. 첫 단추를 낀 공무원도 사주와 무관하지 않은 '운명이구나' 하는 생각 말이다.

어떤 사람이 이런 말을 했다. "운명은 돌이 앞에서 날아오는 것이고, 숙명은 뒤에서 날아오는 것이다"라고. 아리송하게 연금술사는 말을 했지만 맞는 말이다. 운명은 노력으로 바꿀 수 있지만 숙명은 신의 영역인지라 인생의 길이 된다.

공무원 시험을 볼 때 회사에서 인정받아 촉망되는 사원이었기에 야근은 일상이었다. 때문에 시험공부도 제대로 하지 못한 채 경험 삼아 본 것이다.

내 나이 스물두 살, 솔직히 공직에 대한 철학이나 가치관의 개념은 없었다. 왜 공무원을 하려는 지에 대한 목적도 비전도 없이 첫 발령을 받았다.

처음 면사무소 총무계에서 말석 업무인 서무·사회를 맡았다. 교육도 받지 않고 바로 발령이 났기에 '기안'이 무엇인지 '가래방'이 무엇인지 기본 용어조차 몰랐다. 나 자신이나 옆에서 지켜보는 사람도 답답하기는 마찬가지였다. 캐비넷에서 공문철을 꺼내 보니 결재란 옆에 붉은색 펜으로 "주서정정 이첩코자" 또는 흑색 펜글씨로 "어찌하오리까?"라고 쓰여 있는 것이 무슨 의미인지도 몰랐다. 선배들 어깨너머로 보고 귀동냥으로 들으며 배우는 것도 한계가 있어 똥오줌 못 가렸다.

얼마 지났을까, 충남 공무원교육원으로 신규자 교육을 갔다. 도, 시군에서 온 교육생이 큰 강의실에 130여 명이 북적댔다. 3주간 교육을 마치고 수료식 날 생각지도 못했던 1등을 하였다. 사실 그동안 1등은 도청에서 독차지하고 간혹 시·군청 직원들이 받았지만 말단 기관에 근무하는 자가 받기는 신문에 날 정도로 희소했다. 뜬소문에 신규교육에서 1등 하면 군청으로 발탁된다는 말에 솔깃하고 기대했으나 헛물만 켜고 말았다.

이후 군 복무를 마치고 복직하니 75민방위대가 창설되면서 민방위 업무가 새마을 업무 다음으로 비중 있게 떠올랐다. 마침 내무부에서 시도 민방위 총열계획에 우리 면사무소가 선정되었다. 중앙 총열을 앞두고 많은 직원들이 손사래 치는 그 업무를 맡았다.

우선 민방위기본법과 시행령, 시행규칙을 달달 외웠다. 그리고 업무를 추진하는데 도청과 군청 담당자의 독려 전화 등쌀에 못살 지경이었다. 3개월 동안 집에도 못 가고 사무실 책상 위에서 엎드려 자면서 일했다. 밤이면 남포등 밝히고 콧속이 새까맣도록 일하고 낮에는 논두렁에서 통일벼 모내기와 소주밀식(小株密植: 모를 낼 때, 한 포기의 모 수를 적게 하고 전체 면적에 꽂히는 포기 수를 많게 하는 방법)을 독려하기 위해 출장을 다녔다.

이윽고 내무부에서 총열이 왔다. 도와 군에서 수행원이 얼마나 많이 왔는지 헤아릴 수조차 없었다. 우리 지역은 민방위대가 특수하게 지역, 직장, 도서로 편성되어 복잡했다. 총열 반장이 30분 정도 인터뷰를 겸한 서류 검토를 하다 벌떡 자리에서 일어나 내 어깨를 토닥이면서 격려를 해주었다.

전국 시도에서 이렇게 완벽하게 업무 연찬과 서류 정리가 잘된 곳은 처음이라며 그 자리에서 수행한 군청 내무과장에게 "군청으로 발탁시키라"라고 지시했다. 그것도 성에 안 찼는지 군수에게 직접 전화를 걸어 "민방위 담당 권오인을 군청으로 인사발령 내고 결과 보고하라"라고 지시했다. 그 자리에 배석한 모든 사람들이 "축하한다, 고생했다"라며 위로해주었다. 그동안 고생한 고통이 보람으로 반전되는 순간이었다.

허나 이마저도 차일피일 미루던 인사는 옛이야기가 되고 말았다.

선배 한 분이 "실력만 믿는 바보다"라며 인사는 1빽, 2돈, 3실력이라고 불문율을 일러주었다. 연줄도 없고 아독무어(我獨無魚: 나에게는 물고기가 없다)인 것을 내 자신이 부끄러웠고 한이 되었다. 어찌하랴! 밑천은 성실한 땀이라며 자위했다.

평소 업무를 수행할 때도 남들이 하는 방법대로 적당히 따라서 둥글게 처리하기보다는 원칙에 의한 명확한 처리를 좋아했다. 이를테면 좋은 것은 좋지만 옳은 것을 더 좋아한다. 때문에 아무도 보지 않고 장식품에 불과한 대한민국 법령전집 28권을 업무에 많이 활용했다. 특히 법규 사무는 법적 구속력이 있어 법규 인용의 잘못으로 인권이나 재산권의 침해로 이어지기 때문에 더욱 그랬다. 이 습관이 훗날에도 계속되어 늘 연구하며 사안의 개념 정리를 잘할 수 있는 동력은 성장하는데 밑거름이 되었다.

처음 공직에 입문할 때는 「애기 면서기」로 애칭될 만큼 어렸고 또 어린 만큼 아는 것도 철학도 의지도 없이 시작했지만, 결코 짧지 않은 졸병 생활에서 공직의 철학은 덕목도 깨우쳤고 나름 열심히 노력하여 인정을 받는 보람도 있었다. 하지만 부족한 부분은 늘 후회로 남는다.

도청에 닻을 내리다

언제부터인가 잠들기 전에 기도하는 마음으로 「자기 암시」를 했다. 가슴에 손을 올리고 '나는 능력 있다. 고로 할 수 있다'라고 용기와 자신감으로 마인드 컨트롤(Mind Control) 했다. 목표가 된 잠재의식은 방향성을 설정하고 어느새 발걸음은 그 좌표를 향해 간다는 사실에 흥미가 유발했다.

'세상만사 마음먹기 달렸다'는 잠언이 허투루 생긴 말이 아니다 싶었다. 그렇듯 하나의 자기암시의 동기는 일선에서 행정업무를 집행하면서 지역의 정서가 정책에 반영이 안 됐거나 현장감이 떨어져 주민의 저항이 있을 때마다 적어도 도 단위 정책기획 업무를 봐야겠다는 생각에서도 비롯되었다.

비록 몸은 면사무소나 시청에 머물고 있지만 내 마음속은 이미 도청 직원이 되어 있었다. 좀 시건방진 생각이지만 사고의 폭이나 깊이 수준을 높이기 위해 나름 부단한 노력을 했다. 꿈이 있으면 반드시 이루어진다는 속담처럼 시청에서 도청 전입시험에 합격하여 도청 배지를 달고 언론을 담당하는 선전팀에서 아이템(item)을 담당했다. 당시 주로 심대평 지사께서 가장 관심을 갖는 특집기사와 가십(gossip) 작성에 공을 들였다.

얼마 지나지 않아 언론인과 간부들의 해외연수 계획을 수립하라는 오더(order)가 떨어졌다. 처음 있는 일이라 사례가 없어 애를 먹었다. 그 덕분에 간부 5명, 언론인 5명을 모시고 생애 최초로 서유럽 6개국을 다녀오는 영광도 있었다. 그때만 해도 장한 뜻을 잘 수행하고 다녀오라는 의미로 '장도(壯途)' 봉투를 주기도 했으나 그에 대한 답례품 사는 것이 정말 만만치 않았다. 11일간 해외연수를 하는 동안 많은 것을 보고 듣고 잘 다녀와서 일상의 일을 시작했다.

업무에 익숙하지 않은 일을 추진하면서 가장 어려웠던 하나는 출입기자단의 행사 안내가 스트레스였다. 도지사의 시군 순시, 각종 행사장, 심지어 만찬장 안내까지 애를 태웠다. 오죽하면 부산까지 '기자 한 명 데리고 가는 것보다 돼지 열 마리 몰고 가는 것이 쉽다'라는 말을 기자 본인들이 할 정도였으니 짐작이 가고 남는다.

해와 달이 가고 지역경제과 물가지도팀으로 자리를 옮겼다. 물가지도 업무를 맡자마자 아이템을 작성하던 노하우로 「지수물가와 피부물가는 왜 다른가?」를 언론에 기고해서 히트를 쳤다. 정부의 물가지수 발표에 국민들의 불신이 컸을 때 적절한 정책논리를 홍보했기 때문이다. 당시 경제기획원에서 칭찬과 함께 책자에 담아 홍보를 하였다. 그리고 우리 팀의 분위기가 얼마나 좋은지 과장님은 우리 팀을 내 성과 동료 이름을 따서 '권주민계'라고 부르곤 했다.

그렇게 봄날만 있을 줄 알았으나, 어느 날 갑자기 노규래 경제국장의 호출이 왔다. 「안면도 핵폐기물 처분장 설치」 관련 반대 데모는 공업과 고유 업무였으나 사태의 심각성과 정부 차원의 수습 문제였기에 그동안 기획실에서 관장을 했다. 긴급 상황이 끝나고 이제 기획실에서 해당 부서인 공업과에 인계하려 했으나 공업 과장은 업무에 겁을 먹고 사표를 내겠다고 하니 지역경제과 물가팀에서 추진해달라며 인센티브를 제시했다. 어쩔 수 없이 공업과 업무인 안면도 핵폐기물 처분장에 대한 업무를 인수받아 추진했다.

이날부터 사실상 우리 팀의 고유 업무인 물가지도는 뒷전으로 밀려났고, 핵폐기물 대책 T/F팀이 된 것이다. 하는 수 없이 업무를 인수받아 그날부터 2개월간은 집에도 못 갈 정도로 야근의 연속이었다. 더욱이 매일 아침마다 기자 브리핑까지 준비하려니 일이 끝도 없었지만 깔끔하게 처리하고 상사들로부터 인정받고 보람도 느끼며 마무리했다.

그로부터 얼마 지나자 갑자기 총무과 의전팀으로 발령이 났다. 많은 동료들이 자천타천으로 눈독을 들이던 자리라서 경쟁이 심했다는 후문이었으나 진작부터 나는 가고 싶지 않았다. 이미 지방과에서 다음 정기인사에 행정계로 추천을 해놓은 상태였기 때문이었다. 하지만 어쩔 수 없이 자리를 옮겼다.

의전업무는 도지사의 정보비, 판공비 그리고 주요 인사의 의전에 관한 사항을 총괄하기 때문에 지휘부의 그림자 사단이었다. 우선 언행이 조심스러웠다. 외모도 깔끔하고 정갈해야 하며 말씨도 바르고 품격 있는 행동이 요구되었다. 갖추어야 할 덕목이 하도 많지만 입도 무겁고 청렴하며 충성심도 남달라야 했다. 알을 깨고 스스로 나오는 병아리처럼 거듭 태어나는 고통이 성공할 수 있는 의전 비결임을 깨달을 수 있었다.

의전편람을 읽고 또 읽어도 모르는 것 투성이었다. 모르는 것이

태평양 바닷물이라면 아는 것은 그곳에서 떠올린 한 방울에 지나지 않았다. 늘 팽팽한 긴장감으로 소임을 수행하자니 소화제는 상비약이 되었다. 주요 행사에 작은 하자라도 생기면 가십거리가 되고 조직에 흠결이 남기 때문에 완벽해야 한다. 그렇게 한 자리에서 3년 동안 관선 도지사 여섯 분을 모셨다. 그때마다 이·취임식 준비에 애늙은이가 되었다.

그뿐인가. 해마다 VIP의 연두 순시와 크고 작은 행사가 일정표에 빼꼼히 순서를 기다리고 있었다. 그러다 보니 의전에 베테랑은 되었지만 사생활은 아예 없었다고 해도 과언이 아니었다. 누구를 위하여 종을 울리는지 가끔씩 하늘을 보며 '이것도 내 운명인가요?'라고 물었다. 하늘의 대답은 한결같았다. '이 또한 지나가리라! 머잖아 좋은 날이 오리니' 이렇게 말이다.

지금 다시 가라 하면 나는 못 간다. 생각만 해도 아찔하다. 이어서 비서실에서 잠시 머물다 사무관으로 승진했다.

고향에서 봉직할 때

어제부터 내린 서설은 새로운 설국을 창조했다. 도청에서 태안군으로 전출되어 사무관 임명장을 받고 새로운 일터로 가는 만대길은 푸른 소나무에 핀 설화의 아름다움으로 가득했다. 고향의 솔향기와 승진의 기쁨도 잠시, 사직고개를 넘으며 업무 걱정이 앞섰다.

IMF 사태로 경제 위기에 처한 상황에서 680억 원이 투입되는 이원간척사업을 책임지는 소장으로 발령이 났기 때문이다. 바로 엊그제 '97년 11월에 우리나라의 외환보유고가 너무 부족해 국제통화기금(IMF)으로부터 자금 지원을 받은 사건이 발생한 터였다.

더 청천벽력 같은 소식은 본 사업을 맡은 '대산건설'이 이미 12월 20일 최종부도 처리됐다. 뿐만 아니라 국내에 많은 기업의 도산은 도미노 현상으로 이어지고 있는 상황이었다. 대산건설이 부도가 났음에도 불구하고 잠잠한 것은 냄비에 삶겨 죽는 개구리처럼 당장 뜨거운 상황이 닥치지 않았기 때문이었다.

자체 업무현황을 보고 받고 감리단장과 미팅을 가졌다. 우리 사업소는 대산건설에 지급해야 될 기성금을 일단 동결하고 지역 주민의 체불임금 파악과 장비 업자에게 지급해야 될 밀린 임차대금을 파악하여 피해가 없도록 대책을 마련하는데 가장 우선순위를 정하여 추진하는 한편, 감리단에서는 공사 중단에 따른 토석유실 방지대책과 위험지구에 대한 안전조치를 현장 중심으로 실시토록 지시하고 추진상황을 아침저녁으로 체크하였다.

그동안 다소 여유롭던 사무소가 TV에서 보던 IMF의 직격탄을 맞아 위기대응 비상근무에 돌입했다. 얼마 지나지 않아 설날(1월 28일)이 다가오면서 체불임금과 관련한 민원인들의 발길이 이어졌다. 어제보다 오늘의 말씨가 거칠고 가끔은 액션도의 모습도 보이기 시작했다. 고향 어른들이 악조건의 공사장에서 고된 일을 하고 정당한 노임을 요구하는 것은 역지사지하면 이해가 간다. 하지만 대산건설의 당사자가 있기 때문에 절차와 시간이 필요하였다.

우선 일정 체불액은 예산에서 선지급하고 대산건설 지급금에서 정산토록 협의를 했다. 민법에 의한 법원에 화해도 신청했다. 분쟁 당사자가 서로 양보하여 당사자 사이의 분쟁을 종지할 것을 약정함으로써 성립하는 계약이다.

한편 공사가 중단된 방조제 현장에 감리단장과 함께 점검하기로 했다. 밀물과 썰물의 차가 가장 심한 백중사리를 앞두고 밀물 고조기에 갔다. 일부 연약 지반의 구간에서 침하현상이 일어나 파도치는 대로 바닷물이 방조제를 넘어 토사가 유실되고 있었다. 또 부분적으로 석축을 쌓은 불안정한 돌 틈 사이로 엄청난 바닷물이 내측으로 들어오며 토석이 상당량 유실되고 있는데 감리단에서 방관하고 있었다.

중국의 사상가 양계초의 『방관자를 꾸짖노라』라는 책자가 떠오르는 것은 나 혼자만이었을까? 바로 대책을 마련하여 조치하도록 지시하자 석축 사이로 들어오는 물은 잡기 어렵다고 한다.

감리단장은 내가 토목공사에 대해 문외한인 줄 알고 엿 먹이려고 한 것은 아니겠지만 내가 보기에는 아니었다. 그동안 방조제 토목 공사와 관련한 책을 본 기억을 살려 제안했다.

"물이 새는 부분에 폭 50센티의 호리가다를 파고 점토질을 넣고 다짐질을 하면 물길을 잡을 수 있을 것이다."라며 바로 시행해 보자고 했더니 깜짝 놀라며 어떻게 전문지식을 아느냐고 바짝 엎드렸다. 그렇게 비상근무를 하면서 민원을 치유하고 사업장의 정상화가 눈앞에 다가오니 문화관광과장으로 인사이동이 되었다. 입맛 돋으니 쌀 떨어진다는 속담이 가는 발길을 붙잡았다.

IMF로 인하여 작은 정부를 기조로 한 조직개편이 되었다. 문화관광과도 기존에 공보실과 관광사업소를 통합한 구조다. 여기에다 공영개발 업무까지 추가되어 볼륨이 상당히 커졌다. 여기에 이합집산으로 모인 구성원의 소속감과 자긍심을 갖도록 사기 대책이 필요했다. 수시로 소통의 기회를 만들어 조금의 성향을 파악한 다음 책을 구입하여 전체 직원들에게 한 권씩 선물로 주었다. 어찌나 좋아하던지 내가 더 기뻤다.

또 퇴근하면서 사무실에 치킨 몇 마리 배달시켜주면 야근하는 직원들은 신바람으로 일을 했다. 이로써 직원들과 혼연일체가 되어 산적한 일을 추진할 수 있었다.

가장 먼저 문화예술회관 건립이 난관에 봉착해 있었다. 몇 년째 의회와의 갈등, 예산 부족, 규모의 정도 등으로 답보 상태였으나 이번 연말까지 착공이 안 될 경우 국비 예산 10억을 반납하고 향후 몇 년 내에는 지원받을 수 없었다. 완전히 골든타임을 놓쳐버리고 마지막 딜레마에 빠졌다. 오경석 팀장과 추진 일정을 수립하고 설계부터 예산에 이르기까지 전면 재검토하였다.

그동안 노정된 문제들을 반영하여 예술회관의 규모는 군 단위 평균 정도로 확대 조정하고 예산 부족분은 국·도비 추가확보와 차입금으로 충당하는 것을 골자로 추진하였다. 일부 의회의원은 예술회관 건립에 부정적이었고 불신도 컸다. 의원간담회 안건으로 보고하고 이해와 설득 끝에 동의를 얻었으나 모 의원만 부동의했다. 오경석 팀장과 007 작전을 짰다.

모 의원에게 다른 몇 분과 만찬을 함께하기로 제안하고 약속이 성사되자 이중 플레이로 다른 분은 따돌리고 단둘이 냉천골 모 식당으로 갔다. 그 집에는 다른 손님들은 받지 말 것을 부탁한 터여서 절간 같았다. 그날 밤 고요한 산중에서 방안은 뜨거운 공방이 벌어졌다, 그 소요는 결국 동의에 필요한 에너지였다. 그렇게 어렵사리 큰 산을 넘어 건립된 예술회관이 문화예술의 불모지인 태안의 주민들을 오래도록 일깨워주고, 보듬어주고 있어 보람을 느낀다.

이듬해 또 하나의 큰일을 만들었다. 그동안 군민 체육대회와 문화예술 행사를 이원화하여 운영해 왔으나 농번기에 관중들의 분산으로 군민 화합의 의미가 퇴색되고 그들만의 잔치로 이어져 비난이 일고 있었다. 그래서 그간에도 통합하여 많은 군민들과 함께하는 행사로 운영하려 했으나 관련 단체와 동호인들의 반발로 무산되었다. 하지만 목적에 배치되고 예산낭비 요인이 예상되는 불합리한 행사를 언제까지 방관할 것인가. 공직자이기 이전에 고향의 한 사람으로도 두고 볼 수만은 없었다.

오유환 체육회 상임부회장을 비롯한 체육회 임원과 이갑춘 문화원장을 비롯한 문화원 임원을 중심으로 「문화체육행사 통합추진위」를 발족하고 문제점과 이견 항목을 하나씩 조정하여 좁혀갔다. 상당한 숙려기간이 지나고 원만히 합의에 이르렀다. 합의사항은 같은 날 태안중학교에서 개폐식은 함께 갖되 문화, 체육, 예술은 종목별로 분산하여 전 군민이 함께하는 축제로 기획하여 한 단계 업그레이드를 시키자는 것이 주요 골자였다.

꽃향기로 가득한 봄날, 드디어 팡파르가 가슴을 울렸다. 추진위는 개막식 행사 프로그램은 관람객 배려 차원에서 최소화 방침을 정했다. 매끄럽게 개회식이 끝나나 했더니 모 인 축사를 시키지 않았다고 조금의 소란이 있었으나 전반적으로 높은 평가를 받았다.

이튿날 새벽부터 봄비가 내렸다. 큰 행사를 마치고 단비가 내리니 어제의 피로감보다는 활력이 충만했다. 일찍 출근하여 간부회의 자료를 바쁘게 챙기고 있을 때였다. 직원들도 한두 명 왔을 때쯤 전화벨이 울렸다. 내 자리에 온 전화를 받았더니 다짜고짜 욕설로 인사를 하면서 사무실로 온다는 것이다. 이유는 어제 개막식에서 자기의 대표에게 축사를 시키지 않았다는 것이다. 어제 충분히 현장에서 추진위원장도 설명했고 당사자도 이해했는데 도가 지나쳤다.

문화원장과 체육회 부회장을 비롯한 추진위원들이 상황을 연락받고 그 집으로 쫓아가서 사과를 받아냈다. 다행히 해프닝으로 마무리됐지만 공무원에게 공포심을 줄 만한 협박성 전화는 있을 수 없는 일이다. 더구나 공적기능의 위원회가 정한 공정한 기준을 무산시키려는 반민주적 행위에 실망스러웠다. 아무튼 뜻 있는 지역 리더와 어렵게 통합문화체육행사를 입안하여 품격 있게 한 단계 도약시킨 일이 보람으로 남는다.

이 밖에도 신진도에 공영개발 사업으로 조성된 부지매각이 IMF로 부진했다. 이에 의원들은 매각대책을 줄기차게 요구했다. 지역에서는 한계가 있기에 서울 전역 부동산 공인중계업소 대표들을 초청하여 부동산 투어 방식으로 매각 홍보와 관광 홍보를 겸하여 실시했다. 주효했다. 경제 위기 상황에서도 역발상의 아이디어로 조기에 전량 매각하는 성과를 거둘 수 있었다.

그리고 1999년 12월 31일부터 2000년 1월 1일까지 이틀 동안 한 세기를 보내고 또 한 세기를 맞이하는 의미 있는 밀레니엄 이벤트를 기획하여 행사를 주관했다.

칼바람이 부는 꽃지에서 1999 아듀(adieu: 안녕) 전야행사를 했다. 꽃지 광장에 장작으로 대형 모닥불로 밝히고 철 구조물에 기름천으로 감아 「1999 아듀」를 만들고 그곳에 관람객 모두가 불을 붙였다. 그날 많은 관광객과 지역주민들이 참여하여 성황리에 행사를 마쳤다. 20세기 마지막 날, 사람들은 지구촌이 하도 떠들썩해서 세상이 바뀌는 줄 알고 내일은 어떤 세상이 오느냐고 묻기도 했다.

이튿날 새벽, 백화산에서 일출을 보며 「2000 뉴 밀레니엄·새 천년이라는 의미」 이벤트를 했다. 백화산 정상에 어찌나 많은 시민들이 왔는지 백화산이 꺼지는 줄 알았다. 그곳에 온 사람들은 새 천년에 처음 떠오르는 해를 보며 소리 지르고 환호하며 꿈과 희망을 빌고 또 빌었다. 그렇게 열광으로 가득했던 가슴을 쓸어내리고 달력을 보니 세상이 바뀐 것이 아니라 숫자만 바뀌어 있었다. 뉴 밀레니엄 연말연시는 내 생애에 처음이자 마지막인 이벤트를 진행하는 어려움도 잊은 채 신나고 멋지게 보냈다.

끝도 없이 산적한 업무가 하나씩 가치 있는 결과물로 나올 때 우공이산의 기쁨이었다. 하나가 끝났다고 모든 것이 끝난 것은 아니지만 이타적 봉사의 끝 맛이 아닌가 싶다. 어떤 일에서 떠나 살 수 없는 사람도 가끔은 벗어나고 싶을 때가 있다. 공직자도 부드러운 사람인지라 때로는 자유와 낭만을 찾아 어디론가 훌쩍 떠나고 싶은 충동을 느낄 때가 있다. 그래서 동료들과 어쩌다 이벤트를 한 번씩 갖고 스트레스를 확 던져버린다.

어느 날 진눈깨비 내리는 토요일이었다. 동료들과 바닷가로 개불을 잡으러 갔다. 한 팀은 개불을 잡고 몇 명은 나무를 모아 불을 지피고, 그곳에서 눈을 맞으며 옹기종기 쪼그리고 앉아 라면을 끓이고 개불을 먹던 추억이 오래 남는다.

참 많은 일을 하면서 보람도 있었고 재미도 있었다. 어쩌다 고향 산천을 둘러보니 사계(四季)가 두 번 바뀌었다. 이젠 봄이 되어 아드리아 해안에 왔던 철새들이 고향인 캐나다로 돌아가듯 친정인 도청으로 떠나야 할 때다. 만날 때 떠날 것을 염려하였듯이….

일에서 만난 사람들

캐나다에 겨울이 오면 철새는 먼 길을 떠난다. 인도 아드리아 해안으로 가는 철새의 비행편대는 히말리아 상공의 돌개바람 때문에 비행진로를 상실하여 화살 박히듯 만년설에 박혀 죽는다. 죽은 새들은 힘차게 비행하던 몸짓으로 그들의 꿈과 함께 얼어붙어 있다. 살아남은 새들은 꿈을 이루고 돌아간다.

내가 맡은 홍보팀장의 사령장에 히말리아 산정이 어른거렸다. 다시 가고 싶지 않은 험준한 언론의 산맥을 넘어야 되는 홍보업무를 맡았다. 일찍이 언론에 간을 본 터라 썩 내키지 않았다.

빛과 소금의 저널리스트(journalist: 언론인)도 많지만 제4부의 권력을 남용하는 이도 있음을 인정하고 기자실로 갔다. 그날부터 조직을 위해 그들과 아이템도 고민하고 때로는 비위도 맞추며 지냈다. 그때만 해도 밥상머리에서 정도 나누고 아이디어도 자문했다. 그렇게 하다가도 떠나면 그만인데 싶었다. 하지만 의리의 사나이 정세인 국장은 지금도 내 곁에 남아있다. 서로 위로와 살아가는 이야기로 소중한 인연의 끈을 쥐고 간다.

오랫동안 몇 번이고 홍보부서에서 떠나려 했으나 다음에 원하는 자리로 보내 준다는 윗분들의 허언을 믿고 의지를 미루다 보니 3년

세월이 지났다. 이제 원하던 곳은 옛 언약이 되었고 마땅한 곳은 없었다. 이것이 세상이구나 싶었다. 하지만 가슴에 희망을 품으면 꽃이 피고, 다짐을 하면 열매를 맺는다는 말이 성찬이 되었다.

다행히 한찬희 국제통상과장의 배려로 국제기획팀장으로 자리를 옮겼다. 어렵사리 히말라야 산맥을 넘어 인도 아드리아 해변에 안착한 기분이었다. 가끔 국제행사나 해외 출장으로 국제적 견문을 넓힐 수 있어 다행이었다.

그곳에도 해묵은 몇 가지 숙제가 꿈틀거렸다. 내 업무 스타일은 일을 만들어 추진하고 또 있는 일을 미루지 못하는 성격이다. 그래서 가끔은 직원들이 좀 쉬면서 하자는 불만 섞인 불평도 한다. 그 빛바랜 숙제들을 꺼내어 자료를 수집하고 논리를 개발하며 프레젠테이션을 만들어 감사원을 들락거렸다. 기왕에 설치한 해외사무소에 대해 철수 권고가 내려져 딜레마에 빠져 있었다. 국제관계는 기본적으로 호혜평등과 상호 신뢰가 기저인데 이미 설치한 사무소를 갑자기 철수하는 것도 조심스런 문제이고 도지사의 자치권도 침해하는 사안임을 감안하여 철회를 요구했다.

결국 우리의 합리적인 요구를 받아들여 해외사무소 부존치 여건이 이루어질 때까지 철수를 유보하는 것으로 일단락됐다. 그로써 미결 화일 하나가 문서보존 캐비넷으로 들어갔다.

한 번은 외교통상부에서 연락이 왔다. 중국 정부에서 중앙부처 공무원을 초청했는데 지방공무원 대표로 참가하라는 것이다. 손꼽아 기다리다 외통부에서 인솔하는 줄 알고 출입국 절차에 관심도 없이 인천공항으로 갔다. 약속시간이 훨씬 지나서 누군가가 와서 티켓 한

장 주면서 베이징 공항에서 만나자며 사라졌다. 순간 당황했다. 동행하는 사람이 누군지도 모르는 데다가 출국수속하는 데도 서툴렀기 때문이다. 불안한 마음으로 출국하여 베이징공항에 도착했으나 네임텍을 들고 있는 사람도 없고 공항 인포메이션((information)에 한국 사절단에 대해 물어봐도 알 수 없었다.

공항 로비에서 서성이고 있는데 누군가가 A4 용지에 볼펜으로 네임텍을 만들어 들고 다녔다. 그 사람도 건설교통부에서 왔는데 외교통상부 직원을 찾는다는 것이다. 그렇게 한 사람씩 모이다 보니 희한하게 한 사람의 낙오자 없이 모두 만날 수 있었다.

버스를 타고 공항을 빠져나갈 때 바벨탑이 생각났다. 노아의 후손이 하늘에 닿는 탑을 쌓아 올라가자 여호와가 노하여 일하는 사람들의 언어를 다르게 쓰도록 하여 서로 소통을 못하게 하였다. 불통은 탑 쌓기를 멈추게 하여 미완의 바벨탑으로 남게 되었다. 잠시라도 외통부 공직자들은 불편했다. 공직자의 정체성을 지키며 무한 봉사하는 과정에도 험준한 산맥을 만나기도 한다.

모래밭에 핀 1억 송이 꽃

　요즈음에도 가끔 꽃밭에서 무거운 꽃수레에 눌리는 악몽을 꾼다. 군대의 공수 훈련 못지않은 공직자의 투신으로 일군 「2009안면도국제꽃박람회」 때문이다. 공직생활 38년에 가장 으뜸으로 꼽는 보람은 단연코 국제꽃박람회를 성공적으로 이룬 것이다. 언제나 열정의 크기에 보람은 정비례한다. 지금도 공직자의 마지막 남은 영혼까지 꽃지 모래 장벌에서 뛰던 모습이 아른거린다.

새 운동화 끈을 매다

　국제꽃박람회 개최를 꼭 18개월 남겨놓은 2007년 10월 1일 꽃박기획단장으로 발령을 받으며 「2009안면도국제꽃박람회」 조직이 공식 출범했다. 꽃에 문외한이 맡기에는 너무나 엄중하고 과분한 이벤트였다. 며칠 뒤에 합류한 동료 열 명은 인사에서 한직으로 밀려났다는 소외감에 풀이 죽었고, 게다가 신설 조직이다 보니 턱없는 예산에다가 준비기간이 너무 짧아 가슴앓이가 시작되었다.

　꽃박람회라는 태산을 주어진 시간 내로 정복해야 하는 독도법(讀圖法) 행군 같은 절체절명의 특별업무를 수행해야 한다는 강박은 차라리 저주였다. 하루하루가 시한부 선고를 받은 환자가 듣는 초침소리처럼 시간은 빠르게 달려왔다. 출발선에서 긍정의 희망보다 부정에 함몰되어 가는 직원들의 의식이 더 걱정되었다. 하지만 나의 각오와 목표는 단순하고 분명했다. 오직 꽃박람회의 성공을 위해 몸을 던져 최선을 다하겠다는 다짐으로 새 운동화 끈을 동여맸다. 어쩌면 그것은 피할 수 없는 운명이고, 평생 몸담은 공직에서 최고의 보람을 얻을 수 있는 기회이기도 했다.

우선 대형 프로젝트를 수행하기 위해서 조직원의 화합과 적극적인 열정이 필요했다. 그런 차원에서 1박 2일 워크숍을 갖고 '성공'이라는 목표를 공유하고 '우리는 할 수 있다'는 파이팅 구호를 외치며 다짐했다. 그 후부터 직원들의 눈동자는 빛났고 행동은 긍정적으로 변하였다. 꽃박기획단이 태동하기 전에 충남개발공사에서 스터디를 하고 있었기에 업무를 인수하려 했으나 공동준비로 가닥이 잡혔다. 그러다 보니 업무의 범위와 권한의 한계가 애매하였다. 하지만 업무의 일관성을 위해 꽃박의 주관은 우리 기획단이 맡고 공사는 협조하는 방향으로 의견 조율을 했다.

업무 조정이 끝나면서 본격적인 일이 시작되었다. 꽃박 개최일을 역산하여 추진 로드맵과 타당성 용역, 국·도비 확보문제, 국제기구 IAPH 승인 등 산적한 당면 사항을 배분하여 추진하면서, 선행 행사의 백서와 국제 이벤트 전집을 숙독하며 마인드 향상에 주력했다.

살아있는 꽃을 주제로 한 이벤트는 알면 알수록 해야 할 일은 산더미처럼 쌓이고 야근시간은 늘어만 갔다. 그럼에도 내 고향 안면도에서 열리는 국제행사를 직접 기획하여 멋지게 성공하는 그날을 상상하는 가슴은 늘 설렘으로 가득했다.

결 따라 틀을 만들다

지금껏 꽃에 대해 '아름답다'는 이미지와 '여리다'는 편견이 전부였다. 하지만 꽃과 관련한 전시 이벤트 전문가를 모시고 동료들과 함께 머리를 맞대면 안 될 것도 없다는 믿음이 들었다.

오래전에 대구시장을 역임하였던 조희령 시장의 말씀이 용기를 주었다. '대구의 온도를 낮추기 위해 무슨 나무가 좋을지 알기 위해 책 3권을 읽으니 나무 박사가 되었다'는 대목이다. 그렇다. '간절한 생각은 꿈을 이룰 수 있다'는 교훈이다. 그날로 관련 서적을 몇 권 더 구입하여 밑줄을 그으며 읽었다. 더불어 중국의 중산시 꽃박람회 개최지와 일산의 꽃축제 행사에 대한 벤치마킹에 발품도 팔았다.

꽃박기획단 사무실은 언제나 불이 꺼지질 않았다. 우선 행사의 기본개요는 우여곡절 끝에 수요토론회를 거쳐 결심을 받고 나니 후련하였다.

일단, 기간은 '09. 4. 24 ~ 5. 20까지 27일간으로 안면도 꽃지 일원 25만 평의 모래 위에서 110만 명 유치를 목표로 개최하고, 주제는 Flower, ocean & deam으로 정했다. 이어서 엠블럼(Emblem)과 로고타입(Logotype), 그리고 마스코트(Mascot)를 확정하고 인터넷 홈페이지 대행업체도 속전속결로 선정했다. 겸해서 단계별 지원인력 수급계획과 도비 20억 원 확보, 그리고 열악한 도로망 보완대책을 건의했다.

우선 짧은 시간에 기본원칙을 추진하다 보니 기획단 직원의 덕목은 일에 대한 열정과 책임감, 그리고 간부는 적극적인 추진력과 결정 장애가 없어야 했다. 이어서 도의회에 꽃박 조직위 설치 및 지원 조례를 승인을 받는데 많은 시간을 빼앗겼다. 여기에 지휘부의 이벤트의 공익성과 수익성을 합목적으로 접근하여 수익 모델로 컨셉을 검토하고 부족한 예산은 시군에서 출자받는 방안도 마련하라니 걱정이 태산이었다. 여기에다 당초 꽃박을 정책과제로 채택할 때 130억 투자 사업에 대한 타당성 연구용역을 실행하지 않아 농식품부에 요청한 20억 국비 지원이 불투명해졌다. 이 또한 급하게 타당성 용역을 진행시키는 한편 가장 중요한 AIPH(국제원예생산자협회)에 공인 신청하려니 규정 위반이라는 딱지를 맞았다.

국제행사는 국제기구에 개최일로부터 3년 전에 공인 신청을 하여야 한다는 규정에도 불구하고 그의 절반인 1년 6개월밖에 남지 않은 시점에서 신청했으니 어쩌면 당연한 결과였다. 하지만 기획단이 늦게 발족했으니 어쩔 수 없는 한계였다. 곧바로 우리나라 AIPH 안홍균 대표를 만나 네덜란드 출신 듀크하버 회장과 랑게스 사무총장, 그리고 일본 와다 부회장에게 협조해줄 것을 요청했다.

일단 개최지 신청은 접수해 주고 공정한 경쟁에서 밀리면 승복하겠다고 간청했다. 천만다행으로 가승인 쪽으로 가닥이 잡혔다. 주역에 나오는 궁즉통(窮則通)이 생각났다. 역시 궁하면 통하는가 보다.

주야장천 뛰다 보니 요일을 잊은 지 한 달이 지났다. 주요 사항은 역할 분담을 하였다. 기획단은 박람회장 조성은 물론 언론과 대국민 홍보, 그리고 많은 후원기관, 단체 협조를 받고 지휘부에서는 주요 인사 참석과 조직위원장 섭외를 맡았다. 그러나 전직 장차관급의 인사를 조직위원장으로 모시려 했으나 섭외가 순탄치 않아 꽃박조직위원회로 전환이 늦어졌다. 그 여파는 전체의 로드맵에 문제로 대두되어 수정이 불가피했다. 그 와중에 농식품부에서 고양 꽃박과 시기가 중복되어 예산지원이 불가하다는 연락이 왔다.

여기에 설상가상으로 2007년 12월 7일 꽃지 옆에 위치한 태안 만리포 앞바다에서 한국 해상의 기름유출 사고 가운데 최대 규모인 허베이 스피리트호 유류유출 사고가 발생했다. 하루하루가 고난을 극복한 모리아 땅을 걷는 듯했다. 훌쩍 연말이 되었다. 대칭성이 없는 시간은 한 방향으로 진행되고 있었다.

위기는 기회를 낳는다.

일찍이 장자는 '그냥 둬라'는 무위자연설(無爲自然說)을 주장했지만, 인위적인 행정 행위는 자발적 조화를 기다리기에는 너무 조급했다. 전반적인 로드맵도 수차례 수정하고 다듬어 디테일(detail)하게 정리하여 책자화했다. 꽃박 지원협의회(회장 이인구 계룡건설회장)도 구성하고, 실국별 지원사업 TF도 토론을 시작하였다.

전국 순회 홍보팀도 가동이 되고 주요 지역에 홍보 시설물도 시행계획에 맞추어 진행되었다. 하지만 모든 것이 순조롭게 흘러가지 않았다. 앞을 가로막고 있는 가장 큰 산을 우공이산(愚公移山)이라도 해야 될 몇 가지 문제가 급하게 떠올랐다. 아직도 조직위원장 승낙을 못 받았다. 부담의 이유는 성공하면 다행이지만 만약 실패하면 명예가 실추되기 때문이었다. 하기야 명예는 평생을 두고 고고하게 쌓아 이루지만 허물기는 하루아침이다. 지휘부의 삼고초려 끝에 김종구 전 법무장관님의 승낙을 받았다. 훌륭하신 인품과 꽃에 대한 지식도 남달랐다. 일단 체제를 갖추고 한동안 미루었던 대외 활동도 시작했다. 가장 큰 복병은 그동안 농식품부에 지속적으로 요구해 왔던 두 가지 사항이 위기에 봉착했다. 만약 끝내 거부한다면 꽃박람회는 좌초될 것이다. 하나는 안면도국제꽃박람회를 국제행사임을 감안하여 정부행사로 승인해 줄 것과 두 번째는 본 국제행사에 소요되는 예산을 20억 지원해 달라는 사항이었다.

어느 날 총괄팀장이 화훼과의 전화를 받고 하얗게 질린 얼굴로 다급하게 보고했다. '충남에서 요청한 사항은 모두 불가하여 공문으로 발송하고 종결하겠다'는 것이다. 이는 꽃박을 취소하라는 최후통첩이 아닌가. 하늘이 무너지는 날벼락이었다. 일단 지휘부에 보고하고 밤새워 꽃박 개최의 당위성과 타당성 논리를 다시 정비하고 농식품부와 결사항전의 결의를 다지고 정부청사를 찾았다.

화훼과 공무원에게 우선 충남에서 새로 준비한 자료로 브리핑하겠다고 제의했으나 준비한 자료는 물론 대화조차 거부하면서 '고양꽃박과 중복되니 충남이 가을로 연기하면 검토하겠다'고 한다. 그때 감정이 폭발하여 조목조목 따졌다.

첫째, 꽃박람회는 기본적으로 다양한 꽃이 피는 봄에 개최해야 함에도 가을에 개최하라는 것은 화훼과 근무 자격이 없는 공무원이다. 나도 공무원이지만 너무 무책임하다.

둘째, 우리는 AIPH 국제공인을 받는 명실공히 국제행사인 데에 반해 고양 꽃박은 국내 전시행사다. 어느 꽃박람회를 품격있는 정부 대표 이벤트로 선정되어야 하는가 재고 바란다. 만약 우리가 요청한 사항을 농식품부가 반려한다면 기자회견을 갖고 중앙의 횡포와 부당성을 국민에게 고발하겠다. 지금 충남의 주장에 반론 있으면 말하라. 얼마나 큰 소리로 떠들었는지 옆 사무실 모 과장이 만류했다. 본인이 충남의 뜻을 지휘부에 보고할 테니 이제 돌아가라고 권했다. 일단 우리의 간절한 소망을 분명히 전달하고 나니 후련했다. 동행했던 총괄팀장은 정말 우리가 요청한 사항을 농식품부에서 반려하는 것이 아닐까 후안을 걱정했다. 하지만 '직을 걸고'라도 관철시켜야 하는 책임이 막중하였기 때문에 최선을 택한 것이다.

꽃박람회에 귀빈을 모시다

　애초에 주요 인사 초청 문제와 조직위원장 섭외는 지휘부 몫이었다. 어렵사리 위원장을 모셨지만, 귀빈 모시는 일이 빗나가고 있었다. 농식품부에서 이미 고양 꽃박을 정부행사로 진행하고 있기 때문에 귀빈도 그쪽에 모시는 것을 검토할 것으로 판단했다. 우리에게는 청천벽력의 사건이다. 정말 불가능하지만 한 가닥 희망은 귀빈을 우리 꽃박에 모시는 길이 유일했다. 안면국제꽃박에 모시면 정부승인도 국비 20억도 모두 해결된다.

　이날부터 전적으로 해결하겠다고 팔 걷고 나섰다. 지인들의 인맥을 찾고 협조를 받으며 동분서주했지만, 마지막 문턱을 넘지 못했다. 상당히 진전되는 듯하다가 중간 게이트에서 여러 차례 좌절했다.

개최 날짜는 피를 말리며 다가오는데 불안하고 초조하여 좌불안석이었다. 고민 끝에 차선책으로 총리실을 노크했다. 역시 녹록지 않았지만, 가능성은 엿보였다. 하지만 며칠 만에 온 전화는 '외국 출장 일정이 잡혀 참석할 수 없다'는 짧은 통보였다.

이제 물러설 수 없는 최후의 카드는 귀빈을 모시는 일뿐이었다. 은근히 오기 같은 열정이 미치게 만들었다. 횟수를 셀 수 없이 게이트의 키를 찾고 인맥을 수소문하면서 굳게 닫힌 문을 두드렸다. 하지만 더 이상 다가설 수 없는 몸부림은 고통이었다.

임계점이 보일쯤에 지인이 모 회사 성일종 대표를 컨텍(contact)하라며 전화번호를 주었다. 일면식도 없을뿐더러 기업체 대표가 가능할까 하는 의구심이 들었지만 다급한 마음에 일단 전화를 했다. 우리의 뜻을 바로 긍정적으로 받아 '알아보고 연락하겠다'며 전화를 끊었다. 어쩐지 그동안 컨텍하던 분들과는 다른 좋은 느낌이었다. 일주일 뒤에 전화가 왔다. 'BH 필수 3개 분야 비서관 일정을 잡았는데 브리핑이 가능한지' 물었다. 매우 고무적인 희소식이었다.

설레고 긴장된 마음을 다잡고 바로 BH로 달려가 비서관의 입장에서 듣고 싶은 내용을 중심으로 논리적으로 브리핑을 했다. 브리핑이 끝나기 무섭게 누가 먼저라 할 것 없이 세 분의 비서관은 한 목소리로 '고양이 아니라 안면도 꽃박으로 모셔야겠다'며 오히려 나에게 '귀한 아이템을 주어 고맙다. 적극 검토하겠다'고 손을 잡아주었다. 그 순간 무어라 표현할 수 없는 희열감은 지금도 잊을 수 없다.

곧바로 지사님을 뵙고 BH에서 비서관들과 미팅한 결과를 보고하고 비서실장이나 수석에게 협조 전화할 것을 건의했다. 그랬더니 칭찬에 앞서 '정말이냐'며 사실 확인을 했다. 희망이 보이지 않던 끈을 잡은 것이다. 이제 우리의 목표가 꼭 성공할 것 같았다. 결국 「2009 안면도국제꽃박람회」는 정부 승인을 받고 귀빈을 모시고 국비 20억을 지원받아 품격있는 국제행사를 할 수 있었다.

이 역사적인 물꼬는 성일종 대표(현 국회의원)가 결정적인 역할을 해주었다. 이후에도 성 대표는 꽃박 조직위원으로 참여하여 크고 작은 일을 끝까지 도와주었다. 그때 그의 열정에 찬 모습을 바라보며 공인의 정의는 '공익적 가치가 큰 것이 정의다'라는 생각을 했다.

꽃밭에 검은 기름이 덮다

한참 준비하던 2008년은 세계 경제 위기와 그 여파에 의한 우리나라의 경제 상황이 최악으로 치닫고 있었다. 소위 '미국발 금융위기'와 '서브프라임 모기지론 사태'로 세계 경제는 침체기에 접어들었고, 여기에 90달러대의 고유가는 고공행진을 하고 있었다. 우리나라도 수출물량이 부두에 쌓이고 물가 상승은 계속되어 소비자의 지갑은 닫히고 시장은 얼어붙었다. 심지어 공공기관 주변의 음식점도 하나씩 문을 닫고 해가 지면 거리에 인적이 끊겼다.

화훼 이벤트에서 가장 민감하게 반응하는 것이 온도와 경제인데 경기침체기에 대형 이벤트를 정책으로 채택하여 추진하는 과정이 너무 힘들었다. 홍보팀은 사람이 모이는 곳이면 시간, 장소를 마다하지 않고 뛰지만 냉담한 반응에 늘 기가 꺾여 있었다. 이런 위기에서 교과서적인 수익형 모델로 컨셉을 수정하라니 참 고통스러웠다.

불현듯 다산이 리더에게 귀 새겨들으라 했던 '윗사람은 가마 타는 즐거움은 알지만 가마 메는 괴로움은 모른다'는 말이 귓전을 울렸다.

날마다 긴급한 일은 쌓여만 가는데 시간은 화살을 닮았다. 12월 7일 긴급속보에 살이 떨렸다. 꽃지 박람회장 바로 옆 만리포 앞바다에서 허베이 스피리트 유류유출 사고 소식이었다. 한국 해상의 기름유출 사고 가운데 가장 큰 규모로 원유 12,547㎘가 바다로 흘러 들어 주변 해안에 기름 덩어리로 검게 피복되고 기름 냄새로 가득했다. 머지않아 검은 기름이 꽃지 해변을 뒤덮을 것만 같았다. 기름이 굳어버린 '타르 볼'도 광범위하게 확산되어 갔다. 지역주민들의 피해는 눈덩이처럼 불어났고 어디서 어떻게 손을 써야 될지 방제작업의 매뉴얼도 없이 혼란스러웠다.

정부에서 특별재난지역으로 선포하였다. 전 국민뿐 아니라 외국에서조차 기름 제거를 위해 123만 명의 자원봉사자들이 몰려들었다. 모든 언론 매체는 꽃박 기사는 한 줄도 없고 온통 기름유출로 도배했다. 이런 태안 지역의 재난상황에서 꽃박을 계속 추진할 것인지 접을 것인지를 놓고 토론을 했다. 갑론을박의 격론이 벌어졌다.

경기침체로 관람객의 저조가 예상되고 기름의 재앙으로 주민의 고통이 클 텐데 그곳에서 꽃 축제를 연다면 지역주민의 저항도 예견되었다. 또 다른 논리는 그런 악재가 있으니 회복 차원에서 계속 추진해야 된다고 주장했다. 결국 준비 과정이 험난하고 고통스러워도 지역을 살리기 위해 계속 진행하는 것으로 결론을 냈다.

태안에서 여론이 일기 시작했다. 어차피 꽃박 개최를 계속 추진한다면 균형 발전을 위해 꽃지가 아닌 유류유출 사고의 직격탄을 맞은 만리포에서 개최하여야 한다는 집회 시위가 시작되었다. 하지만 국제공인된 꽃박의 기준과 품격을 유지하는 데에 한계가 있어 수용이 어려웠다. 다만 만리포에 유류 피해 기념관을 건립하는 등 많은 지원을 약속하고 꽃지에서 개최하는 것으로 마무리지었다.

유류 사고로 늦춰진 일정을 전면 수정하고 운영체제도 비상기구로 개편하여 비상근무에 들어갔다. 국제 규모의 대형 프로젝트를 추진하면서 삼재가 아니라 모든 악재는 다 만났다. 외생적으로 국내외의 경기침체와 최고의 유류유출 사고 그리고 내생적으로 짧은 준비시간에 절대 부족한 예산·인력, 여기에 여러 분야의 미온적인 협조도 문제였다. 하지만 모든 악재를 슬기롭게 극복하여 희망의 1억 송이 꽃을 피워 반드시 성공하겠다는 다짐은 변함이 없었다.

AIPH 국제공인을 받다

「2009안면도국제꽃박람회」 품격의 가늠자가 될 AIPH 공인은 처음에는 불가했다. 앞서 언급했지만 국제기구 규정에 꽃박을 공인받으려면 승인신청은 개최 3년 전에 하도록 규정되어 있으나 우리는 18개월 남겨놓고 꽃박 기구가 출범했기 때문이다. 희망을 준 것은 듀크하버 회장과 스작 랑게스락 사무총장이었다. 주로 전화와 e-mail로 소통하여 개최지에 대한 사전평가 절차도 생략한 채 헝가리에서 열린 마케팅위원회에서 예비공인을 해 주었다. 그는 2002 꽃박 때 우리와 맺은 인연을 소중히 여기는 매너 있는 신사였기에 가능했다.

국제 관계는 상호 호혜 평등주의다. 말하자면 미국 링컨 대통령이 말한 기브 앤 테이크(Give and take)다. 우리의 꿈과 듀크하버가 베푼 희망이 가승인의 꽃을 피워낸 것이다. 베란다에 핀 한 송이 꽃도 누군가 도움이 있기에 아름다운 꽃이 필 수 있다는 평범한 진리를 깨달을 수 있었다.

그해 AIPH 총회는 두바이에서 열렸다. 「2009안면도국제꽃박람회」를 AIPH에서 공인을 받기 위해 부지사를 단장으로 한 일행은 두바이로 향했다. 우리의 꿈과 함께 PT 자료, 홍보 동영상, 영문 홍보물을 몇 개의 트렁크에 나누어 담고 비행기에 올랐다. 10시간의 비행시간에도 일행 모두는 피로감을 잃은 채 PT 자료의 시나리오를 읽고 수정하며 최후 시간까지 최선을 다했다.

총회가 열리는 홀리데인 호텔에 여장을 풀고 AIPH 사무국에 참여 등록을 하고 별관 립셉션장으로 갔다. 벌써 많은 회원국 대표들과 공인받기 위해 찾은 각국 인사들로 붐볐다. 개최 시기로 경합되는 각국 인사들은 로비에 열을 올렸다. 우리도 듀크하버 회장을 비롯하여 임원들과 와인 잔을 부딪치며 지지를 부탁하며 인사를 다녔다. 일본인 신야 와다 부회장은 우리를 반갑게 맞아주며 다른 나라 회원국 대표들에게 소개를 시켜주는 친절도 베풀어 주었다.

그렇게 회원국 인사들과 교감을 나누고 홍보와 지지를 호소하다 늦게 저녁 식사를 하려고 접시를 챙겼더니 이미 식사 시간이 지났다는 것이 아닌가? 저녁을 굶고 숙소로 돌아와 우리나라 컵라면으로 허기를 달랬다.

이튿날 우리는 PT 브리핑 리허설을 위해 사무국에서 준비한 기기에 우리 자료를 접속하니 오류가 발생했다. 우리가 준비한 기기와 기종이 다르고 호환마저 안 되어 접속 자체가 불가능했다. 전혀 예상하지 못했던 부분에서 대단히 큰 사고가 난 것이다. 도청에 연락하여 긴급히 IT 업체에 우리 기종으로 접속할 수 있는 기기를 찾도록 하는 한편 두바이 영사관에 우리가 준비한 기종과 동일한 기종을 임차해 줄 것을 협조 요청하였다.

입이 바싹바싹 타들어 갔다. 얼마 뒤 영사관에서 우리에 필요한 기종의 업체를 찾아 보냈다는 연락이 왔다. 하늘은 우리 편이었다. 가까스로 현지에서 임차하여 리허설을 마쳤다. 그렇게 또 하루를 보내고 꽃박의 운명을 결정짓는 날이 왔다. 신청 국가별로 브리핑을 했다. 우리는 부지사께서 PT 브리핑을 매우 품위있게 했으며 영상 홍보물은 IT 선진국답게 가장 돋보여 큰 박수갈채를 받았다. 우리 뒤를 이어 우리와 경쟁국인 캐나다 퀘벡에서 브리핑과 영상홍보를 했다. 그 긴장되고 숨이 막히는 시간은 길었다.

오전에 모든 신청 국가들의 브리핑이 끝나고 오후 총회에서 결정된다. 점심도 거르고 미리 결과에 대해 정보의 얻기 위해 임원들을 찾아다녔다. 랑게스 사무총장이 눈짓으로 긍정의 시그널을 주었다. 그 순간에 우리는 웃음을 찾고 공식 발표 시간을 기다렸다. 우리가 얻은 정보는 배반하지 않았다. 총회에서 퀘벡을 제치고 만장일치로 우리의 손을 들어주었다. 우리는 가장 스릴 있는 그 순간에 서로 얼싸안고 '해냈다'는 감격의 기쁨을 나누었다. 밖에 날씨는 35도의 폭염이지만 더위를 느끼지 못했다. 우리의 에너지가 태양의 열기를 압도했기 때문이었다. 돌이켜보면 처음 AIPH 문을 두드렸을 때 트로

이 성문만큼이나 굳게 닫혔던 게이트를 우리의 정성과 열정이 활짝 열었다. 나폴레옹이 알프스산맥을 넘으며 한 말처럼 우리에게도 '불가능'은 존재하지 않았다.

꽃길로 가는 길은 험난했다

2008년 동짓달에 자유분방하게 눈이 날리던 날, 우리는 그동안 만든 꽃박 꾸러미를 차에 싣고 160km 떨어진 해안의 꽃지 현장으로 이사를 했다. 할미할아비 바위를 등지고 허허벌판의 모래 장벌에 길게 쳐진 텐트는 우리의 둥지인 사무실이었다.

텅 빈 텐트 안은 냉담하기 그지없었고 낯선 바닷가 숙소는 철썩거리는 파도 소리에 첫날밤을 뜬눈으로 새웠다. 아침 7시 직원 조회에 핏발선 눈으로 비장한 메시지를 던졌다. '이곳은 전쟁터다. 성공하면 돌아갈 수 있지만 실패하면 이곳이 우리의 무덤이 될 것이다.' 섬뜩한 각오를 외쳤다. 먼저 공유지의 딜레마를 도려내 적극적인 주인의식을 갖게 해 확정된 시간 내 목표를 달성해야 했기 때문이었다.

그날부터 함박눈을 몰고 온 강풍에 텐트가 찢기고 조롱박 싹이 돋아난 하우스에 모래바람으로 비닐에 모세관이 생겨 온도가 떨어지는 긴박한 재난 상황에도 몸을 던져야만 했다. 꽃박의 랜드마크가 된 숭례문 토피어리 건립의 눈물겨운 과정도 계약 재배한 꽃이 냉해를 입어 응급조치한 일 등등. 날마다 동료들은 크고 작은 돌발 사고에 119 구급대원이었다. 설날에도 현장을 떠날 수 없어 부모님이 지척에 계신 집에 못 간 불효는 후회로 남지만, 동료들도 한 달에 한

번만 집에 보내주는 악행도 저질렀다.

항상 사무실 공기는 눈보라를 동반한 바닷바람처럼 매서웠다. 누적된 피로에 발걸음이 무겁고 숙면 부족으로 눈꺼풀은 내려왔다. 전쟁터의 병사처럼 늘 긴장과 불안, 초조로 가슴앓이를 하면서 가끔은 기쁨과 성취감도 맛보았다. 하지만 1분 1초도 헛 눈 돌릴 새 없이 뛰고 또 뛰었다.

드디어 꽃박람회장의 첫 문이 열리는 날, 귀빈을 정중히 모시고 듀크하버 회장과 스작 랑게스락 사무총장, 조직위원장 등 주요 참석 인사들께서 감격스런 테이프 커팅을 했다. 그날부터 27일간 꽃향연의 대장정 레이스가 시작되었다.

한 판의 꽃사랑 굿을 마무리하다

처음 하얀 종이 위에 줄긋기로 시작한 꽃박은 대박을 쳤다. '석별의 정'을 부를 때까지 꼭 600일이 걸렸다. 그동안 시한부 인생만큼이나 처절하고 외롭고 고달팠다. 그야말로 하루하루가 총성 없는 전쟁이요, 곡마단에서 외줄 타는 광대였다. 그 긴긴날 꽃밭을 만들었다고 꽃길만을 걸은 것은 아니었다. 일일이 다 헤아릴 수 없는 사건, 사고, 사연들이 많다. 그렇게 피운 1억 송이 꽃에서 우리가 애태우던 쓰디쓴 단내가 났다.

국내에서 최초로 크게 성공한 꽃박으로 기록된 「2009안면도국제꽃박람회」는 준비하는 기간 내내 세계 경제의 불황과 태안 해상의 기름유출로 복병을 앓았다. 하지만 국내외에서 찾은 관광객과 기름을 닦아내던 자원봉사자 123만 명의 발길이 이어져 경제박람회, 기적의 새로운 땅으로 만들었다는 수식어를 만들었다.

4월 27일부터 27일간 꽃지 해안공원 일대 79만 3000평방미터에 조성된 7개의 실내전시 시설과 15개 야외테마 공원에서 이루어졌다. 이곳에 세계 22개국 121개 업체와 단체, 정부가 참여하여 당초 관람객 목표 110만보다 88만 명을 뛰어넘은 198만 2538명이 찾아 1억 2천 송이 꽃과 함께 성공의 견인차 역할을 했다. 예산도 150억을 투자하여 160억의 순이익을 창출해 10억의 흑자를 기록했다. 이뿐만 아니라 350만 달러의 화훼 수출 효과, 2000억 원이 넘는 경제적 유발효과를 거두었다.

관람객의 눈길을 가장 끈 것은 숭례문 토피어리와 불에 타도 꽃을 피운다는 그레스트리, 세계적으로 처음 선보인 아이스크림 튤립, 한국 최초의 우주인 이소연 박사의 우주꽃등이 주류를 이루었다. 무엇보다도 꽃박을 통해 절망과 시름에 잠긴 태안에 새로운 희망과 비전을 제시했고, 경제 살리기의 불씨를 마련했다는 것이 가장 큰 수확이었다.

끝나는 날, 성공을 자축하는 209발의 축포가 밤하늘을 향해 올라가는 순간 봄비가 내렸다. 기적 같은 대성공에 감동한 하늘도 울고 예쁜 꽃도 흔들며 우리 동료들과 함께 얼싸안고 울었다. 공직생활 38년에 가장 자랑스럽고 보람있는 일이었다. 그동안 나의 공직 철학은 형평성과 기회균등, 그리고 소수자 보호였다. 하지만 역사적인 꽃박을 통해 얻은 열정과 정성의 행정이 절실한 것임을 깨달았다. 이는 마지막 남은 공직생활에 밑거름이 되었다.

공직자의 꽃이 되다

시베리아 기러기 떼가 줄지어 날아와 눈 쌓인 천수만을 접수하면 도청의 인사는 꿈틀거린다. 벌써 인사 하마평이 무성하다. 참새들이 조잘대는 귀밑 소리도 그럴듯하게 들린다. 하지만 매화가 추위에 향기를 팔지 않듯이 나를 위해 평생 자존심을 손상시키지 않고 하찮지만 나름의 능력과 실력으로 살았는데 다급하다고 이제와서 허튼 짓을 할 수 없어 진인사대천명으로 기다렸다. 공식 라인을 통해 부단체장에 추천되어 결원 예상 시군에 보냈다는 것이다.

상품 가치가 있으면 찾겠지 하는 마음으로 느긋하게 기다렸다. 두 곳에서 입질이 왔다. 저울질하던 차에 계룡시에서 특사가 왔다. 시장께서 '꼭 모시라'는 특명을 받고 왔다는 것이다. 그 자리에서 사족을 달지 않고 OK 했다. 내가 로비해서 어느 위치에 간다면 늘 작아지지만, 그쪽에서 삼고초려 한다면 당당하게 할 말 하면서 책무를 수행하게 된다. 이를테면 선의 뜻이 없는 호의는 공치사를 낳게 되지만 배려는 은혜로 이어지기 때문이다.

도청 인사발령은 받았지만, 계룡시에서는 사령장을 못 받은 상태로 1월 1일 해맞이 행사에 갔다. 구두를 신고 복숭아뼈까지 눈이 쌓인 동산에 올라 주위 분들과 수인사를 나누고 구름에 숨은 햇살만

보고 내려오는 길은 멀었다. 구두 속에는 눈이 녹아 찬물로 가득했기 때문이었다. 첫날 설한의 신고식은 혹독했다.

이튿날, 엄동설한에 직원들의 축하 속에서 꽃다발을 받으며 취임식을 했다. 부시장의 위치에서 무엇을 어떻게 할 것인지를 전달하는 기회였다. 그리고 자신과 약속했다. 평소 원칙인 형평성, 기회균등, 소수자를 보호하는 원칙을 지키며 따뜻한 봉사로 행정 철학을 펼쳐 직원들과 시민으로부터 존경받는 부시장이 되자고 다짐했다.

먼저 직원들과 대화를 시작하면서 가장 열악한 환경과 관심의 사각지대에서 묵묵히 직무를 수행하는 수로원 분들과 오찬을 겸한 소통의 시간을 가졌다. 그들은 그 자리가 좋다는 것보다 부담스럽고 불편해했다. 부시장하고는 처음 있는 일이라며 여간 조심하는 것이 아니었다.

한 분이 용기 내어 건의사항을 말했다. '신분은 안정적이지만 정년이 57세로 일반직에 비해 3년이나 일러 소외감뿐 아니라 경제적으로도 어려움이 있으니 60세로 늦춰 달라'는 것이었다. 바로 정책과제로 채택하여 「수로원, 환경미화원 정년연장 계획」을 마련하여 연도별 체차 적용하여 최종 60세로 연장해 주었다. 이와 함께 그들이 휴식시간에 편하게 쉴 수 있는 쉼터도 만들어 주었다. 어찌나 좋아하던지 그 모습을 지금도 잊을 수 없다.

첫 단추부터 대어를 낚았다. 부시장의 특권이라 할 것도 없지만 결재방식을 바꾸고 수행도 부담을 줄였다. 그동안 불문율로 팀장 이상이 결재받을 수 있고 출장 때 팀장이 수행하는 형식이었다. 이것은 권위주의 산물이고 특권 의식으로 조직의 경직화로 조직 발전에 저해 요인이고 부작용이 많다는 것을 너무 잘 알고 있었기에 전면 개선했다.

출입문은 항상 열어놓고 누구나 자유롭게 결재를 받을 수 있고 결재는 서서 받지 말고 앉아서 의견을 개진하면서 받도록 했다. 출장 때 관행적이던 수행원도 기본적으로 제한하고 업무를 보도록 했다. 취임하여 짧은 시간에 그동안 내부 고객의 희망사항과 불편한 관행을 획기적으로 개선하니 생동감 있고 일하는 분위기로 바뀌었다. 참 고무적인 반응이었다.

사실 인간은 온도와 이익에 가장 민감하게 반응한다는데 역시 조직원은 인격을 존중하고 일한 만큼 인정해줄 때 감동하는 걸 알았다. 시민의 대표인 의회와도 상호 신뢰하는 원만한 관계를 가졌다. 유보선 의장과 김대영 부의장과는 때와 장소 그리고 형식에 구애됨이 없이 벽을 허물고 시정과 의회의 발전을 함께 논하였다. 시민의 권리보장과 행복추구권 그리고 경제활동의 자유 등의 정책은 입안단계부터 의원들과 머리를 맞대고 소통하고 이해와 타협의 성숙한 환경을 만들었다. 결국 정책의 소비자는 시민이기 때문이었다.

또 하나 시민이 인정하는 분위기에 자신감이 더해졌다. 사실 부시장 직위에 부과되는 직무 범위는 시정 전반의 행정책임자이기에 경계선이 없다 해도 과언이 아니다. 시민의 의사를 수렴하고 공정성과 투명한 행정절차의 수순인 인사위원회 등 여러 위원회가 있다. 이러저러한 시민이 참여하는 25개 정도의 위원회 위원장을 부시장이 맡고 있다.

맨 처음으로 지역건강증진위원회가 열렸다. 미리 안건의 개념과 내용 아울러 의결사항에 대해 스터디를 하고 회의에 참석했다. 위원장 책상에는 부서에서 작성한 시나리오와 몇 개의 자료가 놓여 있었다. 하지만 시나리오는 넘겨보지도 않고 의사봉을 두드려 진행했다. 위원회에 참석한 위원 25명은 안건설명을 듣고 토론시간임에도 의견 개진 없이 침묵으로 일관했다. 이의 없이 원안을 통과시키던 그동안 권위주의 관행의 분위기를 엿볼 수 있었다.

자유로운 토론과 의사 개진을 통하여 객관적인 공약수를 찾아 정책결정을 해야 할 위원회의 기능을 포기할 수 없었다. 안건을 부의하는 직원의 인식과 위원들의 사고를 바꾸기 위한 분위기를 만들어 나갔다. 위원장부터 부서에서 작성한 시나리오에 의한 의사봉을 두드리는 것이 아니라 안건 관련 자료를 충분히 검토하여 합목적적으로 운영하는 분위기로 바꾸기 시작했다. 효과성은 차치하고라도 진행은 민주적이고 다양성을 담아내야 된다는 생각에서였다. 이상선 여성단체협의회장은 '운영방식을 업그레드시켜 신선하고 고급스러웠다'고 평생 입에 달고 산다. 자긍심과 보람을 느낀다.

그러다 보니 자연스럽게 동료직원과 시의회 의원, 시민들로부터 신뢰가 두터워지고 행정수행도 수월해졌다. 선순환구조로 개선되는 행정환경 분위기에 편승한 해묵은 민원도 하나씩 풀리고 돌발적인 액션 민원인도 잦아들었다. 일반적으로 민원은 들어주는 것만으로 50% 해결이고 나머지는 정성으로 마무리하면 된다. 말하자면 민원내용을 확실히 듣고 그에 맞는 방법을 찾아 실행에 옮겨야 된다는 의미다.

어느 조직에서나 인사문제는 민감하고 관심의 범위도 넓다. 시청도 예외가 아니어서 정기 인사 때가 되니 일은 뒷전이고 인사 관련 입방아로 날이 저문다. 주변에 귀동냥하고 곁눈질해 보니 진실 없는 추리소설에 목을 맨다. 벌써 구설에 오른 직원, 상한가로 치닫는 사람, 별별 말들이 회자되고 있었다.

직원 특별교육을 통하여 「인사의 기본」을 강조했다. 평소 나의 잣대이자 철학을 말했다. 이미 시장님하고 교감을 이룬 상태였다. 인사의 기본요지는 '인성과 성과는 필수다. 공직자는 시민의 재산과 생명을 지키는 덕목을 갖춰야 하며 성과는 철밥통의 이미지를 벗고 경쟁사회의 정서에 부합하는 실적이 요구되기 때문이다. 단지 공직에 오래됐다는 이유만으로 승진하던 기회는 이제 얇아졌다. 이제 공직자도 능력과 품격으로 평가받는 때가 온 것이다. 그리고 그 과정은 공정하고 투명한 절차에 따를 것이다. 따라서 근거 없는 인사문제로 하세월하면 후회하는 날이 올 것이다.' 한동안 잠잠해졌다. 다만 인사에 소외되거나 억울한 사람이 없도록 보살피는 것도 나의 몫이었다.

공직자의 꽃이라는 부시장 직무를 마치고 떠나던 날 아쉬움이 꼬리를 물었지만, 보람도 컸다. 평생 공직의 길을 천직으로 알고 오면서도 처음으로 소신 있게 시민을 위한 행정을 펼쳐보고 동료들로부터 공직자다운 공직자로 자리매김한 것은 퍽이나 명예스러웠다.

배웅하러 온 한 지인은 성공했다며 인사를 건넸다. 그 성공의 의미를 물었더니 서슴없이 말했다. 어느 조직에서나 혼자 업무를 볼 수 있는 별도의 사무실과 비서 그리고 운전기사가 있는 차량이 주어지는 직위에 오르면 성공이라는 것이다. 내 개념에는 못 미치지만 그럴 수도 있겠구나 싶었다.

그렇게 그들의 곁을 떠나 온 뒤 얼마 지나 야인이 되어 정치 문지방을 기웃거릴 때였다. 계룡시 단체장 몇 분께서 연락이 왔다. 계룡시에 뜻있는 사회단체에서 나를 시장 후보로 추대하는 방안을 논하고 있으니 동의해달라는 제안이었다. 이를테면 일본 이즈모시에 이와쿠니 데쓰도 시장의 사례를 들었다.

이와쿠니 시장은 미국 증권회사에 다니고 있는 마인드가 뛰어나고 능력 있는 경제전문가였다. 그를 「시민후보 유치단」에서 모시고 와서 시장에 당선시켰다. 일본 행정 역사상 처음 있는 일이었다. 그는 '행정은 최대의 서비스 산업이라'는 캐치프레이 아래 구악(舊惡)을 퇴치하고 개혁 드라이브로 성공 신화를 쓴 전설적인 인물이다. 여기에 일찍이 관심을 갖고 있던 터라서 흥미를 느꼈고 또한 시민 추대 시장이라는 아이템이 재미있고 명분이 확실하여 구미가 당겼다.

여러 분야의 인사들과 접촉하면서 흐름을 체크했다. 운동화 끈을 동여매고 뛴다면 안 될 것도 없다 싶었다. 하지만 여생을 바람처럼 물처럼 살라는 운명이니 팔자대로 살라며 만류하는 아내의 하소연에 신었던 운동화 끈을 풀었다.

공직은 공업(公業)이다

　반평생을 공직에서 보냈다. 지금은 그 울타리에서 벗어나 있지만 아직도 내 이름은 공무원이다. 어디서나 내 소개의 수식어는 부시장이다. 아마 이 호칭은 여생을 함께할 것 같다. 어떤 면에서는 언행에 대한 자유의 족쇄도 되지만 한편으로는 영광스럽다. 그래서 공직자는 명예를 먹고 산다는 말도 거북하지 않다.

　공직 초년에는 공직자의 덕목이나 가치관에 대해 솔직히 개념조차 없었다 해도 과언이 아니다. 내 꿈조차 중심 없이 흔들렸으니 말이다. 그러다 보니 기안의 목적이 무엇인지 어떤 효과를 기대하는 정책인지조차 설정이 안 된 채 위에서 시키는 대로 열심히만 했다. 그 당시 공직사회의 분위기도 그랬지만 가치관이 없으니 반론도 논리가 부족했다.

　중반쯤에 이르자 나의 꿈도 형성되고 행정에 관한 나름의 철학과 방향성도 갖추게 되었다. 좀 늦었지만 나름 생각해도 퍽이나 다행이었다. 그제야 조직에서 마중물 역할을 자처했다. 내 입으로 뱉지 않고 행동으로 보였다. 몸과 마음은 고달파도 가슴은 뿌듯했다. 마치 김수환 추기경께서 "사랑이 머리에서 가슴까지 오는데 70년이 걸렸다"고 하신 말씀을 들을 때처럼 보람의 전율을 느꼈다. 이제 진짜 공무원이 되는구나하는 맘이 자신을 다독였다.

공직의 긴 여로에서 정리한 철학은 세 가지였다. 먼저 형평성의 원칙이다. 이는 사회관계에서 가치의 적절성과 마땅한 분배로 이루어진 평등을 의미한다. 사회적으로 동일한 경우에는 동일하게 취급하고 서로 다른 경우에는 서로 다르게 취급하는 것이다. 여기에는 정당한 불평등이나 합리적 차별의 개념이 내포되어 있다. 따라서 기본적으로 인간의 존엄성을 인정하는 보편적 가치다.

두 번째는 기회균등의 원칙이다. 이는 사회구성원들에게 공정한 경쟁조건을 제공하여 실질적인 기회의 평등을 보장하는 것이다. 이를테면 불평등의 독소조항으로 기회를 박탈하는 것은 비민주적이다.

세 번째는 소수자 보호의 원칙이다. 사회적으로 약자에게 보통사람에 상당한 권리가 보장되도록 역차별의 분배를 시켜주는 것이다.

이 세 가지를 모든 정책의 입안이나 집행할 때 출발점이고 기준점으로 삼았다. 어찌 보면 당연한 것 같지만 공직자라고 하여 모두 수호신 같은 행정 철학은 가지고 있지는 않은 것 같다. 때로는 원칙에 반한 문제에 비타협적이여서 탄력성이 없는 고지식한 놈으로 잔인하게 평가받을지 몰라도 누구에게나 공정하게 적용하는 것은 내 코드다. 나름의 철학과 원칙을 가지고 소신 있게 행정 행위를 한 공직자로 자부심을 느낀다.

시대의 흐름에 따라 의사표현의 방법도 진화한다. 오래 전에는 진정서나 투서로 권리구제나 억울한 요소를 호소하였으나 요즈음에는 곳곳에서 집단적으로 님비현상이라는 공공 목적의 혐오 시설이나 위해 시설의 설치를 반대하는 지역이기주의 행동이 나타나고 또 핌피 현상이라 불리는 재정 수입 증가가 예상되는 개발이나 시설의 입지를 자신이 살고 있는 지역에 유치하려는 지역이기주의가 갈등의 요인이 되고 있다.

앞으로는 개인의 권리구제를 위한 개별 민원이 증가할 것이다. 집단적으로는 물리적인 행동이 더욱 심해질 조짐이다. 이 같은 갈등 문제의 해결방법은 단순하지 않다. 서로 얽히고 다양하고 복잡하다. 그동안의 경험으로 보면 갈등 문제는 편법이 아닌 원칙을 찾아 정면 돌파하는 방법이 해결의 실마리가 된다. 임시방편의 비원칙은 또 다른 불씨의 원인이 될 개연성이 농후하다. 가장 중요한 것은 모든 문제의 답은 책상에 있는 것이 아니라 현장에 있다는 것이다. 숭늉은 샘에서 찾지 말고 부엌에서 찾아야 한다.

또 하나 가슴을 열고 역지사지의 심정으로 민원인의 입장에서 충분히 들어주고 함께 고민하는 것도 하나의 방법이다. 여기 역지사지하는 마음으로 소통을 꾀했던 이야기가 있다.

정약용은 고려 32대 우왕 때 이인임 등에 의해 유배를 떠난다. 나주의 인적이 드문 산골에 오랫동안 비어있던 집에 보따리를 풀었다. 그곳에서 한밤중이 되서야 겨우 잠이 들었다 하지만 험상궂은 도깨비들이 괴성을 지르며 나타났다. 잠 못 이루기는 이튿날도 계속되었다. 처음에는 황당하고 무섭기도 했지만 사흘째가 되자 은근히 화가 났다. 뜻하지 않은 유배도 억울하고 분해서 잠이 오지 않는데 도깨비까지 나타나 공포감을 줄뿐 아니라 잠을 이룰 수 없어 너무나 화가 났다. 도깨비에게 소리를 지르며 화풀이를 하다 생각하니 아니다 싶었다. 내 입장이 아니라 도깨비의 입장에서 생각하는 역지사지(易地思之)를 해보니 도깨비가 자신의 처소로 온 것이 아니라 자신이 도깨비 집에 침입했다는 사실을 알았다. 도깨비들이 밤마다 모여서 노는 공간에 난데없는 놈이 왔으니 얼마나 불편했겠는가를 깨우친 것이다.

우는 애기도 우는 이유가 있듯이 민원도 사연이 있다. 행정을 집행하는 공직자도 차가운 법규만 들이댈 것이 아니라 역지사지하는 마음으로 상대의 입장에서 들어주고 해결방법을 함께 찾아보는 것이 수순일 것이다. 그런 마음을 행정의 근본으로 삼아왔다.

공직은 공업(公業)이다. 오로지 나라와 국민을 위해 무엇이 옳은가를 고민하면서 밤잠을 못 이루는 불침번이 되어야 한다. 하지만 이제와서 생각하면 행동을 앞지른 말이 부끄럽다.

먹물 빼고 나그네 되다

요즈음 은퇴 시간이 코앞에 다가서니 만나는 사람들의 인사말 주류는 두 가지다. 하나는 "요즘 어떻게 지내요"다. 똑같은 물음에 대답도 한결같다. "숨 쉬는 재미로 살지." 내가 성의 없이 말해 미안한 마음이다. 또 하나는 "퇴직하면 뭐 헐 껴?" 하고 물으면 "먹물 빼고 나그네나 될까?" 하고 말한다. 큰 뜻 없이 내뱉고도 말한 대로 무위도식하면 어쩌나 은근히 걱정이 된다. 전자의 물음이 현재 근황을 묻고 있다면 후자는 미래에 대한 계획을 알고 싶어 하는 눈치다.

이런 말을 들을 때마다 떠날 임계점에 와 있구나 하는 생각이 든다. 마지막 정리 잘하고 떠날 준비하라는 진정성이 담겨 있지만, 여전히 씁쓸한 공허감이 생기는 것은 나만의 아픔이겠냐며 자위한다. 자리에서 머물러 있자니 마지막 남은 자존심이 녹록지 않고 털고 나가자니 마땅히 갈 곳도 없다. 아무튼 끝나지 않은 링 위에 명분 없이 수건을 내던지는 것 또한 불충한 일이 아니지 않는가. 비 맞은 낙엽처럼 붙어 있어야 한다며 선배들과 동기들이 훈수를 둔다.

돌이켜보면 공직생활이라는 것이 누구라도 자신의 삶은 없다. 나름 운명적인 공직관에 뼛속까지 물씬 삶겨져 이젠 저잣거리에 기웃거려도 이마에 써 붙인 양 공무원임을 알아볼 정도다. 누가 뭐라 하든 사명감과 책임감으로 최선을 다하여 공무를 수행해 왔다는 것은 내 양심이다. 비록 쭉정이 공무원이었을망정 적어도 교활한 얼간이 공무원은 아니었다.

연어에게서 강물 냄새가 나듯이 공직자는 공무원 냄새가 나야 한다는 것이 내 소신이다. 그래서일까. 나의 지향점은 개혁적 보수다. 가만히 있으면 중간이나 간다는 안주형은 내 스타일이 아니다. 세상의 변화는 그릇된 일에 대한 분노에서 시작된다고 본다. 내 삶의 가치와 그릇된 관행의 충돌로 몸살은 앓았지만, 그때마다 앞서나가는 모습은 보람이다.

이젠 공직에 대한 열정도 이상도 내려놓아야 할 때다. 그동안 내 안에 잉태되어 생명력 있던 원망도 가로 저었던 고개도 가벼워져 가고 있다. 물론 익숙한 것과의 이별이 고통이듯이 생각을 정리하고 마음의 보루인 심장을 누르는 일은 하고 싶지 않다. 산다는 것이 채우는 것이 아니라 비우는 것인지도 모른다는 생각에서였다.

오늘 같은 날 우리 집 추녀 끝에 매달려 흔들리는 붕어를 생각해 본다. 시냇물로 돌아가려는 몸부림일까 아니면 하늘로 더 올라가려는 퍼포먼스인지는 몰라도 허공에 맑게 울리는 풍경 소리가 그립다. 그래서 더욱 가슴에 멍울이 생긴다. 동료들의 발걸음이 뚝 끊긴 지 오래다. 가끔 지인들의 전화 소리로 가슴을 축인다. 먼저 안부를 묻고 싶어도 부담이 될까 봐 들었던 수화기를 내려놓곤 한다. 찬바람이 부는 날엔 흙과 같이 풋풋하고 물과 같이 온유한 사람이 그립다.

지금까지 공직을 편애하며 걸었던 한 길에서 나 하나 떠난다고 조직에 아무런 변화가 없다는 사실도 안다. 그저 검게 그을린 바위를 지나가는 바람일 뿐이리라는 사실 말이다.

올해 처음으로 마당 가에 심었던 해바라기를 보면서 그의 소울메이트는 태양이라는 사실을 알았다. 해바라기는 활짝 필 때까지만 해를 쫓아 사랑을 받고 이후는 해를 등진다. 이는 배신이 아니라 자신의 남은 생을 고독한 시간을 선택했기 때문이다. 반평생 비바람을 견디며 햇빛만을 열렬히 사랑했기에 기꺼이 해를 등지고 고독으로 열매를 영글게 하려는 것이다. 그래서 아름답다.

꽃의 약속이 열매이듯이 삶의 끝자락에 아름다움과 향이 배여 있는 오얏나무와 같은 지인들과 어깨동무하며 지내고 싶다. 그리고 고독의 내면에는 무겁지만 중용과 겸손이 겹쳐진 나이테를 그리고 싶다. 아리스토텔레스도 말했잖은가. 중용이란 '감정이 넘치거나 모자라지 않는 상태'라고 말이다. 이는 두려움과 태연함의 중용은 용서요 그것이 모자람은 무모함이며 지나침은 비겁함을 두고 하는 말이다.

이제 자리의 힘이 소진된 서운함보다 아직 부족한 밀알의 경지로 가는 길이 아득하다. 지금 하늘엔 겁에 질린 눈구름이 해를 가린다. 이게 먹물 빼고 떠날 때의 나그네 심경이다.

제**4**장
삶에 소중한 가치는
유효하다

저승과 이승의 갈림길

아침에 까치는 울지 않았다
모란꽃은 지쳐 허공을 지나 땅바닥에 떨어졌다

그날 어둔한 몸짓으로
농부 짓하다
트랙터에 깔려 냇바닥에 누웠다.
유년이 섬뜩하게 되살아난 소금쟁이 소굴로 말이다.

저승길에서 거미줄에 매달려
이승의 따스한 손을 잡았지만
보이는 얼굴은 거울의 기억이었다.
그러는 동안 의식은 돌아왔으나
백의의 천사에게 포로가 되어 자유를 잃었다.

예순두 마디에 찌르고, 불태우고
전기 고문도 마다하지 않았다.
어느덧 모진 고통은 아물어 갔다.
다시 멍울의 자리에 모란이 피면
나에 두 번째 생이 시작된다.

가족 사진첩의 빈자리

　지난달에 가족여행을 다녀와서 몇 장 뽑아놓은 사진을 정리하기 위해 앨범을 찾았다. 그동안 찍은 사진이 핸드폰이나 밴드에 빼곡하게 올려져 있으나 사진은 사진첩으로 감상해야 제멋이기 때문이다. 아마도 아날로그 세대인 탓이리라. 장롱 안 서랍 속에서 찾은 낡고 투박한 병아리 색 사진첩을 꺼내 보니 세월만큼 먼지가 쌓였다. 엷게 접착된 비닐 장첩을 넘기는 집게손가락에 와닿는 감촉도 생경하다.

　아주 오래간만에 사진첩에서 가족과 인연의 얼굴을 마주하니 새롭다. 70여 성상을 살아온 인생의 흔적들이 덤덤하면서도 애달프다. 이미 세상을 떠난 부모님이 그립고 아스라이 멀어진 빛바랜 인연의 얼굴들은 낯설다. 소중한 자식들과 함께 이룬 가족의 모습에서 아름답던 추억을 건져 즐기려는 태연함은 이내 떨리는 한숨으로 토해져 나왔고 그 한숨을 아내에게 들키고 말았다.

　이날 사진첩의 정리는 단순히 새로 인화한 사진을 끼워 넣기보다 유품을 정리하는 심정으로 이미 인연이 끊겨버린 사진과 보존 가치를 상실한 얼굴을 떼어내고 새로 가족이 된 사위와 예쁜 손주들, 그리고 사랑스러운 자식들의 얼굴로 채우려는 시간이었다.

어느새 찾아온 일흔의 나이. 감회롭다. 사실 아들딸들이 칠순 여행을 부추겨 못 이기는 척 코로나19를 뚫고 제주도에 갔었다. 해외로 나가지 못하니 제주도는 우리 같은 나들이객들로 붐비고 있었다.

여러 명소를 찾아 가족들과 함께 포토존에 섰다. 손주들의 해맑은 웃음소리와 자유분방한 몸짓까지 셀카에 담았다. 껑다리 야자수가 남국의 멋을 부리고 굴거리 나무가 제주 방언으로 속삭이는 그늘에서도 찍었다. 변덕쟁이의 이미지가 강한 수국이 길가에도 정원에도 예쁘게 피었다. 그 꽃밭에서 우리 가족은 많은 시간을 함께했다. 보라색 수국의 꽃말이 진심과 사랑이라는 해설자의 팁이 발길을 멈춰 세운 것이다.

아내와 아들딸, 손주를 한데 묶어 가족이라는 이름의 생명력은 보랏빛 수국 한 다발과 같은 진심과 사랑의 집합체였다. 그런 깊은 심연의 마음까지 순간순간 셀카에 담았다. 때로는 바람에 흐트러진 머릿결을 쓸어 올리고 흔해 빠진 V자 폼 한 번 잡을 시간조차 허락되지 않았다. 오히려 작은 딸애는 경직된 억지스러운 모습보다는 자연스러운 그대로가 좋다며 누차 침을 튀긴다. 그러면서 굳은 표정보다 껄껄 웃는 모습이 아름답다며 찰나마다 '치즈'을 입에 달았다.

사실은 나나 아내는 나이가 들면서 주름진 얼굴과 추레하게 늙어가는 모습이 사진에 찍히는 것이 싫어 그리 내키지 않았다. 하지만 그런 마음까지 담아온 사진은 밴드의 사진첩에 정갈하게 정리하여 수시로 추억할 수 있게 했다. 그리고 몇 장은 앨범용으로 크게 현상하였다. 그동안에도 가끔 지인들이 찍어 보내준 사진들이 여기저기 낱장으로 흩어져 있어 이참에 함께 정리하려 테마별로 나누었다.

그리고 오래된 사진첩을 한 장씩 넘겨보았다. 남아있는 사진보다 듬성듬성 없어진 빈자리가 더 많이 눈에 띄었다. 어떤 사진이었는지는 몰라도 분명히 붙어있던 사진을 떼어낸 빈자리에 흔적만은 선명했다. 그러고 보니 원래 부모님은 보릿고개 시대의 결핍에 찍어놓은 사진이 적기도 하지만 세상을 떠난 뒤 몇 장만 남기고 태웠던 기억이 났다. 남겨진 유품과 아껴 입던 옷가지와 함께 한 줌의 재로 떠나보낸 것이다. 겨우 남은 아버지 고희연 때 찍은 대가족 단체 사진과 영정사진이 전부였다. 혼자 가슴으로 그렸을 가족여행에 추억을 담은 사진 한 장은커녕 자식들과 다정하게 찍은 변변한 사진도 없었다. 먹고살기 바빠서 함께 여행을 다녔던 사실조차 없었기 때문이었다.

몇 군데 뜯겨나간 자리에서 내 나이 40대에 몰랐던 부모의 마음을 이제야 느낄 수 있었다. 두 딸의 사진이 있던 자리도 모조리 뜯겨나가고 어색한 포즈나 일그러진 얼굴을 한 몇 장만 남아있었다. 곰곰히 생각해 보니 결혼하고 제집으로 떠날 때 사진까지 혼수품으로 가져갔기 때문이다. 그 많은 빈자리에서 독백의 시간은 짧지 않았다. 하늘 같은 부모님을 내 두 손으로 흙에 묻고 애지중지 키운 딸을 내 손으로 떠나보낸 그 빈자리였다.

늦둥이 아들의 사진은 많이 남아있지만 그래도 군데군데 여러 곳에서 사라진 자국이 선명하다. 아내는 아들이 저학년 때 학교의 수업 도구로 활용하느라 떼었다 한다. 그렇게 생긴 빈 공간에 나누어 놓았던 사진을 한 장씩 꾹꾹 눌러 붙였다.

그리고 다시 두툼해진 가족 사진첩을 첫 장부터 펼쳤다. 사랑으로 가득한 가족의 어제와 오늘의 모습이 고스란히 해상도를 유지하고 있었다. 금방이라도 입술을 움직일 것만 같은 부모님의 사진에서 맑은 눈을 마주하며 소박하고 따뜻한 추억을 덧씌워 소소한 이야기를 나누었다.

아버지의 폼새는 나를 보는 듯했다. 담백하게 선 강직한 모습과 주름진 그림자까지도 닮았다. 그래서 사진이 떨어져 나간 자리에 내가 기억하는 좋은 아버지로 꼭 채웠다. 온유하신 어머님의 모습은 예나 지금이나 현모양처 그대로 변함이 없었다. 젊었을 때부터 들일과 궂은일을 마다하지 않았지만 늘 웃음 띤 사랑으로 보살펴 주신 모습이 선하다. 사진을 뗀 여백에 내 가슴에 남은 어머님의 얼굴로 도배를 했다. 그리고 아이들 사진을 들여다보며 미안한 마음에 후회감이 밀려왔다. 학교에 입학 때나 졸업할 때 함께 찍은 사진은 한 장도 없었다. 늘 바쁘다는 핑계로 참석해본 적이 없었기 때문이다. 하지만 많은 빈자리에 항상 가족을 사랑하는 마음을 가득 담았다.

어느새 사진첩의 마지막 장에 이르렀건만 차마 덮을 수가 없었다. 이별이 아닌데도 평면의 사진들이 입체로 보였다. 눈가에 사랑의 이슬이 맺혔기 때문이었다.

사진첩에 글자 하나 없이 붙여 놓은 가족사진과 사진을 떼낸 빈자리는 그들과 대화할 수 있는 독백의 공간이고 여유였다. 새삼스레 가족과 함께한 시간여행이 행복이었음을 느낀다. 그래서일까? 내일도 사랑하는 가족이 행복하기를 비는 이슬비가 온종일 내린다.

형제자매 우애가 유산이다

어머니는 밭에 일하러 나가시면서 코흘리개였던 나에게 동생들하고 사이좋게 놀라고 늘 당부하셨다. 그때는 '사이'의 의미를 몰랐다. 다만 때리거나 싸우지 말고 집에 있으라는 정도로 알아들었다. 하기야 장난감이나 군것질거리가 없던 시절이었으니 다툴 일도 없고, 개구쟁이 동생도 없이 순둥이만 있으니 싸우지도 않고 컸다. 그때 늘 말했던 '사이'에 대해 나이를 들어가면서 곰곰이 생각해 보니 어렴풋이 알 것 같다.

사람은 하나의 독립된 개체로 형성되어 둘 이상이 모여도 얼핏 보면 하나의 묶음으로 보일지는 몰라도 분명히 틈이 있다. 그 사이를 좁히며 우애로 더 친근하게 지내라는 의미였다. 그렇지 않아도 가족이나 형제 같은 혈육은 사이를 더욱더 가깝게 하는 점액성이 강한 DNA가 형성되어 피는 물보다 진하다. 그런 우리 사이의 형제자매는 일곱 명이다. 심지가 곧은 아들 넷에 정이 많은 딸 셋으로 다복하다.

우리 형제들은 가끔 만나도 수인사나 눈인사로 안부를 묻는 것이 전부다. 행사 때도 끼 많은 수다쟁이나 허풍쟁이가 있으면 분위기도 살고 흥취도 더욱 살겠지만, 하나 같이 내성적이고 범생이다. 하지만 말수가 적고 액션은 작아도 서로 아끼고 그늘이 되어주고 언덕이 되어주어 좋다. 이렇게 살갑고 온유한 천성으로 태어난 우리들의 마음은 따뜻하지만, 가끔은 강한 것과 부딪혀 상처를 입고 아파할 때가 안타깝다. 어찌 보면 사람이 산다는 것은 아픔을 견디는 일이기도 하다.

우리 칠남매는 내 나이 마흔세 살 때부터 전국에 흩어져 살기에 만나기가 어려워서 연초에 아버지 생신 때쯤 한 번씩 만나자며 남매 계(契)를 만들어 서로 우애를 돈독히 하고 베풀고 나누며 지금껏 이어 오고 있다. 옛날 시골의 상포계 형식으로 일정 금액을 모아 한 집에 몰아주고 당사자는 푸짐하게 식사를 준비한다.

1박 2일로 이루어지는 이벤트에 칠남매 부부는 물론이거니와 아이들까지 25명 정도가 모여 무제의 화제와 윷놀이만으로도 박장대소를 한다. 얼마 전에는 연포 바닷가에서 추억의 보물찾기도 하고 풍등을 날려 소원을 빌기도 했다. 모처럼 노래방에서 노래 실력을 뽐내며 스트레스를 풀었지만, 아이들과 어른들의 노래 수준이 맞지 않아 방을 달리하여 놀았던 것은 아쉬움으로 남았다.

또 하나 형제자매가 시골 본가에 모여 함께 김장을 담그는 일이다. 아들딸들이 결혼하고 자연스럽게 시댁에 혹은 친정에 와서 함께 김장을 해서 나누어 가는 것이 반복되다 보니 이제는 연례행사가 되었다. 오래전에는 12월에 눈을 맞고 추위에 떨면서 김장을 했으나 김치냉장고가 출시되면서 11월 중순으로 앞당겨져 그나마 다행이다.

김치 담그는 공정이 번잡하고 정성이 많이 들어 1박 2일간 한다.

그날의 새참은 막걸리 한잔에 수육과 겉절이가 최상이다. 정말 맛도 있고 분위기도 정겨워 무엇이든 부럽지 않다. 해마다 350포기 정도의 배추김치와 태안의 전통 향토음식인 게국지, 갓김치, 파김치 등을 담고 무는 30~40개씩 나누어 가져간다. 긴긴 겨울 동안 가족들이 밥상에 둘러앉아 맛있는 김치에 어머니와 형제자매의 체취, 그리고 추억과 정성을 함께 싸서 먹을 것을 생각하니 설렘이 앞선다. 이 김치를 담그는 생명력이 얼마나 이어질지 모르지만 오래도록 오순도순 살았으면 하는 바람이다.

우리 형제자매의 살림살이는 비록 넉넉하지는 않아도 구차하지 않고 부자는 한 사람도 없지만 그렇다고 가난에 허덕이는 사람도 없다. 하지만 따뜻한 마음은 부자이고 남을 배려하는데 오지랖이 넓은 사람들이다. 이것이 부모한테 소중하게 물려받은 자랑스러운 유산이다.

나에게 용기를 준 사람들

사람은 때로는 이중적이다. 세상의 가치가 공평하기를 바라지만 입장에 따라 공평의 선상에 함께 있기를 거부한다. 어떤 때는 불공평하기를 바라지만 입장이 바뀌면 공평하지 않다고 불만이다. 헤겔의 변증법과 비슷한 정반(正反)이 줄기세포 모양으로 꼬아지면서 합의를 이루어 내기도 한다.

인간은 원초적으로 불공평하게 태어났다. 부잣집에서 금수저 물고 태어나 호의호식하는 사람이 있는가 하면 못생겨서 미안하다는 사람도 있다. 또 똑똑하고 예쁘게 태어난 사람이 있다면 운동신경이 덜 발달되어 운동장을 싫어하는 사람도 있다. 무엇인가 부족하면 채우려 하고 같아지면 더 나아지려는 것이 인간의 속성인 듯하다. 부족한 것만 바라보면 열등감으로 늘 속앓이한다.

잘난 사람 앞에 서면 작아지고, 가진 사람을 보면 부럽고 서럽기도 하다. 그것은 누구나 부족하다고 느끼는 콤플렉스다. 나도 시험을 볼 때면 부족한 머리를 두드리며 탓하기도 하고, 어깨동무할 때면 키가 작아 까치발을 딛기도 했다. 그때마다 열악한 단점을 자책하고 더 나은 장점은 찾지를 못했다. 남과 비교에서 오는 콤플렉스다. 치유가 가능한 부분도 있지만, 모태의 불치 부분은 어쩔 수 없이 인정해야 한다.

　이 모든 것을 가만히 들여다보면 원인은 마음에 있다. 부족한 것은 인정하고 채우려 노력하고, 우위에 있는 장점은 살려 나가는 지혜가 필요하다. 부러우면 지는 것이다. 이 또한 자신이 극복할 몫이다.

　나는 평소에 잠들기 전 3분 명상을 한다. 가슴에 두 손을 얹고 하루의 잘못을 반성하기도 하고 곧게 세운 꿈을 다짐하고 자신감이 약해질 때면 셀프로 용기를 북돋우고 채찍질도 한다. 때로는 좋은 시를 음미하기도 하고 훌륭하고 존경받는 위인들의 발자취와 철학을 떠올려보기도 한다. 나의 거울이 되어 자신을 들여다 볼 수 있는 마음의 스승은 내 삶에 지표가 되고 교훈이 되고 용기를 주고 지혜를 깨닫게 했다. 가끔 하루가 힘들고 넘을 수 없는 벽을 만날 때마다 현명한 분들의 삶을 떠올리며 지혜를 찾고 자신감을 갖게 하였다.

　일본 내셔널 파나소닉의 창업자 마쓰시타 고노스케는 하늘은 자신에게 세 가지 은혜를 주었다고 말한다. 하나는 가난한 집에 태어났다는 것이다. 때문에 부지런히 일해야 한다는 진리를 깨달았다. 자전거포에서 심부름하던 아이가 세계 굴지의 CEO로 도약할 수 있었다. 둘째는 허약하게 태어났기 때문에 건강의 소중함을 일찍이 깨달아 건강관리를 잘하여 90세까지 살 수 있었다. 셋째는 초등학교 4학년 중퇴가 학업의 전부였기에 이 세상 모든 사람들을 스승으로 삼았다.

　여기 고노스케의 삶에서 많은 교훈을 배웠다. 어쩌면 부모를 미워

하고 사회를 원망해야 할 만큼 절대 부족하게 태어난 자신의 환경을 긍정으로 인정하고 오히려 그 약점을 성장의 발판으로 삼아 한계를 뛰어넘는 지혜와 용기는 내 거울이자 채찍이었다. 이분에 전기를 읽고 가방끈이 짧았던 현실을 극복하는 데 에너지를 모았다. 나에게 많은 정신적 영향을 주었다.

도쿠가와 이에야스는 일본을 평정한 에도 바쿠후의 초대 쇼군이다. 그가 일본을 천하통일시켰다는 소식을 들은 다이묘들은 충성을 맹세하기 위해 전국에서 모여들었다. 하지만 화장실에 들어간 이에야스는 한참 만에 휴지 한쪽을 들고나와 바람 부는 하늘에 던지더니 바람 따라 나르는 종이를 붙잡기 위해 뛰고 기어 다니기를 여러 번 하자 축하객들과 다이묘들은 웅성거렸다. '천하를 제패하더니 아무래도 미친 것 같다'는 말까지 서슴지 않았다. 이윽고 종이를 잡은 이에야스는 군중을 향해 뼈있는 한 마디를 했다. "나는 세상을 이렇게 얻었다." 그 말에 장안은 조용히 고개 숙여 충성을 맹세했다.

그렇다. 살다 보면 세상을 호령할 때도 있지만 밑바닥을 기어 다닐 때도 있고 끝자락에 있을 때도 있다. 하지만 언젠가 앞서갈 때도 올 것이다. 어떤 사람들은 내 뒤에서 수군거렸다. 마치 능력이 부족한 사람이 무엇이라도 쉽게 취한 양 '관운이 좋다'느니 '출세했다'고 한다. 누구나 정상을 정복하였을 때는 그에 상응하는 땀과 열정에 비례한 대가이다. 일본 3대 명장의 한 사람인 오다 노부나가, 도요토미 히데요시도 이루지 못한 일본 평정을 이끌어낸 인물은 도쿠가와 이에야스다. 그도 세상을 얻기까지 순탄하지 않았다. 세상엔

공짜가 없다. 그것이 세상의 이치다.

우리나라의 김연아는 세계의 피겨 여왕이 되었다. 13년 동안 얼음판에서 맹훈련을 하면서 수를 헤아릴 수 없이 엉덩방아를 찧었다. 그뿐인가. 얼음판 위에 주저앉아 수없이 눈물을 흘리며 피겨를 선택한 자신이 밉기도 했으리라. 허나 그런 고통이 있었기에 지금의 자리에 올라 설수 있었다. 금메달의 꿈을 이루어 냈다. '이루어야 할 꿈이 있었기에 도전했고, 힘든 날이 있었기에 오늘이 있었다.' 이 말에 동의하지 않는 사람이 있을까마는 꿈을 이룬다는 것은 힘든 일이다.

내가 이룬 것은 가치 있고 존귀하지만 남의 일은 하찮게 평가 절하하는 경향이 있다. 그 사람의 인격을 의심할 아주 위험한 일이다. 꿈은 객관적 높낮이가 없다. 저마다 가치의 크기만큼 다를 뿐이다.

한 송이 꽃을 피우는 일도 꿈이고 최고가 되는 것도 각자의 꿈인 것이다. 그 꿈을 이루기 위해 많은 고통을 이겨내고 끈질기게 정성을 들여 도전하느냐가 필요충분조건이다. 남 일이 아니라 나를 보는 듯하여 아리지만 이룬 꿈에 박수를 보낸다.

백수 7일의 행복

지금껏 살아오면서 백수가 이렇게 좋은 줄 몰랐다. 백수가 되기를 원했던 것도 더욱 꿈도 아니었지만, 세월이 준 달달한 초콜릿이었다. 처음 맛본 그 맛은 첫사랑같이 달콤하고 행복한 느낌이 들었다. 행복이 멀리 있는 것도 특별한 것도 아니고 그냥 느낌이 좋으니 이것이 행복이구나 하는 생각이 들었다. 아마 행복은 얼마나 가지고 있느냐가 아니라 불필요한 것으로부터 얼마나 벗어나 있느냐가 그 척도가 아닌가 싶다.

지난 40여 년은 시간에 구속되어 이른 아침에 일어나 똑같은 시간에 출근하여 밤늦게 퇴근하다 보니 다람쥐 쳇바퀴 도는 모습이었다. 재미있는 일이 있어도 감응의 밸류는 낮았다. 백수 입문 첫날은 아주 여유가 있었다. 온기가 남아있는 이불 속에서 엎치락뒤치락 마냥 게으름을 피다가 세수도 안 하고 아침을 먹었다. 어쩌면 일부러 안 하던 짓을 해보고 싶었다. 거실에 편하게 앉아 진한 커피 향에 취해보며 갇혀있던 시간에서 자유를 만끽했다.

갑작스런 일상의 변화에 이래도 되나 싶었다. 아예 폰도 꺼 놓고 TV를 보다 눕기도 하고 무료하다 싶으면 책도 보고 그렇게 뒹굴며 하루를 보냈다. 어쩌면 중국 시인 도연명이 쓴 '도화원기'에 나오는 무릉도원 같은 느낌이었다. 만발한 복숭아꽃은 없어도 한가로운 이상향의 진수가 아닌가. 이 작은 것에도 만족하고 취해 있는 자신이 고마웠다. 욕심 없는 이 마음이 나의 캐릭터이고 나를 지키는 힘의 모태였기 때문이다.

이튿날에 뜬 태양은 어제의 환희에 찬 햇살이 아니었다. 물리적으로는 어제와 다를 바 없지만, 무엇인가 아쉽다는 생각이 들었다. 그 마음 그대로 지키며 평소에 생각했던 유언장을 썼다. 가장 컨디션이 상승했을 때 기록하는 것은 마음을 유산으로 남기는 것이기도 하다.

대부분 임종을 앞두고 어쩔 수 없는 상황에서 유언장을 작성하지만 언제 어떤 마음에서 쓰느냐는 의미가 다르다고 생각한다. 여기에 그때 썼던 유언장을 전재하기보다 항목만 써 보면 이렇다.

첫째는 시작하는 이야기와 작성 이유, 두 번째는 장례에 관한 생각, 세 번째는 재산분배에 대하여, 네 번째는 의료 의향에 관한 사항 그리고 마지막으로 가족에게 마지막 남기고 싶은 마음을 담았다.

이렇게 초안을 작성하여 아내에게 보여주었더니 느닷없는 장문의 유언장을 보고 아내는 눈물을 훔치며 "왜 유언장을 썼냐"며 다그쳤다. 아마도 퇴직하고 나서 이상한 생각을 하나 하는 불길한 생각이 든 모양이었다. 껄껄 웃으며 자초지종을 설명하며 이해시켰다.

벌써 백수가 된지 닷새 날, 해가 중천에 올랐다. 의식적으로는 유유자적하는 것은 좋은데 일하던 본성이 꿈틀거린다. 역시 익숙한 것과의 결별은 고통이구나 하는 생각이 든다.

흐르는 물 따라 갑천변을 걸어서 유림공원의 벤치에 앉아 사색에 잠겼다. 그동안 퇴직 준비를 못한 여생을 무엇을 하며 어떻게 살까? 생각할수록 수많은 아이템은 쓰레기가 되었고 현실성 있는 똘똘한 물건 하나 챙기지도 못한 것을 들춰내니 더욱 혼란스러웠다. 이 순간 떠오르는 모든 생각들을 정리하여 버킷리스트를 쓸 생각을 한 것이 하나의 소득이라면 소득이었다.

〈버킷 리스트(Bucket list)〉라는 영화가 있다. 죽음을 앞두고 암병동에서 우연히 만난 두 남자가 병원을 탈출해 생의 마지막 순간을 즐기기 위해 유쾌한 여행을 떠난다는 영화다.

자동차 정비사인 흑인 카터와 억만장자 에드워드는 너무나 다른 환경에서 살아온 사람들이지만 죽기 전에 해보지 못한 일들을 해보자며 의기투합하고 버킷리스트를 만든다. 남은 생에 하고 싶은 것들을 적고 실천하는 것이다. 세계여행가기, 문신하기, 스카이다이빙, 카레이싱, 가장 아름다운 소녀와 키스하기 등등 에드워드의 재정적인 도움으로 해보고 싶은 것들을 마음껏 즐기는 동안 암은 사라지고 또한 이들은 삶의 의미와 소중함, 인생을 알차게 사는 게 무엇인지 깨닫게 된다. 두 배우의 연기도 좋았지만, 영화를 보는 내내 잔잔한 감동이 물결쳤던 기억이 난다.

그날부터 꼬박 이틀 동안 서재에서 죽기 전에 꼭 하고 싶은 것들을 작성했다. 세계적 걸작의 빌딩 설계만큼이나 정성과 열정을 다하였지만, 그 내용은 어찌 보면 빈약하리만큼 보편적인 삶을 기본으로 디테일하게 썼다. 너무 분수에 맞지 않는 이상적이거나 외형만 화려한 속 빈 강정은 실천하기 어려워 무용지물이 될 수 있기 때문이었다.

　백수의 거리에 내몰려 안타깝게도 가장 먼저 마주하게 된 유언장과 버킷리스트이다 보니 자연스레 죽음의 관계성으로 이어졌다. 죽음을 생각하는 묵상의 시간이기도 했다. 분명한 것은 죽음이 있기에 생이 존재한다는 사실이다. 톨스토이가 말한 '죽는다'는 확실한 명제를 차용하지 않더라도 '사람은 한번만 살 수 있다'는 계율은 나에게 주어진 삶과 시간의 유한성을 구속한다. 그 죽음을 생각하지 않는다는 것은 어리석은 일이다. 오늘 죽을 것처럼 삶을 사랑하고 허상의 굴레를 벗어나 죽음 앞에 당당히 다가설 백수의 삶을 구가해야 한다. 이것이 나의 두 번째 죽음을 맞는 계율이다.

　아무튼 은퇴하고 일주일간 그동안 살아온 날을 반추하고 앞으로 살아갈 미래를 꿈꾸며 무겁게 시작한 유언장과 버킷리스트를 마무리하니 오히려 홀가분한 마음이다. 이제 여생에는 해안선 단풍잎 숲길 따라 휘파람 불면서 굴렁쇠를 굴리는 소소한 행복을 꿈꾸며 살련다. 이런 마음마저 담은 유언장과 버킷리스트를 7일째 되는 날 탈고하고 그 첫 삽은 고향 집 채전에서 떴다. 그렇게 백수의 첫 7일은 의미 있고 행복한 시간 여행이었다.

저승길에서 이승으로 왔다

이미 달빛에 바래버린 이야기다. 어느 해 5월 초순, 저녁 퇴근길에 교보빌딩 앞을 지나다 보니 좁은 공간에 핀 몇 그루의 라일락꽃 주위로 제법 많은 사람들이 모여 셀카봉을 들고 연신 인증샷을 찍는가 하면 그 감미로운 향내를 맡기 위해 라일락 꽃잎에 얼굴을 묻는다.

나도 덩달아 달달한 허브향을 맘껏 마시고 고개를 들어보니 빌딩에 걸어놓은 시 한 구절이 눈에 꽂혔다. '모든 꽃은 아름답다. 아무리 아름다운 꽃도 다 흔들리며 핀다.' 어디서 본 듯한 시구였지만 라일락꽃에 대입하여 의미를 유추해보니 절묘했다. 한참 뒤에 이 한 토막의 시구는 도종환 시인의 '흔들리며 피는 꽃'을 패러디한 것이 아닌가 싶었다. 그렇다. 누구나 한 송이 꽃처럼 바람에 흔들리고 비에 젖으며 따뜻하게 피는 것이 아닌가 한다.

나의 인생도 빗나가지 않았다. 다른 사람들과 그만그만하게 살다가 은퇴하여 시골에 텃밭이나 일구며 살고 싶어 3도4촌 생활을 할 때였다. 그러니까 2013년 5월 24일. 여느 날과 같이 시골 풍경은 태연했다. 젖빛 하늘에서 이는 미풍이 감나무의 작설만한 잎사귀를 흔들고 안마당에 소담스럽게 핀 모란은 머리를 흔들며 예쁜 짓을 했다. 이날 동생네 모내기를 하려고 인력소개소에 일할 사람을 부탁했는데 두 명이 무단결근했다.

일손이 부족하여 서툰 손이라도 보태려고 장화 신고 못자리에 들어가 모를 뽑았다. 하지만 뽑아 놓은 많은 벼 묘판을 운반할 사람이 없자 동생은 나에게 트랙터 조작방법을 알려주며 운전을 부탁했다. 평생 처음 트랙터의 높은 운전석 앉으니 긴장도 되고 조심스러웠다. 위험을 감수하고 새참 먹을 때까지 천천히 묘판을 옮겼다.

이제 난이도가 요구되는 냇둑으로 다녀야 되는 코스다. 몇 차례 운전한 밑천이 전부였지만 할 수 있을 것 같은 자만이 화를 불렀다. 모래로 쌓은 냇둑은 묘판을 가득 실은 트랙터의 무게를 견디지 못하고 붕괴되면서 냇바닥으로 트랙터가 전복되었다. 아주 눈 깜짝할 시간에 한쪽 바퀴가 모래에 빠지며 트랙터는 기울고 그 기울기에 중심을 잃은 나는 물이 흐르는 2m 아래 냇바닥에 떨어졌다. 이어 그 덩치가 큰 트랙터가 내 몸을 덮친 것이다. 찰나의 순간 '이렇게 죽는구나' 하는 생각이 미처 끝나기도 전에 의식을 잃었다.

그 후에 들은 이야기가 더 아찔했다. 사고가 나자 우선 119에 신고하고 모여든 사람들은 엄청나게 큰 트랙터를 섣불리 움직일 엄두가 나지 않아 지켜보고 있는 상황이었다. 동생은 다급한 마음에 다른 트랙터를 가지고 와서 나를 덮고 있는 트랙터를 밧줄로 묶어 바로 세우려고 당겼다. 아뿔싸! 이게 웬일인가. 묶였던 줄이 풀린 것이다. 동생은 나를 덮고 있던 트랙터가 올라오다가 다시 덮친 줄 알고 다리 힘이 풀려 그 자리에 주저앉았다. 만약 그랬다면 확인 사살한 셈이었으니 얼마나 놀랐겠는가? 천운으로 트랙터는 모래톱에 옆으로 비스듬히 서 있었다.

드디어 20여 분 만에 119구조대가 와서 들것으로 구급차에 실었다. 그때 이승인가 저승인가 헷갈리며 정신이 들었다. 눈을 떠보려 했으나 트랙터에서 흘러나온 기름이 얼굴에 범벅이 되어 눈을 뜰 수가 없었다. 물티슈를 찾으니 간호사는 물티슈가 없어 닦을 수 없다고 한다. 순간 고마움보다 버럭 화가 났지만 어쩔 수 없었다.

서산의료원 응급실에서 우선 장 파열 검사를 했다. 장 파열이 되면 바로 부패하기 때문에 헬기로 수송해야 한다는 것이다. 다행히 위험한 부분은 손상이 안 됐으나 빨리 대학병원으로 후송하라고 한다. 정말 고맙게도 사고 소식을 듣고 친구 병두와 정상이가 급히 왔다. 그들은 서울로 가자고 권유했으나 가족이 있는 대전으로 갔다.

을지대학병원 응급실에서 3시간 정도에 걸쳐 기초적인 혈압과 맥박 체크에서부터 심전도, MRI 검사를 했다. MRI 검사과정에서 몸에 묻은 기름에 모래가 붙어있어서 에러가 나자 간호사만 혼났다. 어찌나 미안하던지 사과를 했으나 나도 방법이 없지 않은가. 종합판정할 당직의사가 오더니 트랙터 사고가 사실이냐며 재차 물었다. 그렇다고 말하니 트랙터 사고는 100% 사망인데 하물며 손가락도 안 부러졌다며 집으로 가라는 것이었다. 어이없었지만 집에서 하룻밤을 자고 일어나려니 타박상으로 온몸이 아파서 움직일 수 없었다. 이튿날 한방대학병원에 입원하였다. 그날부터 병실에 있다가 모기가 날기 시작하는 여름이 돼서야 집으로 올 수 있었다.

입원 치료를 받고 있을 때 한 번은 기독교 신앙생활을 하고 있는 문병호 부부가 문병을 왔다. 사고 경위를 듣고 긴 졸도 시간에 관심이 컸다. 재미 삼아 '거미줄 이야기'에 조미료와 설탕을 가미해 이야기해 주었다.

"하늘에서 온 두건을 쓴 두 명의 사자가 인도하여 어디론가 갔다. 평지보다 약간 높고 넓은 길이 나왔고 그 길 위에는 세계의 모든 인종이 뒤섞여 입을 다문 채 걸어가고 있었다. 그들과 함께 걸었다. 길의 양쪽에 있는 운동장 크기의 통 속에는 아비규환의 지옥과 끓는 물의 화탕 지옥에서 비명 소리가 들렸다. 그런 통 속에서 고통을 받는 인간은 끝이 없었다. 염라대왕의 심판대가 가까워지면서 두려웠다. 그때 공명 상태에서 누군가 내 이름을 불렀다. 두리번거리다 천정을 보니 가느다란 거미줄이 내려왔다. 그 줄을 잡자 주위에 있던 사람들이 내 팔다리를 붙잡았다. 거미줄은 천천히 올라갔다. 그때 정신이 들었다. 그 순간은 이미 구급대의 들것에 실려 가고 있었다."고 말해 주니 교회에 나와서 간증을 해달라고 보챘다. 박장대소로 힐링했다.

나는 이 세상에 두 번 태어났다. 한 번은 미혹의 세계에서 운명적인 탄생이었다면 또 한 번은 염라대왕의 문전에서 천운으로 재생하였다. 아직 이승에서 갚아야 할 빚도 있고 할 일이 많이 남았다고 보기 좋게 저승에서 퇴짜를 맞았다. 아무튼 나는 귀한 목숨이다.

백 번째 원숭이의 효과

은퇴하고 3년째 되는 해에 텃밭에 고추모 1,500개를 심었다.

우리 마을 사람들은 대개 2천 모정도 심는다기에 나는 아직 초보 농부이지만 욕심을 내본 것이다. 고추농사는 여름 농사여서 땡볕 아래서 소독약도 뿌리고 풀도 매주어야 했다.

그해 나는 고추밭에서 살다시피 했다. 고추가 커가는 대로 줄도 띄우고 빨갛게 익은 고추는 바람이 통하지 않는 고랑에 앉아서 따야 했다. 고추대가 넘어지지 않도록 줄을 띄우는 일은 진땀을 흘려야 하는 일이었다. 돌돌 돌아가는 줄을 고추대가 서 있는 끝까지 바닥에 늘여 놓고 지주에 묶으려니 줄이 말리면서 꼬여서 이 매듭을 풀어서 묶는 일이 여간 번거롭지 않았다.

이 불편한 과정을 편리하게 개선해보려고 몇 날을 실험하고 고민했다. 드디어 찾아낸 것이 배낭에 간편하게 줄을 담아서 고랑으로 걸어가면서 지주에 묶어만 주면 됐다. 지나가던 동네 몇 분들이 그렇게 편하게 줄 띄우는 방법을 알려 달라 밭으로 내려왔다. 삽시간에 온 동네로 소문이 퍼져 아주 편하게 고추대를 묶어주었다.

얼마 지나지 않아 고추의 메카 충북 음성군에 볼일이 있어 갔다. 일을 마치고 오는 길옆에 이어지는 고추밭은 끝이 없었다. 그런데 고추밭에서 줄을 띄는 한 농부를 보고 깜짝 놀랐다. 바로 엊그제 배낭을 메고 처음으로 줄을 띄우던 내 모습이 아닌가. 차에서 내려 농부에게 언제부터 그런 방법을 섰느냐 물었더니 아무렇지도 않다는 듯 말했다. "몇 년 됐죠, 왜요?"

참 어이가 없었다. 이 먼 거리에서 이미 나와 똑같은 방법으로 줄을 띄우다니 놀라웠다. 아마도 일의 공정이 비효율적이거나 불편을 느낄 때나 외부의 부당한 힘에 저항할 때 변화 내지는 개선되어 스스로 진화하는가 보다. 그래서 형태나 효율이 일정 한계치를 벗어나면 거리에 관계없이 동시다발적으로 변화됨을 알았다. 변화는 내일 시작되는 것이 아니라 바로 오늘 진행되기 때문에 전파 속도가 빠르다는 사실도 느낄 수 있었다. 이와 비슷한 상황을 연구하였던 논문이 생각났다.

저명한 동·식물학자인 라이얼 왓슨(Lyall Watson)의 '백 번째 원숭이의 효과'라는 이론이 있다. 이는 어떤 행동유형이 임계치를 넘어서는 순간 급작스럽게 개체들 사이에 널리 퍼지는 현상을 말한다. 일종의 집단의식의 공명현상을 말한다.

일본의 고지마(幸島)라는 무인도에 사는 원숭이들의 습성과 행동을 관찰한 결과 그곳의 원숭이들은 고구마에 묻은 흙을 털고 먹는 습성이 있었으나 우연히 젊은 원숭이 한 마리가 바닷물에 씻어 먹기 시작하였다. 고구마는 깨끗하고 바닷물의 염도가 있어 아주 맛있었다. 이를 본 다른 원숭이들도 하나둘씩 모방하여 그렇게 씻어 먹는 숫자가 늘어났다. 그런데 그 숫자가 백 마리째의 임계수치에 도달하자 그 습성이 그 섬뿐만이 아니라 일본 전역의 섬에서도 바닷물에 씻어 먹기 시작했다. 전혀 왕래가 없었는데도 똑같은 행동이 습성화된 것이다. 이는 어떤 행위나 의식을 가진 개체의 수가 일정량에 달하면 그것은 그 집단에 국한되지 않고 거리나 공간을 넘어서 전체로 확산해 간다는 법칙이다.

생각이 여기에 미치자 나의 인문학적 상상력은 날개를 달기 시작했다. 미국의 산업혁명 시기, 수많은 발명·발견이 일어날 때 누가 먼저 특허를 신청하느냐에 따라 그 사람의 운명이 바뀐 예가 부지기수다. 예컨대 전화의 발명이 그렇다. 우리는 흔히 '인류 최초의 전화 발명가'라고 하면 '알렉산더 그레이엄 벨'을 떠올린다. 하지만 1876년 2월 14일, 미국 특허청에 전화 발명 특허를 신청한 또 한 사람이 있었는데 엘리샤 그레이였다. 그는 벨보다 두 시간 늦게 특허를 신청했기에 전화기 발명이라는 영예도 부(富)도 누리지 못하고 역사에서도 잊혀진 인물이 되었다.

발명왕 에디슨은 평생 1,093개의 특허와 발명품을 내놓은 천재였지만 동시대에 전구며 축음기에 대한 아이디어를 가진 사람들은 많았다. 단지 그가 조금 빨랐을 뿐이다.

나의 이런 생각은 꼬리에 꼬리를 물고 이어져서 사상적 발전에 대한 부분까지 이어졌다. 얼마 전 나는 〈축의 시대(Axial Age)〉라는 책을 무척 흥미롭게 읽었는데 이 책은 기원전 2500년 전 무렵에 세계의 주요 종교와 철학이 거의 동시에 탄생한 인류사의 가장 경이로운 시기를 다룬 역사서이다.

이 시기에 중국에서는 공자, 노자가 인도에서는 고타마 싯다르

타가 등장했으며, 이스라엘에서는 엘리야, 예레미야, 이사야 등 예언자들이 출현했고, 그리스에서는 소크라테스, 플라톤, 아리스토텔레스 같은 철학자가 나타나서 인류 문명사의 새로운 지평을 열었다. '아직까지 인류는 축의 시대의 통찰을 넘어선 적이 없다'하니 기가 찰 일이다.

서로 교류가 없던 네 지역에서 어떻게 비슷한 시기에 그토록 놀라운 사유의 혁명이 일어날 수 있었을까? 어떻게 그들은 우주와 인간과 삶에 대해 비슷한 결론에 이르렀을까?

생각이 너무 골똘해져서 비약이 너무 심해진 것 같다.

나는 다시 생각을 고추 농사로 옮겨왔다. 어쩌면 사회를 변화시킬만한 큰 사건은 아닐지라도 그동안 고추 줄 띄우는 일은 불편하고 비능률적이었던 것만은 사실이다. 그러나 많은 사람은 당연한 일로 감수했으나 나는 좀 더 나은 방법을 찾고자 고민하여 알아냈으나 그 방법은 이미 충북지방에서 실행하고 있었다. 어떤 행위를 하는 개체의 수가 임계치에 다다르면 시공간을 초월하여 나은 방향으로 변하고 진화하는 불가사의한 현상. 그것은 내가 직접 체험한 백 번째 원숭이의 효과였다.

내 가슴에 값진 보물

　가을비는 곧게 서서 창가로 달려온다. 이런 날 새들은 비를 맞으며 기도 드린다. 그들의 간절한 주문은 대부분 먹잇감에 집착되어 있을 것이다. 어떤 관점에서 보면 나도 새의 사유에서 멀리 있지 않다는 회안도 느낀다. 지금까지 한편으로는 먹고살기 위해 뛰었으니 말이다. 아마도 가을비가 지친 삶의 궤적을 일깨워 인생무상의 좁다란 곁길로 끌고 가나 싶어 머리를 흔들어 정신을 차려본다.

　비 오는 날은 쉬는 날이라지만 모처럼 책꽂이 정리를 시작했다. 가치를 상실한 월간지는 퇴출시키고 새로 산 책으로 그 자리에 배치했다. 깔끔하게 정리된 서재보다 흩어진 잡서들을 다시 들춰보았다. 정말 불에 태워 버릴 만큼 나에게 아무런 도움이 되지 않는 걸까 생각하니 이 세상에 태어난 것들 중에는 소중히 보호받아야 할 것이 있는가 하면 쓸모없거나 독이 되어 버려야 되는 것들이 분명 존재한다. 인류의 유산으로 마땅히 보존되어야 할 가치 있는 정신, 철학, 제도, 예술품 등의 디딤돌은 소중히 간직해야겠지만 해악이 되는 낡은 사고방식, 낡은 패러다임 같은 걸림돌은 치워야 한다.

　얼마 안 되지만 책꽂이에서 쓰레기통으로 옮겨 놓으니 홀가분했다. 그리고 오래도록 해묵은 소중한 것들은 먼지를 털고 닦아 가치와 의미를 되새겨 보았다. 그러다 보니 그동안 살아오면서 자신만이 가치를 부여하고 아끼는 소중한 사람이나 정신적, 물질적인 보따리가 보인다. 비 오는 호젓한 날이니 무엇이 들어있나 풀어보자.

우선 소중하게 여기는 것 중에 하나는 반월(半月)이라는 내 아호(雅號)다. 그리고 우리 집 당호(堂號)는 반월당(半月堂)이다. 아호와 당호를 같이 쓰고 있는 셈이다. 사람의 호칭은 중요하다. 나이가 들면서 이름을 부르는 것보다 풍아한 아호를 멋스럽게 칭하는 것도 좋을 듯해서 작명했는데 누군가 내 호를 불러주면 좋겠다. 구태여 호의 의미를 부여한다면 '아직 부족하지만 중용이고 미앙(未央)의 행태'라고나 할까 싶다.

호와 관련한 일화가 있다. 서산시청에 근무하던 윤군상 국장이 이름 부르기가 어색하다며 호를 물어왔다. 당시 호가 없었지만 갑자기 놀려주고 싶은 끼가 발동했다. 내 호를 알려주면 반드시 불러주겠다는 다짐을 받고 말했다. 호는 형통할 형(亨) 그리고 수풀 림(林)이다. 이제 불러보라고 했더니 "형님!" 하고 딱 한번 부르고 지금껏 부르지 않는다. 이제는 반월이라 불러다오.

어느 날 달갑지 않은 밉상이 왔다. 보조의자 하나 끌어다 옆에 놓고 귀동냥한 폐기된 정보를 구습으로 한참 풀더니 자신에 어울리는 호를 작명해 달라고 부탁했다. 바쁘지만 빨리 보낼 심산으로 순발력 있게 불러주었다. 나 아(我)에 벗 우(友)가 딱이다. 어떠냐고 의사를 물으니 좋다고 대답하길래 이제부터는 이름 대신 호를 부르겠다며 "아우"라고 불렀더니 옆에서 욕을 내뱉고 도망쳤다. 어찌나 고소하던지 지금도 웃음이 나온다.

그동안 주변에 있는 친구들이 호를 부탁하여 작명을 했다. 도청 산림과장이었던 김영수 과장은 향산(香山)이다. 그 의미는 '풋 향내 나는 산 사랑의 덕장'이다. 감사위원장을 역임한 이완수 위원장은 백소(白素)다. 의미는 '순수한 포용과 청렴한 선비'다. 교육원장을 했던 황수철 원장은 소담(沼潭)이다. '무릇 인간의 샘 같은 군자'를 의미한다. 지인인 노복래 사장은 우담(耦潭)이다. '세속에 물들지 않은 연꽃이 약속된 샘에 핀다'라는 의미다. 이 절친들은 호가 의미하는 이상의 삶을 살아왔다. 이제 많은 사람들이 귀하게 여겨 불러주면 좋겠다는 마음이다.

두 번째는 요즈음 희소하지만, 나에게는 소중하고 자랑스러운 최범진이라는 수양아들이 있다. 외모는 균형 잡힌 큰 체격에 수려한 멋에 더하여 마음은 온화하고 따뜻한 사나이다. 아주 예의 바르며 정과 의리를 겸비한 서글서글한 사내다. 아들과 인연이 되었던 2012년으로 거슬러 올라간다.

범진이 아버지인 최성규 회장과는 평소 호형호제하며 지내는 막역한 사이였다. 그 아우가 아들 범진이 결혼식에 주례를 부탁했다. 정성을 다하여 준비했다. '인디언들의 결혼 시' 내용만큼이나 깊은 마음을 담아 내용을 작성하고 또 주례사를 인쇄하여 케이스에 담았다가 결혼식이 끝나고 선물로 신랑신부에게 주었다.

그 뒤 신혼여행을 다녀와서 저녁 식사에 초대되었다. 그 자리에서 최성규 회장이 우리 아들 주례를 서 주었으니 평생 멘토가 될 수양아버지가 되었으면 좋겠다며 당황스런 분위기를 만들었다. 당사자도 짜고 치는 고스톱처럼 선뜻 나서며 답변을 채근했다. 생각하고 머뭇거릴 시간도 없이 수양아버지가 되어버렸다. 어쩌면 찰나의 순간이지만 오는 사람 손을 잡아준 것은 나의 자격 여부를 떠나 참 잘했다고 생각했다. 왜냐면 정현종 시인에 '방문객'이라는 시구가 떠올랐기 때문이었다. "한 사람이 온다는 것은 사실 어마어마한 일이다. 한 사람의 일생이 오기 때문이다."

이 얼마나 장엄하고 드라마틱한 감동인가? 내 생에 동반자로 인연이 된 수양아들 범진이 내외와 손자 동화, 그리고 아우 성규와 제수씨가 고맙고 또 고맙다.

세 번째는 우리 집에 4대째 같이 살아온 유품 174점을 태안문화원에 기증하였다. 그뿐만 아니라 보존 가치를 불문하고 소장하고 있던 동이 3점을 비롯하여 나무 절구통, 대바구니 그리고 밥그릇, 국그릇, 접시 등 소품 171점과 함께 총 174점을 보냈다.

김한국 문화원장이 귀중한 물품을 가정에서 보관 관리하기보다는 온습도 시설이 있는 문화원 수장고에 보관하면 좋겠다며 졸랐다. 그것도 좋은 일이다 싶었으나 어머니께서 조상들의 손때가 묻은 유품을 함부로 내주느냐며 걱정을 했다. 마음이 누그러졌을 즈음 문화원에 기증하면 온습도를 맞추어 영구히 보존할 수 있다고 설득하여 섭섭한 마음을 숨기고 웃는 낯으로 떠나보냈다.

아이들 키만큼이나 큰 동이는 제법 나이를 먹었다. 통정대부에 추증되었던 증조부께서 벼를 보관하기 위해 구입했던 많은 살림살이 중의 하나로 대물려 오늘에 이르렀다.

둥근 동체에 짙은 회색의 무문토기이지만 특징은 입구 하단에 손가락 끝으로 눌러놓은 듯한 23개의 모양을 하고 있다. 크기는 높이 100㎝, 구경 65㎝, 둘레 235㎝로 벼 3가마를 담을 수 있을 정도로 큰 동이다. 이 동이의 생산지는 원북면 분점으로 추정된다. 분점은 지금의 학암포로 그곳은 조선시대부터 질그릇을 만들어 중국에 수출하고 내수에도 기여했던 많은 가마가 있었던 곳이다. 분점에서 우리 집까지는 그리 멀지는 않았지만, 어선을 이용하여 운반했을 것이다.

이후 태안문화원에 유품을 기증하였다는 정보를 입수한 충남 역사문화연구원 박병희 원장이 하도 졸라서 소장하고 있던 유품 72점을 역사문화원에 보냈다. 앞으로도 집안 깊숙이 넣어둔 귀한 유품을 추가로 기증할 예정이다. 선조께서 물려주신 소중한 유물들을 각 기관의 수장고에 잘 보관·관리하여 후손들에게 물려줄 귀중한 사료가 되었으면 한다.

마지막으로 보따리를 하나 더 푼다면 아내가 소장하고 있는 대물림 금반지다. 몇대조 할머니부터 시작하여 내려오는지 정확히 알 수 없으나 어머니한테 대물림의 뜻과 함께 물려받은 금반지다. 어머니도 할머니께서 연세가 많아지자 우리 집 큰며느리에게 대대로 대물림하는 금반지라며 주셨다. "잘 간수하였다가 며느리한테 주라"는 말도 덧붙였다며 얼마 전에 아내에게 물려주셨다. 이 금반지는 무게는 잘 모르지만 적당한 크기에 투박하고 볼품은 없다. 하지만 조상의 얼과 정이 물씬 배어있는 소중한 보석인 셈이다. 이보다 더 고귀한 가풍의 끈과 값으로 환산할 수 없는 숭고함은 국립박물관에도 단연 없을 것이다.

다시 한번 훌륭한 선대에서 시작하여 후대로 이어지는 대물림의 금반지 자체도 소중하지만, 그 뜻에 대한 경의와 자부심을 느낀다. 그리고 자랑스럽다. 이 반지 또한 훗날 예쁜 맏며느리한테 조상들의 뜻과 얼을 담아 바통 터치해야 할 날이 오겠지. 이만하면 묻어두고 가기보다 햇볕에 내보인 것이 잘했다 싶다가도 오히려 소중한 것이 바래지나 않을까 걱정도 된다.

내 마음의 거울

체경(體鏡)은 자신의 모습을 꾸밈없이 비추는 거울이다. 이에 반해 술은 자신의 마음을 상대에게 비춰 보이는 거울이다. 이를테면 그 술이라는 것은 '마음의 거울이다.' 술은 기분이 좋아도 찾고 나빠도 마신다. 술의 주성분인 알코올은 용기를 북돋아 가슴에 쌓인 앙금을 뱉어내게 작용할뿐더러 대부분의 취객은 말이 많아진다.

누구나 술기운이 오르면 가슴에 맺힌 한도, 슬픔도, 추억도, 사랑도 모두 술잔에 가득 담아 마시고 취중진담으로 토해낸다. 여기에 한량은 시 한 수를 곁들이고 노랫가락으로 흥을 돋운다. 이렇게 좋은 음식이기에 유구한 인류와 함께 진화하며 이어져 오는 것이다.

하지만 술에 대한 부정적인 인식도 많다. 과음으로 건강을 해치기도 하고, 혼미한 정신은 이성을 잃게 하고, 무모한 용기는 실수를 저지르게도 한다. 결국은 적당히 마시면 좋으나 과하면 해롭다. 사물이 정도를 지나치면 미치지 못함만 못하다는 것이다. 중용이 중요하다는 과유불급이 여기서 통한다. 그래서 첫술은 친구와 먹지 말고 어른한테 배우라는 가르침이 옳은 말이다.

내가 처음 술을 접한 것은 스물두 살 때이다. 나는 술이 싫었고 마실 줄도 몰랐다. 시골에서 힘든 농사일을 하려면 새참으로 밀주라는 막걸리를 곁들여야 했다. 어머니는 광주리에 새참을 머리에 이고, 나는 술 주전자를 낑낑거리고 나르는 것이 싫었다. 또 그 시절에는 집에서 술을 만들어 먹는 것이 위법이었다. 먹거리가 부족하여 굶는 사람이 많았기 때문에 식량 보존 차원에서 그랬을 것이다.

일설에 의하면 막걸리 판매가 부진하면 세무서에서 술 조사를 했다. 세무서 직원의 권력이 얼마나 대단한지 법원 영장도 없이 집안을 샅샅이 뒤졌다. 식구들은 벌벌 떨었다. 법에 대해 무지한 식구들은 대문을 걸어 잠그고 도망을 치거나, 술을 버리거나, 술독을 대밭으로 옮겨 숨기기도 했다. 그들이 휩쓸고 지나가면 식구들은 다리가 떨리고 가슴은 두근거리고 혼이 나갔다며 한동안 꼼짝도 못했다. 그 광경을 수도 없이 목격하고 당했기에 어른이 돼서도 절대로 술을 안 먹겠다고 다짐했었다. 때문에 술 자체가 싫었고 몸에서도 받지 않았다.

그렇게 금기시하던 술의 빗장이 풀리게 된 것은 공무원 시보 딱지도 떨어지지 않은 애기 면서기 때이다. 서무와 사회 업무를 맡았는데 노임 살포 목적으로 도입된 취로사업 공문이 시달되었으나 사례가 없었던 터라 군청에서 가칭 「취로사업 추진요령」을 설명하기 위해 읍면장과 담당자 연석회의가 소집되었다.

처음으로 가는 군청은 보이지 않는 위력에 두렵기만 했다. 면장님은 아침 일찍부터 서둘렀다. 내가 면장님을 수행한 것이 아니라 면장님이 나를 데리고 간 꼴이 되었다. 육군 소령 출신인 OO 면장님은 서산 버스 차부에서 내려 큼직한 식당으로 앞서 들어갔다. 영문도 모르고 뒤따라 들어간 방안에는 벌써 근엄한 어른이 앉아 계셨다. 처음 본 그분은 군청 과장이었다. 그 위풍과 직위에 주눅이 들었다. 주전자에 담은 따끈한 술을 컵에 따라주었다. 사실대로 술을 못마신다며 사양을 했지만 "면서기는 술을 먹어야 한다"며 권하는 그 위압감에 어쩔 수 없이 한 모금 마시니 뜨겁고, 쓰고, 기침까지 나왔다. 어찌나 메스꺼리고 고통스러운지 뛰쳐나가고 싶었다.

하지만 어찌하랴, 계급이 깡패인데. 고통스럽게 한잔을 마시니 술상이 위아래로 올라갔다 내려왔다 하면서 방안이 빙빙 도는 느낌이 들었다. 아무래도 쓰러질 것만 같았다. 방에서 간신히 밖으로 나왔더니 도우미 아주머니가 빈방으로 안내해주며 누워있으라 했다. 방에 눕자마자 한잔 술에 취해 곯아떨어졌다. 얼마나 지났는지 면장님이 깨웠다. 벌떡 일어나자마자 "회의 가야지요?" 하였더니 괜찮냐며 회의는 마치고 왔다면서 회의서류를 건네주었다. 어찌나 미안하고, 당황스럽고, 쑥스럽고, 어색한지 몸 둘 바를 몰랐다.

그날 있었던 하나부터 열까지 모든 일은 모두 난생처음 겪는 일이었다. 나중에 알았지만 그날 마신 술은 따끈하게 데운 정종이었다. 무엇이든 처음은 낯설고 두렵지만, 한편으로는 희망과 설렘으로 가득하다. 하지만 그날은 술과 첫사랑의 시작이었고 가슴에 불투명한 거울을 처음 단 날이었다.

나는 촌스럽게도 깊은 맛과 누룩 향이 배여 있는 동동주를 좋아한다. 약간 단듯하면서 입술에 착 달라붙는 점액성이 강한 감칠맛이 땡긴다. 집에서 빚은 일명 앉은뱅이 술이라는 가용주는 특별한 안주가 없어도 좋은 친구만 있어도 맛있다. 그렇게 술맛을 들일 때까지는 에피소드도 많았다. 그 숱한 일화 가운데 부끄럽지만 한 가지를 이야기하고자 한다.

내 나이 스물여덟 살은 무서울 것이 없던 때였다. 하지만 잘 마실 줄 모르는 술은 여전히 무서운 존재였다. 그래서 지인 댁에 혼사를 앞두고 주객들이 없을 때 미리 축의금을 전달하러 갔다. 전통 혼례식 날에는 많은 축하객들이 부어라 마셔라 술판이 벌어지기 때문에 그날을 피해 미리 간 것이다.

지인 집에는 결혼식을 앞두고 사내들은 마당 가장자리에서 돼지를 잡고 아낙네들은 부엌에서 음식을 장만하느라 눈코 뜰 새 없이 분주했다. 그야말로 잔칫집 분위기였다.

혼인에 대한 덕담과 함께 혼주 손에 축의금을 들려주었더니 물이라도 먹고 가야 한다며 부엌으로 끌고 들어갔다. 장군 술독이 두 개가 나란히 있었다. 그 술독에 들어있는 용수에서 국 대접으로 떠 올린 붉은 빛깔의 술에서 풍기는 땅꼴 향은 군침을 억제할 수 없었다.

아궁이 앞에서 한 대접 들이켜고 나니 아주머니들이 방으로 들어가라며 등을 떠밀었다. 그 뒤 후회한 일이지만 그때 집에 왔어야 했는데 잡는 손을 뿌리치지 못하고 방으로 들어간 것이 실수의 시작이었다. 큰 놋대야에 동동주와 함께 사람들이 들어오면서 부어라 마셔라 술판이 길어졌다. 술에 취하고 분위기에 취한 사람들이 붙잡아 나올 수가 없었다.

변명으로 자리에서 간신히 일어섰다. 대문 밖에서 멀리 떨어져 보리밭에 있는 재래식 화장실에 갔다. 문도 없는 변소의 내부는 동이 위에 작은 막대기를 두 개 걸쳐 놓였다. 도저히 나무를 딛고 일을 볼 자신이 없었지만, 조심조심 볼일을 보고 일어서려니 변기통에 빠질 것만 같았다. 화장실 기둥이라고 하는 것이 작대기만 해서 잡고 일어서려니까 화장실이 부서질 것같이 흔들거렸다. 화장실 바닥에서 기어서 겨우 밖으로 나왔다. 그리고 일어서려니 정신은 멀쩡하지만 술에 취해 몸을 가눌 수 없어 도저히 일어서질 못했다.

앉은뱅이 술이라더니 정신은 꼿꼿한데 다리는 주저앉아졌다. 그래서 한 뼘쯤 자란 보리 싹을 붙잡고 일어서려고 하면 연한 보리 싹이 끊어지고 다시 잡고 일어서려고 힘을 주니 또 끊어졌다. 뺑뺑 돌면서 엉덩방아를 몇 번이나 찧었는지 주변의 보리 싹을 둥그렇게 거의 다 쥐어뜯은 뒤 겨우 그곳을 벗어날 수 있었다. 그 정황에서도 누가 보면 어쩌나 체면을 생각했다. 큰길에 나와서도 정신줄을 세우고 반듯하게 걸으려 도롯가에 흰 선을 밟고 걸어왔다. 고주망태로 추태를 부리고 갈지자 걷는 모습에 더하여 손가락질받는 것이 정말 싫었기 때문이다. 애주는 좋지만, 과음은 자신의 건강과 명예를 망가트리는 요물임을 깨우치는 계기가 되었다.

나태주 시인은 〈풀꽃〉에서 '자세히 보아야 예쁘고 오래 보아야 사랑스럽다'고 했지만 사람은 다른가 보다. 술자리가 그렇다. 처음 만나는 사람도 술잔이 몇 순배 돌면 진실에 가까운 대화를 나누기 때문에 빨리 친숙해진다. 하지만 속내는 오래 사귀어봐야 알 수 있다.

한 번은 당시 태안 여상에 근무하던 나의 절친 이병두에게서 연락이 왔다. 손님 접대하는 술자리에 같이 하잔다. 선뜻 내키지는 않았지만 사정 이야기에 함께했다. 학교에 영상 시스템 공사를 하는데 사업자가 워낙 일 처리를 잘해주어 고마움의 표시로 술을 못 먹는 교장 선생님이 친구한테 그 사장들을 모시라는 지시가 있다는 것이다. 삼겹살집에서 사장 두 명과 넷이서 소주를 마시는데 사장 한 분은 어찌나 술을 잘 마시는지 술잔이 늘 비어 있었다.

그분께 물었다. "체구도 작은데 어디로 그렇게 많은 술이 들어갑니까?" 대답이 참 재미있다. "술이 뼛속으로 들어가기 때문에 술에 취해 본 일이 없습니다." 초면이지만 재미있게 농담하면서 거나할 때까지 마셨다. 자리에서 일어나며 친구가 주인에게 외상 장부에 적어 놓으라고 말하니 외상은 안 된다고 한다. 그때만 해도 외상이 통하던 시절인데 정색을 하니 어쩔 수 없이 학교 동료에게 돈을 빌려서 음식값을 치르고 2차로 맥주 한잔 더 하러 갔다. 맥주 몇 잔 먹다 보니 통행금지 사이렌이 울렸다. 어쩔 수 없이 여관으로 함께 들어갔다. 여관방 하나에서 술에 취한 상태에서 네 명이 함께 잤다.

새벽녘에 친구가 깨웠다. 술도 덜 깬 상태였지만 심각한 얼굴로 내게 말했다. 술값을 주고 남은 돈이 없어졌다는 것이다. 어찌 이런 일이 있나 싶어 당황스럽고 황당했다. 똑같이 방에 들어와 잠을 잤는데 아닌 밤중에 봉창 두드리는 소리인가. 다시 확인을 해봐도 주머니에는 돈이 없다. 누구 짓일까. 혹시 잠든 사이에 도선생이 왔다 갔나 아니면 방을 관리하는 소위 조바라는 사람이 훔쳐갔나? 좀처럼 감이 잡히지 않았다.

꼭두새벽이지만 어쩔 수 없이 파출소에 근무하는 지인에게 연락을 했다. 마침 당직근무를 서고 있던 그는 곧바로 경찰정복을 입고 여관으로 왔다. 그에게 당부했다. 돈만 찾으면 되니 혹시 범인을 잡아도 처벌은 하지 말라고. 그는 자고 있는 두 사람을 발로 툭툭 건드려 깨워 한쪽 구석으로 세워놓고 옷이며 이불을 차례로 수색했다. 그때 우리도 함께 찾던 중 화장실 천장에서 돈이 발견되었다. 돈은 찾았지만 누가 훔쳤는지는 알 수 없는 상황에서 그 사장들과 대면하기가 민망하고 어색했다. 아직 어둑어둑한 새벽이지만 찝찝한 마음으로 여관 문을 나와 각자 집으로 돌아갔다.

오전에 파출소 지인에게서 연락이 왔다. 그 사장들을 소환하여 수사를 하는 도중에 한 명의 사장에게서 본인이 돈을 훔쳤다는 자백을 받아 경찰서로 넘기고 사건을 마무리했다고 한다. 참으로 어이없는 일이었다. 그럴 수가 있을까. 아무리 곱씹어 봐도 도무지 납득이 가질 않았다. 그의 가슴에 깨끗하게 닦아놓은 맑은 거울보다 음흉한 도선생이 있는 줄은 몰랐다. '열 길 물속은 알아도 한 길 사람 속은 모른다'고 한 말을 두고두고 새겨볼 일이었다.

이제는 술을 끊었다. 늦게 술을 먹기 시작했지만 내 평생 마신 술은 한 인간이 먹을 수 있는 총량을 초과했다. 이를테면 신이 정한 술 총량불변의 법칙에 맞닿았다. 그 이상은 신에 대한 도전이라는 사실을 어렴풋이 깨달았기에 실천하는 것이 마지막 남은 주객의 양심이 아니겠는가.

자전거는 스승이다

　아내는 얼마 전부터 다리가 아파서 물리치료를 받아 왔다. 날이 갈수록 증세가 심해지자 의사는 수술을 권했다. 수술을 하는 것은 무섭다며 아내가 주춤거리는 바람에 병은 깊어만 갔다. 결국 수술을 결정하고 아내는 며칠 전에 다리 관절경 수술을 받았다.

　아내가 입원한 병실은 2인실이었는데 다행히 다른 환자가 없어서 간호하던 나는 이틀 밤을 옆에 있는 빈 침대에서 편하게 잤다. 그렇지 않았다면 꼼짝없이 간이 의자에서 쪽잠을 청할 판이었다. 2인실을 단독으로 쓰면서 비교적 자유롭게 TV도 시청하고 화장실도 사용하면서 불행 중 큰 호사를 누리고 있었다. 이렇게 퇴원할 때까지 있게 해 달라고 기도를 하였으나 간절한 바람은 이날까지였다.

　마침내 여자 환자 한 분이 입실했다. 그런데 그 순간 우리만의 소박한 평화가 가득했던 병실 공기는 그 찰나에 조각이 났다. 조용한 병실 문이 갑자기 열리면서 먼저 큰소리가 들어왔다. 깜짝 놀라 출입문을 보니 휠체어를 탄 여성 환자 뒤로 세 명이 따라 들어왔다. 환자는 붕대에 감긴 다리를 조심스럽게 부축을 받아 겨우 침대에 올라앉았다. 한 남자가 그 환자를 향해 격앙된 경상도 어투로 책망을 한다.

"이게 뭔 일이고? 응. 한두 번도 아이고."

환자도 톤이 높아지며 맞받아친다.

"내가 잘못이가? 고만 하라카이."

좁다란 2인 병실 공기는 갑자기 불안하고 무거워졌다. 동행한 여성 한 분이 옆에 다른 환자가 있다며 눈짓하자 돌아보며 미안하다는 말을 건넸다. 입을 닫으니 표면상으로는 평온한 듯 잠잠해졌으나 얼굴은 화난 붉은색이 가라앉기 전이다.

상황이 진정되자 그들이 눈에 들어왔다. 환자는 부유한 사모의 교양미와 지성이 묻어났다. 그리고 남편으로 보이는 경상도 사나이의 인상은 큰 키에 카리스마가 압도하는 중후한 신사였다. 잠시 머물다가 남편과 함께 온 일행은 다시 오겠다며 나갔다. 그들이 떠나고 자연스럽게 동병상련의 마음에서 그 환자는 아내와 서로 입원하게 된 이유와 위로로 이야기가 길어졌다. 아내는 내성적이라서 비교적 낯가림하는 성격인데도 짧은 시간에 친숙하게 대화와 웃음으로 이어졌다.

이야기를 들으니 그 환자분은 자전거 동호인들과 자전거를 타고 도로를 질주했단다. 바람을 가르며 신나게 달리는 내리막길에서 페달의 오작동으로 발등이 부러지는 사고가 난 것이다. 그것도 두 번째 사고란다. 그래서 남편이 그렇게 화를 낸 것이라 자초지종 털어놓았다.

그러자 자전거를 처음 배울 때가 생각났다. 초등학교 4학년 때 자전거를 배우고 싶어서 학교 수업이 끝나면 숙부님 댁으로 갔다. 당시 숙부께서는 돌팔이 의사였다. 군 의무병으로 전역을 하고 무의촌인 고향에서 연로하신 의사를 공의로 모셔다 의료행위를 했다. 때로는 의사를 모시지 못하는 경우 숙부께서 환자의 가슴에 청진기를 대고 진찰을 하고 엉덩이에 주사 바늘을 찔렀다.

지금 생각하면 상상조차 할 수 없는 엄청난 문제였지만 그 시절은 오히려 주민들이 고마워했다. 가난하고 이동 수단이 없는 오지에서 위급한 환자나 장기치료를 받는 분을 도시에 있는 병원에 모실 수 없는 형편인지라 가까이에서 치료를 해주니 얼마나 고마운 일이었겠는가.

그래서 왕진을 다니느라 자전거를 담 밑에 늘 세워 놓았었다. 신장이 컸기에 자전거 바퀴도 내 키보다 높았다. 내 힘으로 그 주체할 수 없는 자전거를 타고 싶은 의욕으로 몰래 마당으로 끌고 나와서 안장에 앉지도 못하고 한쪽 페달에 오른발만 올려놓고 왼발로 땅을 밟으며 밀면 앞으로 나갔다. 하지만 한 바퀴도 구르지 못하고 자전거와 함께 넘어지고 일어나서 또 타려다 넘어졌다. 어느 날은 타이어 펑크도 나고 때로는 따르릉 소리 나는 벨도 찌그러지고 부서졌다.

나는 매일 옷은 흙투성이가 되고 손등과 무릎은 피투성이로 성할 날이 없었다. 하루는 왕진 가려는데 자전거가 펑크나서 늦었다고 숙부께 혼도 났다. 그렇게 다리가 짧아 안 된다던 불가능에 도전하여 기어코 안장 위에서 페달을 딸깍거리며 마당 한 바퀴를 돌았을 때 내 기분은 하늘에 있었다. 넘어진 자리에서 일어나지 않았다면 자전거는 영영 못 탔을 것이다.

이후 직장에서 그때 배웠던 실력으로 자전거를 타고 현지 출장을 나갔다. 시골의 유일한 이동 수단은 자전거였다. 산을 넘고 논두렁을 지나간 그곳에서 이미 공직에서 퇴직하여 감농(監農)하시는 이완순 전 면장님을 뵙게 되었다. 집안으로 안내되어 높다란 마루에 올라 차상을 마주 놓고 앉았다. 그 자리에서 내 자전거에 관심을 보이며 훌륭한 말씀을 주셨다. 면장님께서는 약 15리 길을 자전거로 출퇴근하면서 겪었던 일화를 꾸밈없이 술회하면서 교훈도 곁들였다.

매일 걸어서 출퇴근하다 처음 자전거를 타는 기분은 너무 좋아서 빨리 아침이 오기를 기다렸다. 산길을 오를 때는 페달이 고장 날까 싶어 끌고 올라가 내리막길에서는 신나게 속도를 내어 내려갈 때는 무엇과도 바꿀 수 없는 최고의 행복 시간이었다.

하지만 짜릿한 횟수가 늘어나는 만큼 비례하여 사고 건수도 늘어났다. 종종 고갯마루에서 과속으로 내려가는 자전거와 함께 구르거나 나무에 처박히는 일이 잦아졌다. 운전 부주의나 브레이크 고장으로 난 사고로 인하여 골절이 되고 피부에 난 상처로 너무 고통이 컸고 자전거도 손상되어 수리 비용이 늘어났다. 그래서 타는 방법을 속도보다 안전을 택했다. 산길을 올라갈 때는 양전 줄이 끊어져라 페달을 밟아 오르고 정상에서 내려가는 내리막길에는 정작 끌고 내려갔다. 보통은 편하고 쉬운 길을 택하지만 그에 따른 대가를 지불해야 했기 때문이었다. 같은 이치로, 인생을 살면서 젊은 시절에는 몸이 부서져라 일하여 성공을 거두고 인생 후반기에는 평정심으로 안락하게 살도록 준비해야 한다는 말씀이었다.

그날 귀청(歸廳)할 때 귀한 말씀을 실천하려 내리막길에서 땀을 뻘뻘 흘리며 자전거를 끌고 내려가는 내 모습을 보며 모자란 사람

같았다. 누군가 이 광경을 보고 있다면 분명히 그도 자전거 타이어가 펑크가 났거나 정신적으로 문제가 있는 사람으로 취급될 것만 같았다. 그날 들려주신 말씀의 숨은 뜻은 편한 길을 갈 때나 잘나갈 때 자신의 분수를 지키고 겸손한 인격을 갖추라는 의미로 가슴에 품고 살았다.

그때 자전거를 타던 내 청춘은 어느덧 그때의 이 면장님 나이가 되었다. 그런데 요즈음 뜻밖에 횡재를 했다. 우연히 이벤트에 응모한 것이 당첨되어 자전거를 경품으로 받았다. 벌써 40여 년이 지난 추억까지 포장하여 택배로 보내왔다.

새 자전거 안장 위에 올라 페달을 천천히 밟으며 자랑삼아 동네를 한 바퀴 돌았다. 시골길에 편리한 교통수단이었던 자전거는 이젠 체력 단련을 위한 운동기구가 되었다. 여기에 더하여 자전거는 스승 같은 깨우침을 주었다. 내 자전거의 두 바퀴는 인간의 밸런스 감각을 높이고 독립적이며 평화를 주었다. 페달을 밟지 않으면 넘어진다는 보편성에서 인생도 꿈을 향해 쉼 없이 도전하고 나아가야 생존한다는 진리도 얻었다.

오늘도 길이 있어 자전거는 달린다. 바람을 헤치고 새로운 풍경 속으로 힘차게 페달을 밟는다.

제 **5** 장

새로운 세상에 도전하다

고향집 여름

청산 간에 내 고향집
아침 이슬은 햇살을 머금고
무리 진 매미가 가을을 부르는 곳
그곳에서 구들장 정붙이며 살았다.

어둠은 앞산에 상현달 부르고
은하수 작은 별은 하늘에 핀다.
냇물 소리에 잠 깬 달맞이꽃
밤을 잊은 보고픈 임이 사는 곳

여기에 병아리랑 강아지는
홀어머님 말벗이다.
허나 탄저병에 앓는 고추와
삭음병에 죽은 참깨는 불효자다.

노을에 참나리 꽃잎 떨어지면
청산 간에 또 하루해가 저문다.
아름다운 내 고향 여름날이 간다.

제2의 인생, 첫차에 CEO

이른 아침에 회사 문을 열고 첫 출근했다. 대표이사 사무실 책상에 놓인 '㈜아미팜 대표이사 권오인' 명패 앞에 앉았다. 모두가 낯선 분위기에 익숙하지 않은 행동이지만 사고의 틀과 방향성은 이윤추구로 확고했다. 그동안 공익을 추구하던 공직 마인드도 이윤을 위한 기업정신으로 확실한 변신이 필요했다. 기업을 성장시키고 직원들을 살려야 하기 때문이다.

돌이켜 생각하면 "사람 팔자 시간문제다"라는 속담이 실감 난다. 평생 몸담았던 공직에서 퇴직했다. 홀가분하게 나왔으나 또다시 새 삶으로 전환했다.

어차피 2모작 인생을 계획한다면 빠를수록 좋다는 생각에서 결심하였다. 평생 가보지 않은 길을 마다하지 않았다. "나에게 운명이 있다면 그것은 도전이다."라는 신념에서였다. 하지만 대표이사 자리가 '좋은 자리 같으면 내 차례 왔겠는가?'라는 부질없는 생각이 자꾸만 뇌리를 스쳤다.

엊저녁부터 내리기 시작한 눈은 그칠 줄 모른다. 쌓인 눈길을 구르는 자동차만큼이나 마음은 여전히 불안했다. 공직과 기업이라는 속성의 크기만큼 호흡은 길었다. 청양 운곡농공단지가 가까워지면

서 마음 한편에서는 황량한 잿빛이 울렁였다. 소규모 공장들이 늘어
선 단지 입구에서 쭈뼛거렸다. 그렇게 망설임을 딛고 회사에 들어선
첫 느낌은 동장군처럼 차가웠다. 직원들의 따스한 웃음은커녕 최소
한의 인사조차도 어설펐다. 영혼을 잃은 죄수같이 얼어 있었다. 순
간 첫 느낌은 '희망이 없는 회사다'고 생각했다. 참으로 암담한 순간
이었다. 나 자신도 모르게 얼굴이 굳어지고 발걸음이 떨어지지 않았
다. 활기가 넘치고 발랄한 분위기는 어디에서도 찾아볼 수 없었다.
이사장실에서 마주친 주주들과 겉으로는 웃으며 인사를 나누었지
만, 맘은 검게 타고 있었다. 주주총회에서 이사로 선임되고 이사회
에서 대표이사로 선임하는데 두 시간 만에 일사천리로 이루어졌다.

밤새 내린 눈의 무게에 지친 나무는 자신의 가지를 자른다. 회사
가 힘들면 저렇게 수족을 자르는 참혹한 일이나 없어야 될 텐데 걱
정이 앞선다. 갑작스런 생활의 변화에 대한 느낌은 산중에 내리는
함박 눈송이만큼이나 크고 작은 망상이 가슴에 내리고 있었다.

돈벌이에 나서다

눈을 맞으며 둘째 날 출근하는 길은 멀고도 멀었다. 마음이 따라
나서지 않는 까닭이다. 서먹한 분위기는 여전한 채 아침 회의를 했
다. CEO로서 철학과 방향성, 그리고 당부하는 자리였다. 아직 이윤
추구가 뼈저리게 느껴지지 않지만 기업정신에 충실해야 한다는 기
본을 공유하고 싶어서였다.

메시지의 골격은 이랬다. 우선, 권오인은 기업인이다. 나의 목표

는 분명하다. 이윤창출을 통해서 회사를 키우고 사회에 기여하는 것이다. 이를 위해서 '좋은 제품을 만들고 원가절감을 통한 경쟁력을 높여야 한다. 그리고 조직 화합을 위해 안티를 걸지 마라. 마지막으로 뼈를 묻을 각오의 주인정신을 가져 달라'였다. 간결하지만 회사가 안고 있는 고질적인 문제를 꼬집었다. 때문에 분위기는 사뭇 숙연했다. 개별적으로 업무보고도 받았다. 그리고 문제점과 개선대책, 그리고 공장 운영의 매뉴얼도 주문했다.

새로 출발한 새내기 회사원의 모습은 찾을 수 없었다. 번뜩이는 눈과 마주치고 싶었다. 열정이 넘치고 사뿐한 걸음걸이도 보고 싶었다. 하지만 느슨하고 절망적인 언행은 정말 싫었다. 조직의 문화가 굳은 것은 아닌가. 이게 기업의 현주소인가. 아득했다. 어떻게 끌고 갈 것인가? 나에게 밤은 길었다. 사람 안에서 가장 빨리 자라는 것이 의심과 부정적인 것이라 한다면, 가장 늦게 자라는 것은 믿음과 희망이라는데 큰일이다 싶었다.

이미 영업부장과 생산직원이 사표를 낸 상태였다. 영업부장을 삼고초려 했으나 함께 갈 수 없다는 결론을 냈다. 그리고 세 분을 추천받았으나 모두 인연이 없었다. 한참 뒤에 한 분이 천거되어 왔었지만, 빈손으로 왔다가 빈손으로 갔다.

생산직원도 스펙 쌓는 3개월이 지나면 그만두었다. 젊은 친구들은 도시에 소재한 대기업을 선호하기 때문이다. 시골 산업단지에 있는 작은 기업에 희망을 펼치려 하지 않는다. 대기업에서 인재를 뽑는 데는 절차가 복잡하다. 시험이라는 관문을 지나면서 수많은 이들은 쓴맛을 보고 겨우 몇 명만이 등용되지만, 시골 소기업은 근무하겠다는 자체만으로도 고마울 따름이다. 성실하기만 해도 좋겠지만 이것저것 가리다가는 공장 문을 닫아야 한다.

연초인지라 그동안 꼬였던 문제들을 푸는 일이 많았다. 평소 갈등 문제는 원칙을 찾으라는 신념과 원칙으로 대응하고 때로는 합의를 도출해 내며 하나씩 풀어 나갔다. 가축분뇨 탈취사업의 사업비 정산 문제, 출장여비 규정 개정요구, 봉급 인상, 승진 문제, 퇴직연금 요구 등 산적했다. 일은 순서가 있는 법이다. 우선순위를 정하여 담판을 지어 나갔다. 제도 개선 문제는 차후로 미루고 우선 급한 일부터 처리했다.

그러나 조직 내부의 불만과 갈등이 쌓일 대로 쌓여 좀처럼 해결되지 않았다. 모든 것이 개인의 주관적 판단에 의해 즉흥적이고 미래의 고민은 없었다. 서번트 리더십으로 회사를 운영하려 했지만, 앞으로는 카리스마 리더십으로 운영하겠다고 경고했다. 파트별로 권한을 주겠다. 다만 권한 만큼 책임져라. 또 업무는 절차를 지켜라. 주먹구구식이나 벼랑 끝 전술은 곤란하다. 그리고 정직하고 정확한 일로 신뢰를 쌓아라. 판단을 흐리게 하여 빗나가게 하지 마라. 이 같은 말을 하게 된 것은 여기는 공공 기관이 아니라 기업이다. 기업은 빠른 결정이 중요하지 문서나 절차는 무시해도 된다는 논리를 펴기 때문이었다.

총판의 성토

취임하고 딱 일주일 만에 아침 일찌감치 총판 사장들이 들이닥

쳤다. 건네는 인사말은 건성이었다. 충청남도와 구매조건부 계약을 맺었기 때문에 사업을 시작했는데 이루어지지 않는 것은 계약위반이다. 어떻게 할 것인가? 거칠게 몰아붙였다. 참으로 찹찹한 심정이었다. 지난해 편성되지 않은 도청의 예산을 당장 확보할 수 없는 노릇 아닌가.

몇 가지 대안을 제시하며 구차한 변명하기에 급급했다. 여기에 임원 한 분은 한술 더 떴다. 이렇게 우리끼리 핏대를 올리기보다는 악취 나는 돈모 몇 차를 도청 앞마당에 부어놓고 도지사와 담판을 짓자. 그렇게 행동으로 보여줘야 해결될 수 있다. 아마도 도지사는 이 내용조차 모를 것이다. 총판 사장들을 선동했다. 그들은 눕고 싶은 땅에 멍석 깔아주는 격이었다. 막가자는 분위기에 의기투합했다. 자제를 당부하는 내가 왕따가 될 지경이었다. 감정이 가라앉은 다음에 설득하기로 마음먹고 다른 문제로 유도하였다.

이어지는 과제는 영업 활동 부문이었다. 타사에서는 소위 리베이트와 덤핑으로 영업을 하는데 회사의 입장은 무엇인가. 가격 경쟁력이 없는 영업활동은 벼랑으로 내모는 꼴이다. 이 부분은 단호하게 말하였다. 뒷돈 거래는 있어서도 안 되지만 할 수도 없다. 공정한 시장의 질서를 우리 회사의 이익을 위해 교란시키는 행위는 동의할 수 없다는 것이 나의 소신이었다. 하지만 시장에서의 리베이트는 공공연한 비밀이었다. 또한 저가로 물량 공세를 하는데 우리만 정직하게 한다고 누가 알아주겠는가.

하지만 샘플은 줄 수 있어도 불공정 거래는 갓 나온 공직자의 양심으로는 할 수가 없었다. 이게 사회로구나. 모르는 구석구석이 너무 많았다. 이해가 안 되었다. 하지만 현실을 등지고 갈 수는 없지 않은가 하면서도 가까이하기엔 너무 멀었다. 이들은 이 밖에도 요구가 많았다. 도에서 예산을 세웠다 할지라도 관계부서에서 아미팜 제품을 구매할 수 있는 조건으로 시행지침을 만들어 달라. 또 영업 직원은 40대의 능력 있는 사람을 뽑아 달라 등등 어디까지 권한의 영역인지 멍멍했다.

한동안 신고식을 치렀다. 참으로 어이없는 일이었지만 충남도가 일정부분 잘못한 일도 있었다. 하지만 내 입장에서는 보면 되돌아 갈 수도, 갈 곳도 없었다. 철저한 기업인으로 거듭나는 길밖에 없다는 절실함만이 있을 뿐이었다.

회사의 입장보다 내가 우선인 직원

이것은 조직원의 마인드가 아니었다. 새로 부임한 사장과 어떻게 하면 회사를 키울 것인가보다는 자기 앞에 큰 감을 놓으려고만 했다. 직원들은 창립멤버들이 분위기를 이끌어 갔고 최근에 입사한 직원들은 그들의 그늘에 있었다. 허울 좋은 사장은 혼자였다. 그도 그런 것이 특허기술은 물론이거니와 기계 가동기술조차도 모르니 말이다. 아니 할 말로 이들이 그만두면 문을 닫아야 할 판이니 입장이 넉넉하질 않았다.

입장이라는 게 넓은 마당에(場) 어디에 어떻게 설까(立) 하는 망설이는 것이다. 넓다고 아무렇게나 서지 않는 것이 사람의 심리다. 잠시 서 있는 위치를 고르는 데도 이유가 있다. 아니 이유가 위치를 정한다. 그럼에도 그들의 요구 사항인 성과급, 연월차 수당, 소급 승진, 판촉물 선구매 인정, 영업부장 보조직원 채용 등이었다.

임원들과 담판을 지었다. 회사가 성장하면 자연스럽게 이루어질 사안들이지만 우선순위를 정하여 단계별로 추진하자고 대안을 제시했으나 그는 먼저 실행에 옮겨야 열심히 일한다며 회사보다는 구성원의 이익에 집착하였다. 평직원들이 아닌 간부가 애사심이 이 정도라면 희망이 없다는 생각이 뇌리를 또 때렸다. 더욱이 두 명의 소급 승진은 이미 약속된 사안이라며 집요하게 요청하였으나 단호히 거절했다. 소급 승진이라는 용어조차 들어본 일이 없기 때문이다.

며칠 동안 밀고 당기다가 결론을 맺었다. 연월차 수당과 판촉물 선구매분은 수용했다. 단, 연월차 수당은 2012년부터는 7일분까지만 지급한다. 그리고 판촉물은 구매 사실 확인 후에 지급하겠다는 단서를 달았다. 성과금은 연간 2억 이상의 영업이익이 발생할 경우, 그 이익의 10%를 지급하고 소급 승진은 수용하지 않았다. 또한, 영업직원도 채용하지 않기로 하고 마무리 지었다.

또 하나 다면평가도 요구했지만, 이는 제도의 양면성이 분명히 존재하고 특히 소수 인원이다 보니 패거리 문화를 고착시켜 장래 사장의 족쇄가 될 가능성이 컸다. 때문에 부동의하고 기왕 시작했다면 참고하겠다고 결론을 맺었다.

한 달이 지나면서 회사의 질서가 점차 잡히는 듯했다. 그래서 분위기를 전환하기 위해 찰스 다윈의 나비 태동 과정을 관찰한 내용을 들려주었다. 애벌레의 등 쪽에 나 있는 작은 구멍을 통하여 힘겹게 나오는 나비의 모습을 보다 참다못한 다윈은 칼로 그 구멍을 키워 놓았다. 그랬더니 나비는 쉽게 빠져나왔지만 날지는 못했다. 작은 구멍을 빠져나올 때 분비물이 날개를 코팅시키는데 그 과정 없이 나왔기 때문에 나비의 날개는 바람이 새어 날 수가 없는 것이다. 날지 못한 나비가 지쳐 쓰러지면 개미들이 성찬을 즐긴다. 각자 어려움이 있어도 발전하는 디딤돌로 생각하고 내공을 쌓으면 분명히 성공할 것이라는 말로 맺었다.

한편으로 떠나올 때 못 보았던 동료 그리고 걱정하던 지인들이 '어떻게 지내는지' 안부 전화가 온다. 그새 반갑다. 고향 친구인 김기정, 이병두, 이원재 이렇게 셋이서 퇴직 축하의 자리를 마련하여 낙조에 물든 고향의 만리포 바닷가 횟집에서 만났다.

그곳에서 살아온 날들을 반추하며 여생도 논했다. 생각해보니 지난날은 짧지만 앞날은 길었다. 나는 소회를 담은 건배 제의를 "내려올 때 보았네. 올라갈 때 못 보았던 그 꽃"이라 읊었다. 고은 시인에 "그 꽃"을 인용했건만 모두 공감을 느꼈는지 가슴을 쓸어내렸다. 이게 진정한 친구의 우정임을 다시 되새겼다. 누군가는 친구의 유형을 꽃과 저울, 그리고 산에 비유한 글을 보았다.

꽃 같은 친구는 꽃이 필 때면 찾고 꽃이 지면 찾지 않는 친구다. 말하자면 자기 좋을 때만 찾는 친구다. 저울 같은 친구는 이익의 형량에 의해 움직이는 즉 이기적인 친구다. 마지막으로 산과 같은 친구는 항상 변함없이 버팀목이 되어주는 친구다. 진정한 친구는 누구인가. 상대의 개념이 아니라 자신에게 물어보아야 할 것이 아닌가 싶다.

다시 일상으로 돌아왔다

상반기 사업 전망은 어두웠다. 사업 분석을 하고 전략을 짜보아도 뾰족한 대안이 없었다. 더군다나 농자재는 상반기에 편중된 사업이었다. 하반기는 농작물의 파종시기가 아니기 때문에 비수기다. 알면 알수록 고민은 커져간다. 여기에 더하여 제4종 복합비료 업체의 난립과 영업망을 고려하지 않은 후발창업, 그리고 기업 설립 정신이 실종된 공직자의 배타성이 먹구름이 되었다. 하는 수 없이 권희태 정무부지사를 찾아 회사의 실상을 보고했다. 내용은 간단했다. 먼저 도청의 구매조건부 계약 불이행으로 회사 존폐위기 상태이며 이를 믿고 시작한 총판의 분위기를 전달했다. 이에 대해 문제의 심각성을 인식한 부지사는 안희정 지사께 보고하자고 결론을 냈다. 지사님은 회사 설립 배경과 현황을 듣고 걱정이 앞섰나 보다. 회사의 처리 의견을 물었다.

"답은 둘 중에 하나를 선택하는 것이다. 하나는 접는 것이요, 또하나는 가는 것이다. 만약 회사를 유지하려면 조건이 있다. 이는 도청의 구매조건부 이행 여부인 것이다."

명쾌하게 말씀드렸다. 그랬더니 지사는 정무부지사에게 매각한다면 출자금 정도는 건지지 않을까? 조심스럽게 물었다.

"기계 설비는 고물로 취급될 텐데…. 한 20억 정도 받을까요. 아무튼 관련 국장들과 구매조건부에 부응하는 구매대책을 마련해 보겠다."면서 지사실에서 나왔다.

당장 손에 쥔 것은 없어도 지휘부와 문제점에 인식을 함께 했다는데 보람이었다. 회사에 돌아와 자구책을 강구하였다. 현재 생산되는 2종의 제품으로 마케팅은 불가하다고 판단하고 수도작, 토양개량제, 조경용을 신제품으로 개발할 것을 주문하였다. 적어도 7종 이상의 다양한 제품이 있을 때 시장의 구매력이 생긴다는 생각이다. 이와 함께 시군을 분담하여 영업 활동과 긴축 예산 집행을 지시했다. 홍보자료와 팸플릿도 새로 제작하였다. 이후에 새로 부임한 충남개발공사 사장과 미팅을 가졌다. 여기서도 여전히 구매조건부 계약에 대한 도청의 추진 의지 부족으로 회사의 진퇴 문제에 공감했다. 하지만 기꺼이 마중물이 되겠다고 다짐했다. 펌프에서 물을 올리기 위해 먼저 붓는 한 바가지 물 말이다. 그렇듯 운동화 끈을 졸라맸다.

총판 사장들과 임원들은 곁길을 본다. 구매조건부의 불이행에 대한 행정심판 청구를 하든지 언론플레이를 얘기한다. 하지만 현재 주력 업인 제4종 복합비료 사업과 탈취사업에 전력을 다하자고 사업 영역을 제한하였다. 좋은 제품을 값싸게 만들어 농가에 공급한다는 것이 지상과제다. 농가에서도 농자재를 선택할 때는 비료를 사용하여 수량을 증대시킨다는 것은 또 하나의 경제 행위이기 때문에 경영이란 관점에서 볼 때, 최소의 경비로 최대의 효과를 거둘 수 있도록 여러 조건을 고려하여 선택한다.

현장을 찾다

모든 문제의 답은 현장에 있다는 게 나의 소신이다. 도청과 시군청, 충남농업기술원과 시군 농업기술센터 그리고 지역 농협, 독농가 등을 방문하였다. 정말 가기 싫은 길을 간다. 마음을 다잡고 갔지만, 찬바람은 피할 길이 없었다. 공직에서 퇴직하던 날, 먹물 빼고 나그네 되겠다고 마음을 다 내려놓았건만 그게 아니었다. 하지만 어찌하랴, 갑은 갑이고 을은 을인 것을….

평소에도 우리 선배들이 책 팔러오고 회사에 취업하여 사업 부탁하러 다니는 것이 달갑지 않았었다. 말은 도에서 출자한 공익기업이라는 명분을 앞세우지만 그들은 다 똑같은 놈이라고 생각할 것이다. 도청에서는 회사가 어렵다는데 고생한다는 값싼 동정심만 있을 뿐이다. 진정으로 도와준다는 것은 우산을 씌워주기보다 함께 비를 맞는 것이다. 우리가 원하는 것은 유효하게 맺은 구매계약 이행인데 말이다.

시군청의 담당자는 옷빠시(땅벌)였다. 원론적인 말만 할뿐 눈길도 주지 않는다. 그래도 윗분들은 체면은 살려주었다. 하지만 아주 소극적이거나 거들먹거리기도 했다. 완장값 하는구나 하고 가슴을 쓸어내리고 나오기도 했다. 그동안 사용하던 제품에 함몰되어 있는 듯했다. 결과는 10원어치도 못 팔았다. 지역농협 또한 관료화되어 있었다. 말할 기회조차 허락되지 않았다. "바쁘다", "재고가 너무 많다" 등등 갑의 오만으로 가득했다.

부여에서 우리 제품을 판매하는 분을 현장에서 만났다. 그는 지난해부터 의욕적으로 영업을 하지만 결과는 신통치 않았다. 왜 땀 흘린 만큼 성과가 없는지 궁금하여 물었더니 대답은 여느 사람과 다르지 않았다. 농자재 사업은 우선 적어도 2~3년의 세월과 비용이 필요하다. 누군가가 사용하고 효과가 있다는 입소문이 나야 된다는 것이다. 둘째는 신뢰가 중요하다. 믿을 만한 물건이라고 확신을 얻었을 때 가능하다. 농민은 급격한 변화보다는 안정을 원한다. 첫 펭귄이 되기를 꺼린다. 한솥밥을 먹을 정도의 믿음을 줘야 한다. 홈런보다는 안타 위주로 꾸준하게 영업하겠다는 것이 그의 의지였다.

농가에서는 두말할 것 없이 수확량 많고 당도가 높은 제품 개발을 주문했다. 이는 이상향이다. 하지만 농민의 꿈을 생산하고 팔아야 한다. 우리는 '당장'과 '너머'를 동시에 보아야 한다. 도원조경에서 조경용 퇴비 주문의 첫 단추를 꿰었다.

도의회 행정자치 위원회에서 방문하다

때는 2012년 3월 14일(수).

조용하던 산중에 낯선 높은 분들이 들어오자 겁에 질린 비둘기 무리가 날아갔다. 이들은 도의회 행정자치위원회 의원이었다. 공사 출자 기업이기에 현장 실태를 파악하기 위해 방문하였다.

대부분의 의원들은 축산 폐기물의 자원화는 공익적 가치가 큰 만큼 유지는 하되 판로 개척의 주문과 함께 구매조건부 이행에 노력을 기울이겠다는 의견을 제시한 반면, OO 의원은 적은 물량의 돈모 활용이 공익성으로 보기 힘들고 사업에 비전도 없는 것으로 판단되어 사업 포기를 주문하였다. 이에 대해 우리는 당초 한국 자치 경영 평가원의 타당성 용역 보고서에 나와 있듯이 공익적 가치만큼의 구매조건부 이행을 전제로 사업이 시작되었기에 이를 이행하는 것이 우선이다. 이를 이행하지 않을 경우 경영수지 악화로 인한 도산은 불문가지다. 따라서 도청의 구매조건부 이행만이 기업을 살리는 길이다. 다만, 구매조건부 계약을 지키지 못한다면 그에 상응하는 대안을 마련해달라. 그리고 '접는다'는 부정적인 말은 시기상조다. 기업이 리트머스 시험지는 아니지 않는가.

의원들이 떠난 뒤 직원들은 뒤숭숭한 분위기였다. 문을 닫게 되는 것은 아닌가. 그렇다면 손배소 소송이라도 해야겠다는 등등 희망보다 절망감과 오기가 되살아나는 듯했다. 사기도 꺾였다. 조직이 살아나야 기업이 사는데 말이다.

다른 한편에서 보면, 아미팜 설립의 대외명분은 딱 두 가지였다. 축산 폐기물인 돈모를 자원화함으로써 환경 저감효과를 가져온다는 공익적 가치와 생산된 아미노산을 판매하여 얻어지는 수익적 가치가 있다는 것이다.

하지만 이같은 당위성은 공기업의 태동에는 적절할지 모르나 사기업 설립에는 부적합하다. 왜냐하면 사기업의 생존은 철저한 이윤 추구다. 이익을 내지 못하면 존재의 이유가 없기 때문이다. 기업의 성장 자체가 사회에 공익적으로 기여하는 것이다. 일자리의 기회 제공과 지역사회 경제 활동의 창출, 그리고 자원 생산으로 인한 산업 발전 등이 그것이다. 하지만 경영난으로 인하여 폐업이 된다면 공익적 가치는 공허할 뿐인 것이다. 따라서 나는 아미팜 창업의 타당성은 정당성을 잃었다고 생각한다. 이런 부분을 짚고 이에 대한 대안을 마련하는 것이 도 행자위의 방문 목적이어야 되고 성과였으면 하는 아쉬움이 남았다.

경영 컨설팅을 받다

아미팜의 경영과 마케팅에 대하여 전문가의 컨설팅을 받아보고 자 충남 경제진흥원의 문을 두드렸다. 연구원과 자문 교수 두 분이 맡아 4주간 실태조사와 분석, 그리고 평가보고로 마무리했다. 하기야 어차피 우리가 할 일이다. 다만 우리가 올바른 방향성을 설정했는지 그리고 제대로 가고 있는지, 문제점에 대한 대안은 무엇인지 등에 대한 객관적인 길잡이 역할이 필요했던 것이다. 회사 전반에 대한 브리핑과 토론, 그리고 요구하는 자료를 모두 제공했다.

한참 후에 신통치 않은 결과가 나왔다. 결론적으로 전반적인 경영상황은 "돈모 자원화 사업은 구조적인 문제로 인한 사업 폐기 위기 상황"으로 진단하였다. 억장이 무너지는 일이었다. 기업설립의 필수조건이었던 구매조건부 계약이 이루어지지 않는다면 매년 적자가 발생하여 2014년까지의 누적 적자는 23억에 이를 것으로 판단했다. 물론 여기에는 감가상각비 2억 5천만 원이 포함되었다. 이는 한국자치경영평가원의 설립 타당성 분석 당시 손익 추정과 크게 다르게 나타났다. 평가원에서는 2014년까지 14억 2천만 원의 누적 수익이 나는 것으로 분석했다. 다만, 손익분기점은 구매조건부 매출액이 26억이고 그 미만일 때는 경영수지 악화를 초래하는 것으로 분석했다. 결국은 컨설팅사에서 분석한 것과 맥을 같이 했다.

여기에 덧붙여 기술사업 창업은 구매조건부 여부에 따라 생존율이 1%~70%의 극점 현상이 있는바 초기 구매조건부의 충실한 이행이 관건이다. 현재 사업 구조는 구매조건부 미실현으로 폐기 위험에 처해 있다. 따라서 시급히 충남도의 구매조건부 계약사항 이행으로 자본잠식을 막고 앞으로 성장 재원 마련이 절실한 것으로 판단했다. 하지만 도에서는 이 부분에 대하여 누구도 책임지는 사람이 없다.

희망과 신의가 없으면 떠난다

세상사가 그러하듯이 만만한 것은 없다. 어느 길을 걸어도 꽃길만 있는 것은 아니다. 마음이야 달콤한 오얏나무 길을 걷고 싶지만 걷다 보면 악취 나는 에렌지움꽃도, 가시덤불도 만날 수 있다. 길이라고 다 길이 아니듯이 꽃이라고 해서 다 향기롭지만은 않다. 그 힘들고 험한 길을 갈 수 있는 것은 오로지 희망에 대한 믿음이 있기 때문이다. 그 믿음이 금이 가고 드디어 극에 다다르는 순간 다른 길을 찾게 된다. 그것은 믿음에 대한 배신이 아니라 보편적 가치를 선택하는 것이다.

나도 그렇다. 회사에서 1년 반 동안 밥을 먹었지만 늘 더부룩하다. 이제 마음이 편한 안식처를 찾아 떠나야겠다는 생각이 머리에서 떠나질 않는다. 그래서 지나간 발자국을 천천히 들여다보니 보폭의 크기가 가관이다. 이상하리만큼 처음 느끼는 영감과 첫인상이 방향성을 설정하는 데 참으로 중요하다는 것을 새삼 또 한 번 깨닫게 된다.

처음 나를 CEO로 천거한 이유는 회사의 조직 관리와 경영상태가 어려운데 이를 타개할 적임자라서 발탁한다는 것이 주된 명분이었다. 하지만 '좋은 자리 같으면 내 차례 왔겠나?' 하는 부정적 선입견이 떠나질 않았다. 그뿐만 아니라 회사의 첫 문을 열었을 때 사무실의 어두운 첫인상은 늘 머리를 떠나질 않았다. 여기에 더하여 회사 설립에 대한 당위성의 전제가 되는 공익적 가치의 담보는 구매조건 부였지만 충남도의 불이행으로 근본적인 틀이 파경에 이른 것이다.

새들은 알을 낳을 둥지가 없으면 스스로 불임을 한다. 이 껍데기 뿐인 빈 둥지에 더 이상 꿈을 팔고 인생을 묻고 싶지 않았다. 신의도 희망도 떠나고 땀의 가성비마저 바닥이었다. 무거운 발길을 돌려 집으로 왔다.

농부의 휴일

　청산에 오래 묵은 반월당은 내가 태어난 곳이다. 그 집은 언제나 그 자리에서 어머니 같은 품이 되어주고 그늘이 되어준다. 나도 가끔 그 옛집에 가면 따스한 아랫목 같은 포근함이 밀려와 평화와 자유로운 영혼이 깃들어 잠들게 한다. 하여 힘들고 지칠 때는 시골집을 찾는다. 고택은 기꺼이 나를 감싸주고 반긴다. 뿐만 아니라 눈치 빠른 똥개와 의심 많은 청계, 그리고 주변에 침묵으로 자리를 지키는 감나무, 대나무들도 모두 두 팔 벌려 반긴다.

　2013년 초가을, 그곳으로 헌옷 몇 벌 싸 들고 갔다. 그동안 광야에서 지친 심신을 녹이며 마음도 비우고 욕심도 내려놓고 초야에서 밭 이름 지으며 자유인으로 살려고 갔다. 밭 이름 짓는 것이 별게 아니다. 고추 심으면 고추밭이 되고 마늘 심으면 마늘밭 되는 것이 아닌가 싶었으나 한참 지난 뒤 알았지만 이 또한 여간 어려운 일이 아니었다. 한 작물을 수확하고 나면 그 다음 철에 맞는 작목을 선택해야 하기 때문이다.

　올해는 이미 어머니가 심어 놓은 고추를 따고 고구마도 캐면서 가을을 보냈다. 눈발이 잦아지면서 장작을 패서 처마 밑에 쌓고 틈틈이 작목별 재배방법 관련 서적을 비롯하여 비료학, 토양학 등의 책과 인터넷으로 농사의 기본 소양을 쌓았다. 뿐만 아니라 그루갈이도 따져봐야 하고 연작도 고민해야 했다. 설 쇠고 나니 앞산에 잔설이 여전한데 벌써 농사일이 시작되었다. 본격적으로 농사지을 채비를 서둘러야 하는가 싶다. 하우스에 재배할 상추며 쑥갓, 취나물 씨앗을 사고 반장화와 황새낫도 샀다. 퇴비도 신청하고 비료와 상토도 구입하다 보니 한 달 쓸 돈이 벌써 바닥났다. 그래도 버킷리스트 목록 상단에 있던 텃밭 가꾸기와 전원생활을 하려니 기대 반 우려 반이 교차한다. 하지만 내가 하고 싶은 일을 한다는 것은 적어도 후회하지는 않을 것이다.

농사짓는 일이 소꿉장난은 아니지만 재미있고 작은 성취감에 감사한 마음을 가질 기회다 싶었다. 그런 기대감으로 영농일지를 쓰고 어느 밭에 어떤 작목을 심을 것인가에 대해 어머니하고 논의도 했다.

그해 밭에 심을 농작물을 세어보니 서른두 가지나 된다. 소득으로 이어지는 것은 두세 가지에 불과하고 나머지는 집에서 소비될 것들이었다. 비료값이라도 보탬이 될 주 작물을 참깨로 정하고 품종 선정, 재배기술, 비배관리와 같은 관련 정보를 파악해놓고 700평 정도 심을 계획을 세웠다. 이에 어머니는 반대했다. 이유는 참깨 재배는 날씨에 민감하고 병해충에 약해서 많은 양을 심는 것은 고생스럽고 위험하다는 것이다. 더군다나 농사 경험도 없고 일을 도와줄 사람도 없기 때문이란다.

첫 게이트부터 난관에 봉착했다. 하지만 지금껏 살아오면서 내가 꼭 하고 싶다고 해본 것이라곤 다섯 손가락 꼽기도 어려울 것이다.

그러니 이 나이에 실패해도 망하지 않을 정도라면 자유롭게 할 수 있도록 해주었으면 하는 바람이었다.

일단 재배 면적은 확정했다. 어머니는 조언만 하고 내가 하는 대로 놔두고 지켜보면 좋겠다고 말했지만, 말할 때는 '알았다'고 수용했다가 현장에서는 답습된 방법이 아니면 거부했다. 두 번째 문제가 생겼다. 봄이 되어 종자를 파종할 시기가 다가왔다. 모종은 전통 방식으로 일부 직파하고 또 나머지는 새로운 재배방식으로 포토에 모종을 키워 이식하는 방법을 택했다. 하지만 어머니는 새로운 방식은 받아들이지 못했다. 그동안 해오던 옛날 방식을 벗어나고 싶지 않은 것이다. 마을 사람들도 하나같이 참깨는 곧게 뻗은 뿌리이기 때문에 포토 모종을 해서 옮기면 죽는다는 것이다.

시험 재배하기가 이렇게 어려우니 동네 가운데서 농사짓기가 여간 어렵지 않겠구나 하는 불편한 생각이 들었다. 아니나 다를까 하우스 안에서 모종 5천 개를 포토에 파종해서 예쁘게 싹이 돋아났는데 어머니는 걱정을 하셨다. 동네 사람들한테 창피를 당하기 전에 빨리 없애라는 것이었다. 어쩔 수 없이 3천 개를 엎어 놓았다. 어찌 보면 시작도 안 했는데 처음부터 제동이 걸리니 속이 탔다.

한참 지나 참깨밭에서 판가름이 났다. 직접 파종한 참깨와 이식한 2천 개의 참깨는 커가면서 비교가 안 될 만큼 확연히 이식한 참깨가 튼튼하고 벌레에도 강했다. 그제서야 참깨도 이식하면 병충해도 강하고 더 실하게 열매를 맺는다는 것을 인정했다. 일단 1승을 챙겼다.

수확 시기가 되어서도 말들이 많았다. 보통은 참깨 맨 밑에 있는 꼬투리가 약간 노란 빛깔이 들면 낫으로 벤다. 하지만 나는 먼저 줄기 따라 올라가면서 핀 꽃 20개 안팎에서 상순을 잘라냈다. 참깨꽃은 무한화이기 때문에 피는 꽃을 자르지 않으면 밑에서는 익는데 위에서는 꽃이 피니 제대로 여물지 않은 죽정 깨를 수확하게 된다. 그리고 밑에서부터 다섯 개 정도의 꼬투리가 익으면 낫으로 베는 것이 아니라 전지가위로 일일이 잘라 포대에 담아 날랐다. 낫으로 베면 일은 쉽지만, 깨가 땅으로 떨어져 많은 양을 버리기 때문이다. 하지만 어머니부터 시작하여 동네 어른들은 지나가면서 걱정이다. 다 익었는데 왜 안 베느냐는 것이다.

시골에는 말도 많고 탈도 많았다. 참깨는 국정 교과서에 나와 있는 만큼 워낙 잘되어 기술센터에서 와서도 고개를 끄덕였다. 그해 참깨를 350kg 수확하여 300kg는 수매하고 나머지는 자가 소비했다. 고생하면서도 너무 행복했다. 갑자기 우리 동네에서는 참깨 박사가 되었다.

한 해 농사를 지으며 많은 것을 배우고 깨달았다. 먼저 농민의 휴일은 하늘이 정했다. 해 뜨면 밭에 나가 잡초와 전쟁을 치르고 달 뜨면 집에 온다. 참 농부는 근면 성실하지 않으면 생존할 수 없다. 하루라도 쉬는 날은 하늘에서 비가 오거나 눈이 내려야 한다. 그리고 정말 농사꾼이 되려면 갖추어야 될 조건이 있음을 깨달았다.

첫째는 일의 순서를 알아야 한다. 무슨 일이든지 완급을 정하지만 농사는 그 외에 일의 선후가 있다. 이를테면 비닐을 덮고 파종하는 것이 있는가 하면, 파종하고 비닐을 피복하여야 하는 작물도 있기 때문이다.

두 번째는 때를 알아야 한다. 때를 모르면 철부지다. 모든 농작물도 휴면기간이 있고 활성 때가 있기 때문이다. 2월에 심는 강낭콩이 있는가 하면 7월에 파종하는 백태도 있다.

세 번째는 서두르거나 욕심부리지 마라. 이듬해 고추를 너무 일찍 이식했다가 냉해로 피해를 보고 아로니아를 많이 따려고 비료를 욕심껏 주었다가 비료 가스로 고사되는 실수도 했었다. 자연은 직선이 없고 구불구불한 곡선이다. 자연에 귀의하려면 자연처럼 살아야 평온하다. 서두르기보다는 순리를 쫓아가고 움켜쥐는 욕심보다 중용의 지혜가 더 큰 부자로 살 수 있다. 그것을 몰랐었다.

네 번째는 농산물가 정보가 필요하다. 2017년에 고추값이 폭등했다. 이 정보를 모르는 이웃 동네 김씨는 헐값에 고추를 팔았다. 속상해서 건강도 잃고 가정불화도 생겼다. 여름내 땡볕에서 땀 흘려 농사를 잘 지었어도 제값을 못 받고 곡식을 내다 팔았다면 생병 나지 않겠나. 농산물을 판매할 때는 반드시 시장조사를 해야 한다.

알면 알수록 오묘한 구석이 농사일이다. 아직 이 청산 간에서 나에게 진행형이 있다면 그것은 마음을 다스리는 일이다. 마음을 내려놓으며 자연을 닮아 가는 일이 말처럼 쉽지 않다. 하기야 나이 들면서 계단을 올라갈 때보다 내려갈 때가 무릎에 부담이 더 커져 어려운 법이니 말이다. 오늘도 밭 가는 심정으로 마음을 갈며 온유한 삶을 살아가는 기도를 드린다.

정치 문지방에 서성이다

꼬마 때는 참 개꿈을 자주 꾸었다. 하지만 유년 시절에 내 생애의 부푼 꿈은 없었다. 어른이 되고 싶지 않았던가 보다. 뚜렷이 무엇을 하고 싶었다는 기억조차 없다. 누군가 '너는 이담에 커서 무엇이 되고 싶으냐'고 물으면 머리만 긁적거렸다. 하지만 몸집이 커지면서 정신적으로도 성장했다. 철이 들면서 내 자신은 물론 가족, 친구, 타인과의 인과관계에 대해 무엇을, 어떻게 라는 고민이 많아졌다. 그 숱한 꿈은 왔다가 사라지고 불현듯 엉뚱한 꿈도 나타나 다가서 보기도 했다. 하지만 시골 촌놈인지라 보고 듣는 폭에 한계가 있어 제한적이었다. 그런 가운데 하나 건져 올린 것이 정치로 세상을 바꾸는 국회의원이었다.

고교시절에 곧추 세운 국회의원의 꿈을 꾸며 만리포 앞바다에서 윤슬을 향해 유세를 했고 가슴은 열정으로 가득했었다. 하지만 내 꿈은 장자의 호접몽같이 꿈은 그저 꿈일 뿐이었다. 더 이상 갈 수 없는 길이었기에 문지방 넘어서 지금까지 서성인다. 때로는 정치 시즌이 되면 멀리서 들려오는 늑대 소리에 복병처럼 꿈은 되살아나곤 했다. 그렇게 한세월을 보냈다.

그러던 2008년 어느 날, 느닷없이 태안에서 노진용 회장과 안홍진 후배가 도청 사무실로 찾아왔다. 그때 처음 선입견은 내가 「꽃박 기획단장」이니 꽃박 관련한 무엇을 부탁하거나 조언하기 위해 오셨나 했다. 그런 예상은 전혀 다른 방향으로 여지없이 빗나갔다. 한 마디로 "지금 보따리 싸 들고 태안군수 출마 준비하러 가자"고 숨 쉴 틈도 없이 몰아붙였다.

그때는 오로지 꽃박 준비에 온 열과 성을 다하던 참에 잠복되었던 고질병을 흔들었다. 당장은 아니어도 책임 있는 답을 주어야 했다. 종교의 믿음은 없어도 "주여 어찌하오리까?" 묻지 않을 수 없었다. 나를 인정한 큰 제안에 너무 고맙지만 지금은 갈 수 없고 시간이 필요하다는 표현이 전부였다. 이제와 생각하면 결단을 못한 것이 후회로 남지만 하나 터득한 것은 '지연된 정의는 더 이상 정의가 아니다'는 것이다.

그간 걸었던 공·사직에서 은퇴할 때 얼굴에 나타난 잔주름은 40여 년을 겹겹이 기록한 공로패와 같았다. 그 전에도 간헐적으로 나왔지만 이젠 고향에 오니 「군수 출마」가 인사말이 되었다. 실체가 없는 무형의 선거가 덧씌워진 셈이다. 때로는 혼자 고독하게 고민하고 가족, 친구, 지인과 상의도 했다. 정답은 아직도 찾지 못했다. 다만 이제 모든 선거로부터 해방되어 자유로운 영혼이 되자는 것이었다. 그러나 잊었다고 끝났다 말해도 내 가슴 한구석에는 어릴 때부터 키우던 꿈이 남아있다. 가슴에 남는다는 것, 응어리진다는 것, 아마도 희망이기보다는 못해 본 것에 대한에 여한에 가까우리라.

사랑하는 사람이 죽었을 때 '가슴이 찢어진다'라고 말한다. 자신이 생각한 만큼 쌓인 슬픈 감정이나 한이 반응하는 것이다. 좋은 감정도 나쁜 감정도 심장을 거쳐 간다. 허나 오래 머무는 한은 자신이 붙잡고 있을 뿐이다. 나의 한은 누구를 원망하거나 증오하여 생긴 것이 아니라 하고 싶은 것을 하지 못한 울분을 자신에게 던져 쌓인 것이다. 그 심장은 작을지라도 독 찌꺼기는 남아있다.

인도 갠지스 강가에는 노천 화장터가 있다. 그곳에는 하루 종일 시신이 타는 연기가 피어오른다. 사지가 타서 재가 되었어도 지글거리는 불꽃이 남아있다면 그것은 심장이다. 분노와 원한이 쌓인 만큼 크고 질긴 주머니는 오래 탄다. 나도 원한은 아니지만, 마음의 주머니인 심장을 편하게 해 주고 싶어 정치의 꿈은 버리고 또 버려야겠다.

하지만 내 운명에 굴레가 있다면 그것은 정치다. 나 자신의 의도가 없었지만, 그 질긴 정치의 운명은 비껴가지 않았다. 기어이 문지방에 서성이다 곁불 쬐러 한 발짝 바짝 다가갔다.

제20대 국회의원 선거에 도전한 성일종 후보 선거대책위원장이 된 것이다. 1차 관문인 현역 국회의원과 정부 차관급을 지낸 선배와 새누리당 공천 경선을 치러야 했다. 그때 성 후보는 여론조사에 13%로 현역 의원에 하프 게임 수준에 불과했다. 그가 누구인지 알려지지 않은 신인이었기에 지혜로운 유권자도 선뜻 진주를 알아채고 지지하기에는 시간이 너무 짧았다.

하지만 인지도를 높이는 전략과 참신한 이미지 확산을 위한 활동이 주효했다. 당내 공천 경선에서 1등으로 새누리당 후보가 되었다. '경선이 곧 당선이다'라는 지역 정가의 초기 여론은 잦아들고 경선에 참여했던 차관급 모씨의 무소속 출마 선언으로 정가는 술렁이기 시작했다.

　태안 중고 동문들이 선배의 캠프에 모여들면서 약간 분위기가 상승하자 화살은 나에게 날아들기 시작했다. 나도 같은 동문인지라 그쪽에 부담감은 있었지만 선의의 경쟁과 성 후보를 도와줘야 되는 명분이 분명했기에 떳떳했다.

　하지만 정치판에 정의나 예의는 사치였다. 평생 쌓은 작은 명예와 자존감마저 짓밟히는 음해로 상처를 받았다. 그때 누군가가 옆에서 귀띔했다. 원숭이는 나무에서 떨어져도 원숭이지만 사람은 선거에서 떨어지면 사람이 아니다. 그래서 태안이 고향인 선대위원장은 후보보다 더 치명적일 수 있기 때문에 선거에서 패배하면 태안에서 떠나야 하고 이기면 다 묻힌다는 것이다. 그래서 반드시 승리해야 한다고 했다.

　정신이 번뜩했다. 맞는 말이다. 태안은 보수층이 두터웠으나 조직이 와해되고 없었다. 현 국회의원이 구축한 조직은 움직이지 않았고 새누리당 경선에서 패배하고 탈당한 뒤 무소속으로 출마한 사람이 그 지지자들을 안고 가면서 세 토막이 났다. 기대를 거는 것은 말 없는 보수성향의 지지자와 후보의 참신성에 대한 높은 평가, 그리고 그의 형 고 성완종 전 국회의원의 기반과 동정론이 버팀목이었다. 여기에 새누리당 소속의 지방의원도 큰 역할을 했다. 이 세력의 확장성보다 이탈을 막고 결집시키는 조직관리가 위원장의 임무이자 역할이었다. 그 첫 유세에서 내가 첫 연사로 단상에 오를 땐 40여 년을 기다렸던 감동이 끓어올랐다. 잘잘못을 떠나 환희의 순간이었다.

처음 치르는 선거 과정은 낯설고 어설프고 부족했지만 여러 날 밤 잠을 설치며 나름 최선을 다했다. 읍내는 과열 양상을 보여 자칫 후유증이 우려되었다. 드디어 투표가 마감되고 초조한 마음으로 개표를 기다렸다. 내 나름 서산을 제외한 태안의 투표 예상분석은 성 후보 40%, 2번 25%, 3번 35%로 승리였다.

서산 사무실에서 당선 축하 준비를 마치고 기다렸다. 자정이 넘어서까지 2번과 박빙으로 개표방송은 보도되었으나 계속 한 발짝 앞서갔다. 그러던 중 갑자기 세팅되어 있던 방송국 카메라가 철수하였다. 불길한 생각이 들어 간담이 서늘했다. 잠시 분위기가 다운되면서 삼삼오오 수군거렸다. 하지만 새벽 1시가 넘어서면서 분위기는 '당선 확실시'로 반전되기 시작했다.

한밤중에 당선 이벤트가 성대하게 이루어졌다. 무엇이 가슴을 뛰게 하는지 주체할 수 없을 정도였다. 꽃다발에 열광이 쌓이고, 꽃목걸이에 희망을 걸고, 카메라 플래시 빛에 보람이 보였다. 이 형언할 수 없는 짜릿한 감동, 이 맛은 중독성있는 정치의 맛인가 보다.

선거에서 일상으로 돌아오면서 평생 걸었던 나의 길에서 벗어난 70일간의 외도를 소회해 보았다. 그 길은 끔찍했지만, 환희도 있었다. 때론 반목과 갈등의 소용돌이에서도 성 후보를 꼭 당선시키는 것이 내 작은 명예를 지키는 것이다. 어떤 고난과 역경도 넘고 깃발을 꽂아야겠다는 의협심은 오기로 변하기도 했다. 그 길의 끝자락에서 깨끗하고 야무진 국회의원 성일종이라는 장미꽃을 보는 보람과 영광도 있었다. 개인적으로 평생 잊지 못할 큰 보람과 기쁨을 맛보았다.

성일종 국회의원과의 인연은 내가 2009꽃박에서 총괄업무를 맡고 있을 때 VIP를 모시는 데 중요한 디딤돌을 놓아주었다. 그 일을 추진하는 과정에서 그의 말과 행동은 큰 그릇에 '공익적 가치가 큰 것이 정의다'라는 철학이 담긴 그 무엇의 기품을 느꼈다. 그에게 강한 믿음과 사고에 홀딱 반하여 기업인이 아닌 나라에 공헌할 수 있는 훌륭한 공인이 되면 건강한 나라 발전에 도움이 되겠다고 막연한 생각을 했던 것이 현실이 되었다. 그것이 인연의 시작이었고 마음의 빚이었으나 이번 선거를 통하여 조금이나 갚을 수 있어 홀가분하고 보람으로 남는다.

또 하나는 성일종 국회의원은 나의 47년 해묵은 정치의 꿈을 간접적으로 이루게 해주었다. 소위 선거판에서 유권자와 만남의 기회도 갖고, 선거 전략도 세우고, 유세도 하며 그 정치의 곁불을 쬐어보았다. 그 과정에서 우리를 향한 권모술수와 배신의 정치라는 화살에 꽂혀 아픔이 있었지만, 그럴 때마다 그는 진실한 정도로 의연하게 대처하였고 그 용기에 감동하여 견딜 수 있었다. 결과적으로 진실은 사실을 이긴다는 가설을 신뢰하게 되었다.

성일종 후보 캠프에 있으면서 잃은 것도 있지만 얻은 것은 너무나 많다. 인간적이고 정이 많은 사람들과 좋은 인연이 되었고, 몰랐던 또 다른 세계와 공유할 수 있어 좋았다. 그리고 선거가 끝나고 캠프를 나오며 그의 주변에 어슬렁거리지 않고 떠나겠다고 말했다. 그를 배신하는 것이 아니라 도와준 부담을 덜어주고 또 내 길을 가야 하기 때문이다. 해를 지독하게 사랑하지만, 씨앗을 잉태하면 등을 돌려 사랑의 씨앗을 익히는 해바라기 같은 속성으로 돌아간다는 의미이다. 이젠 모두 추억이 겹을 이룬다.

2018년에 또다시 지방선거판에 나섰다. 세상살이가 나 자신도 내 맘대로 할 수 없다. 한상기 군수의 재선 도전에 선거대책위원장을 맡은 것이다. 다시는 선거판에 가지 않겠다고 몇 번이고 다짐했건만 한 군수님의 부름을 받고 능력은 없어도 캠프에 합류했다.

함께할 명분은 충분했다. 사적으로는 중학교 동문의 선배이면서 공직에서 상사로 모셨고 공적으로는 그동안 군민을 잘 섬기고 예측 가능한 행정 추진과 미래 지향적인 군정 발전의 청사진을 마련하여 낙후된 태안 발전에 획기적으로 기여한 목민관이었기 때문이었다.

하지만 지역의 유권자는 인물보다는 바람을 택했다. 이번 선거의 특징은 지역 발전 공약도 군수 수행능력도 묻지 마 선거였다. 지방은 없고 중앙의 바람만 있을 뿐이었다. 충격적인 패배의 결과였지만 이에 승복하면서 군정에 밀알이 되기 위해 참여했던 모든 조직에서 물러났다.

하지만 2020년 제21대 국회의원 선거에 또다시 성일종 후보의 선거대책위원장을 맡아 선거판에 깊숙이 발을 들여놓았다. 결과는 두말할 것 없이 당선이었다. 재선된 것이다. 이는 선거에 참여하고 함께 뛰어든 모든 분들의 노고 덕분이지만 후보 또한 참신하고 훌륭한 인품을 지녔기에 자랑스럽게 유권자들께서 지지해준 것이다. 고맙게 생각한다. 그리고 앞으로 정치적 선거에서 멀리 떨어져 내가 가던 길을 가리라 다짐한다.

선물은 쓰레기가 아니다

눈구름에 갇힌 소파에서 낮잠을 청하던 그때 폰 벨이 울렸다.

"권형! 차 한잔할까요?" 직장에서 같이 근무하던 선배였다. 사실 만난 지 오래되어 반갑기도 했지만, 습관적으로 오침을 하려던 때여서 그리 내키지는 않았다.

"네, 무슨 일이 있나요?"

"아니, 오랜만에 얼굴 좀 볼까 하고…."

주섬주섬 두툼한 점퍼 하나 걸치고 머리에 회오리 털모자 쓰고 나갔다. 벌써 커피숍의 창가 쪽에 자리를 잡고 기다리고 있었다.

선입견인지 몰라도 뭔가 언짢은 얼굴이었다. 본말은 뒤로하고 은퇴하고 어떻게 지내는지 안부를 묻는 동안 시간이 조금 흘렀다. 소원했던 거리는 같은 마음으로 좁혀지자 한 가지 알아보고 싶다며 의자를 당겨 앉았다. 무슨 큰일인가 싶고 혹여 베일에 싸인 블록체인 같은 것에 배팅을 권유하지나 않을까 하는 의구심에 부담스럽고 무서웠다. 하지만 의외의 물음에 긴장감은 돌아앉았다.

선배는 불쾌한 심정을 감추지 못하고 목소리가 커지며 옆 테이블을 넘고 있었다. 사연은 이랬다. 어촌에 사는 지인이 선물을 보내주어 반갑게 열어보니 값싼 새파란 파래김이었다는 것이다. 그래도 고

마운 마음에 밥에 싸서 먹었더니 떫고 깔깔하여 도저히 먹을 수 없어 물에 불려서 무침을 했더니 더 이상 음식이 아니다 싶어 쓰레기통에 버렸다는 것이다. 백수이다 보니 무시당한 기분에 너무 화가 나서 내게 하소연이라도 하고 싶었다는 것이다. 그 말이 왜 그리 가당치 않던지 웃을 일이 없어 웃음을 잃어가던 나를 웃게 만들었다.

아는 만큼 보인다는 말이 이런 때 딱 어울리는 말이다. 모르는 데서 오해가 생겼고 여기에 자신의 삼식이 처지를 보태니 버럭 화가 치밀어 주체할 수가 없었던 모양이다. 게다가 사모님까지 등 뒤에 대고 "수준에 딱 맞는 선물이네" 하며 비아냥대는 말이 비수가 되었던가 보다. 달갑지 않은 선물을 받고 스트레스에 짜증 난 이에게 무슨 말부터 시작해야 할지 고민이 되었다. 무식의 소치라며 잘난 척하면 상처를 더 입을 것만 같고 막연히 이해를 구하면 같은 상황이 재현될 것 같았다. 일단 즉답을 미루고 나도 선물 때문에 실수했던 경험을 이야기했다.

조그마한 포구에서 친척 아주머님 혼자 운영하는 회집에 갔을 때의 일이었다. 그곳에서 주말에 친구들과 식사를 마치고 나오는데 아주머니께서 검정 비닐봉지를 내 손에 쥐어 주시며 "냉동실에 넣어두고 먹으라"는 말씀을 곁들였다. 내용물이 무엇인지 잘 모르지만 고맙게 받아들었다. 말린 건어물쯤으로 생각하고 집에 와서 포장지를 뜯어보니 처음 보는 빅 소시지의 모양과 크기가 닮은 정체모를 해산물이었다. 비닐에 돌돌 포장된 채 꽁꽁 얼어있는 누렇고 거뭇한 해물은 에스키모의 주식처럼 보였다. 어촌 출신인 아내도 처음 보는 신기하고도 이상한 물건이라며 들춰 보았지만 생선도 아닌 것이 그렇다고 어묵 같은 완제품도 아니었다. 도대체 무엇인지 알 수 없어 칼로 끝부분을 베어 입에 넣었더니 맛은 미궁으로 빠졌고 비릿한 냄새가 바다가 고향이라는 확신만 얻었다. 일단 성도 이름도 모르는 해산물은 고마운 마음보다는 이상한 선물로 딱지를 맞고 냉동고 깊은 곳으로 들어가 잠들었다.

한 이태쯤 지나 전복, 해삼 양식하는 집안 동생이 왔다. 그때 정체모를 물건을 꺼내어 보여주면서 "이게 무엇인지 아느냐"고 물었더니 얼음덩어리 같은 비닐포장을 받아들자마자 웃기부터 했다. 웃음을 멈추지도 않은 채 비닐을 벗기더니 무슨 보물이라도 되는 듯

"와~ 물건 좋다, 좋아!"

"형님! 이게 고노와다인디, 몰라요?"

"그래 와다? 고노와다가 뭐여?"

그날 아우는 고노와다를 떡국처럼 썰어 참기름 장에 찍어 내게 권하면서 술안주로 볼이 터지게 먹고 나머지는 양념과 상추를 넣고 비빔밥을 뚝딱 만들어 한 그릇씩 주면서 술기운에 으쓱해진 기분을 감추지 못하고 일장 연설을 했다.

고노와다는 해삼 내장으로 영양가가 최고여서 생물로 먹기도 하고 얼려서 보관하여 먹기도 하지만 호불호가 있는 기호식품이라 한다. 나라에 따라서 명칭도 다른데 일본에서는 야행성인 쥐를 닮았다 하여 바다 쥐라는 나야코(海鼠)라 부르며, 영어권에서는 오이와 닮았다 하여 바다 오이(sea cucumber)라 한다며 주절주절 제법 수준 높은 말을 이어갔다.

해삼은 무척추 극피동물로 맛은 짜고 성질은 무득하지만 비빔밥

을 만들어 먹으면 은은한 바다 향과 고소하고 담백한 맛이 일품이란다. 정말 그날 참기름에 찍어 먹는 와다는 중독성이 있어 젓가락을 놓을 수가 없었다. 이어서 먹은 비빔밥은 학습효과 때문인지 몰라도 정말 혀끝의 욕망을 제어할 수가 없었다. 그동안 무지의 소치로 냉대했던 고노와다는 귀한 음식으로 내 입맛을 사로잡았다. 이후로 바다에서 생산되는 꽃게 간장게장과 어리굴젓, 그리고 고노와다 비빔밥은 내가 가장 좋아하는 3대 기호식품으로 자리를 잡았다.

이 이야기를 건네는 동안 추임새도 없이 눈만 끔벅거리며 듣던 선배는 무슨 뜻인지 알겠다며 말을 끊었다. 그리고 궁금한 파래김의 정체를 알고 싶다며 채근했다.

선배가 아는 파래김은 색깔이 푸르러 일명 청태(靑苔)라고 하는 감태(甘苔)다. 생김새는 매생이와 비슷한 해초로 태안의 청산리와 이원 청정해역의 얕은 수심에서 자란다. 오롯이 바닷물과 햇볕에 의지해 자라는 감태는 주로 겨울철에 생산되어 생물로 떡국에 넣어 먹기도 하고 숙주무침도 한다. 김처럼 말린 제품은 참기름을 바르고 소금 간을 하여 살짝 구워내면 단맛과 쌉쌀한 맛이 나고 해초 향이 은은하게 퍼져 입맛을 돋운다. 오염되지 않은 바다에서 소량이 생산되기 때문에 값도 김(해태)에 비해 5배 정도 비싸다. 아주 귀한 대접을 받는 겨울철 감태다. 이렇게 아는 만큼 설명을 하였더니 "무식하여 잠시라도 고마움보다는 나쁜 마음을 품었다"고 하면서 자책의 한숨을 내쉬었다.

그렇게 귀한 선물을 욕으로 포장하여 쓰레기통에 넣었다니 참으로 안타까웠다. 나 역시 귀한 고노와다를 몰라 고마운 마음보다 이상한 해산물로 이태 동안이나 오해를 했으니 부끄럽기는 마찬가지였다. 이날 선배나 나나 상식의 한계가 빚은 미움에 고해성사를 하고 뉘우침의 보속을 수행해야 할 일이었다. 선물을 주신 분께 너무 미안하고 감사한 시간이었다.

선물 이야기를 하다 보니 갑자기 오 헨리의 〈크리스마스 선물〉이라는 단편소설이 생각났다. 가난하지만 사랑하는 부부에게 돌아온 크리스마스는 선물 때문에 고민에 빠졌다. 아내는 자신의 소중한 머리를 잘라 남편의 시곗줄을 샀고 남편은 시계를 팔아 아내의 머리띠를 샀다. 하지만 서로에게 더는 쓸모없는 선물을 마련한 것이다. 진정 사랑하는 사람을 위해 가장 소중한 것을 희생하여 선물을 마련한 따뜻한 이야기다.

무엇이든 진실한 선물은 귀한 것이다. 선물을 주는 것은 마음을 표현하고자 내가 가진 자원을 희생하는 것이지만 받는 사람은 다를 수 있다. 그렇지만 모든 선물은 마음을 담은 귀한 것인 만큼 감사한 마음이 먼저다. 선물의 내용보다도 마음 씀씀이가 더 소중하기 때문이다. 설령 선물의 정보를 모른다는 이유나 선입견으로 평가절하해서는 안 될 일이다. 선물을 줄 때도 받는 사람의 눈높이를 생각하여 자세한 설명을 곁들여도 좋을 것 같다.

나는 젊었을 때는 선물을 서서 두 손으로 받지만, 요즈음은 허리를 굽혀 가슴으로 고맙게 받는다. 이제 세상에서 가장 값진 선물은 마음이라는 것도 알았기 때문이다.

배곯은 한 끼니

평생 처음으로 쌀이 떨어져 식구들이 저녁밥을 굶다시피 한 사건이 있었다. 늘 사무실에서 야근을 밥 먹듯하니 집에서는 으레 저녁은 먹고 오려니 한다. 하지만 그날따라 검정 비닐봉지 하나 들고 횡재한 듯 속으로 흥얼거리며 현관문을 열었다. 막 두 딸과 저녁을 먹으려고 밥상머리에 앉았던 아내가 흠칫 놀라는 눈치였다. 그리고 항상 우르르 달려 나와 반기던 아이들마저 못마땅한 표정으로 분위기가 싸했다.

무슨 일인가 싶어 일단 아이들 틈에 앉으며 빨리 밥 달라고 재촉을 했다. 아내는 밥상에 놓인 밥 두 공기에서 한 공기는 내 앞에 놓고 나머지 한 공기는 한 수저씩 덜어내 세 개로 나누어 주면서 지은 밥이 이것뿐이니 그냥 조금씩 먹자한다. 아내랑 아이들의 분위기가 어두웠던 것은 다름 아닌 밥이 적었기 때문인 것을 눈치챘다. 하여 밥을 조금 기다렸다 먹을 테니 밥을 더 지으라고 했더니 쌀이 떨어졌다는 것이다.

사실은 며칠전부터 쌀이 떨어져 가는데 마침 아버님께서 화물로 쌀을 보냈다고 해서 그것을 기다리다가 오늘 저녁밥이 부족하게 되었다고 한다. 게다가 이때껏 저녁을 먹고 오던 내가 입을 덜어주기는커녕 보냈으니 미운털이 되었다. 그리고 아내는 내가 들고 갔던 비닐봉지를 열어보더니 놀랜다. 가족 모두가 너무 좋아하는 밥도둑 꽃게장과 어리굴젓이 들어있었기 때문이었다.

뒤주 밑이 긁히면 밥맛이 더 난다는 격언대로 밥도둑이 왔는데 밥이 적으니 어찌하랴. 김이 모락모락 나는 쌀밥에 꽃게장과 어리굴젓을 곁들여 아이들이 허겁지겁 맛있게 먹기에 내 밥을 다 덜어주고 나는 간식을 먹어 배부르다고 거짓말을 하고 굶었다. 가족 모두가 포만감에서 아주 멀리 떨어진 부족한 밥 한술에 섭섭한 마음으로 수저를 놓았다.

한편으로는 미리 챙기지 못한 아내에게 화도 났고 다른 한편으로는 오랜만에 맛있는 반찬을 놓고 가족들이 저녁밥을 굶다시피 한 모습에 미안도 했다. 덧음식인 라면으로 대체하는 방법도 있지만 우리 식구는 저녁에 라면을 먹지 않기 때문에 어쩔 수 없었다. 요즘 같으면 집 앞에 있는 마트에서 햇반이나 삼각 김밥이라도 사다 먹겠지만 그땐 개발 중이어서 이름조차 세상에 나오지 않았다. 하지만 모처럼 자식이 꽃게장이랑 맛있게 밥을 먹는 모습만 보아도 행복했다.

가뭄에 자기 논에 물이 들어가고 가난에 허덕일 때 자식의 입에 밥이 들어가는 것을 볼 때가 가장 행복했다던 노파의 말이 생각났다. 그리고 보니 사람은 보편성의 본능에 감동하나 보다. 이날 손에 들고 갔던 꽃게장과 어리굴젓은 바자회에서 산 것이다.

해마다 가을이면 사무실 후정에서 시군별로 농·특산물을 가지고 나와 바자회를 연다. 각 지역마다 부녀회가 중심이 되어 특색 있는 먹거리부터 관광 상품들을 판매한다. 하여 고향인 서산 향후회에서 연락이 왔다. 고향의 신토불이 향토 음식을 팔아주는데 동참해달라는 부탁이다.

퇴근시간을 앞두고 몇 명이 같이 시끌벅적한 사람들의 목소리와 음식 냄새가 풀풀 나는 곳으로 갔다. 그곳에는 각 지역에서 특색 있는 대표 음식을 만들어 경쟁적으로 홍보하였다. 내 귀는 벌써 구수한 서산 사투리를 감지하고 이미 발길을 돌려 바다 냄새나는 부스 앞에 섰다. 그곳에는 총각김치며 깻잎장아찌, 김 등이 푸짐하게 진열되어 있었지만 가장자리에 있는 정말 내가 좋아하는 꽃게장과 어리굴젓이 눈에 번쩍 띄었다.

사실 그동안 먹고 싶어도 얇은 지갑으로 비싼 반찬을 살 엄두를 못 내던 음식이었지만 모처럼 싼 가격에 살 수 있고 팔아주는 의미가 있어 덜컥 산 것이다. 그 순간 마음은 벌써 김이 모락모락 올라오는 밥상머리가 어른거렸다.

쫓기듯 사무실로 달려가서 책상 위에 널부러져 있던 서류들을 주섬주섬 캐비넷에 넣고 마음 따라 발길을 재촉했다. 그날만큼은 야근을 접고 게으른 버스를 타고 집으로 간 것이다. 그렇게 모처럼 아이들과 맛있는 저녁을 먹겠다는 생각에 들떴던 마음이 단 몇 분 만에 찬물 세례를 받고 보니 씁쓸했다. 사람은 자기 생각대로 다 되는 것도 없고 혜안이 있고 지혜가 있어도 때로는 한치 앞도 못 내다보는 어둔할 때도 있다.

그날 밤, 배에서 나는 생리적 꼬르륵 소리보다 창문 너머 낙엽이 무겁게 떨어지는 소리가 더 크고 슬프게 들렸다. 마음이 옹졸해졌다. 이 나이를 먹도록 쌀이며 고추, 마늘에 이르도록 부모님께 기대어 사는 박봉의 공직생활을 하고 있는 자신이 밉고 개탄스러워 한숨이 나왔다. 지금 생각해보면 완전한 경제적으로 독립이 안 된 일종에 캥거루족과 다를 바가 없었다는 생각이 들었다.

그때껏 가을이면 추수가 끝나기 무섭게 벼를 도정하여 쌀을 화물로 보내주었다. 택배 회사가 없었던 터라 화물운송 영업소에 가서 쌀을 찾아오곤 했다. 그뿐이 아니다. 김장하여 한 차 가득 실어와 겨울을 나고 집에 갈 때마다 잡곡이며 고구마, 고추, 참깨 심지어 애호박까지 한 보따리씩 싸준다. 그렇게 부모님이 피땀으로 가꾼 농산물로 밥상은 늘 푸르렀다. 그러다 보니 끼니에 대한 의존성은 당연시되고 오히려 때가 되어 올 것이 안 오면 투정을 부렸다.

밥 한 끼니를 굶은 그날에서야 부모님의 끝없는 사랑에 감사한 마음이 돋아나고 죄송한 마음은 눈물이 되어 두 볼에 흘렀다. 그리고 이 부끄러운 민낯은 어서 아이들의 맑은 눈에서 벗어나고 싶었다.

밥은 주식의 총칭이다. 그래서 한국 사람은 밥심이라는 말에 선뜻 동의한다. 그것도 배가 고파본 사람은 뼈저리게 느낀다. 보릿고개에서도 굶어보지 않았기에 한 끼의 주린 배는 더 서럽게 느껴졌다. 하지만 그날 빈 밥그릇에 소복이 담긴 한 끼의 소중함과 부모님의 끝없는 사랑이 있음에 감사한 깨달음은 평생 잊혀지지 않는다.

7월 백수의 멘탈

　달갑지 않은 7월 장마에 자유로운 영혼은 꼼짝없이 갇혔다. 집 안에서 빈둥거리는 시간이 길다. 답답한 마음에 처마 밑 쪽마루에 걸터앉아 하늘이 뚫린 듯이 쉼 없이 내리는 천루(天漏)를 본다. 한참을 보고 있노라니 그 빗속으로 옛날이 오고 그리운 이가 서성인다.

　꼬맹이 때 비 오는 날이면 미국 원조 포대자루를 종반으로 접어 쓰고 다니던 시절에서부터 노란 주전자를 들고 양조장에 가서 막걸리를 사 온 생각도 떠오른다. 무거운 술 주전자를 들고 집으로 오는 길에 팔이 빠지도록 아픈 것보다 술 한 방울이라도 흘릴세라 쑥을 뜯어 주둥이를 틀어막아 할아버지께 드렸던 일까지 빗줄기를 타고 쏟아졌다. 흐릿한 기억 속에 떠오른 학창 시절도 도랑물에 흐르고 직장에서의 희로애락도 낙수에 젖었다. 모두 가버린 청춘의 잃어버린 시간을 잠시 되새김질하였다. 이 사흘 동안 내리는 임우((霖雨)에 외로운 포로가 된 나에게 누군가 전화는 고사하고 문자라도 준다면 난 환한 웃음으로 반기련만, 기다려도 울림이 없는 핸드폰만 들여다보다 가끔 심술 바람을 타고 뿌려대는 비를 피해 집 안으로 들어왔다.

　이방 저방을 둘러보다 온기를 잃은 텅 빈 방바닥의 구석진 곳에서 나는 불쾌한 냄새에 멈춰 섰다. 방바닥 밑에 검은 곰팡이가 터를 잡았다. 줄곧 내리는 비 때문에 검은 곰팡이가 핀 것이다. 그래서 매실이 익을 때 내리는 비를 매우(梅雨)라고 하지만 이처럼 곰팡이의 원인이 되게 오래도록 내리는 비를 매우(霉雨)로 칭할 때도 있다.

사실 사람들이 가장 좋아하는 비는 송강의 별명인 때를 맞춰 내리는 급시우(及時雨)다. 하지만 어디 무심한 하늘이 사람의 입맛에 맞춰 비를 내려주겠는가. 그렇게 무위로 보낸 백수의 하루는 아쉬웠지만 자유인만이 누릴 수 있는 여유에 깨달음이 있었기에 그 또한 행복이었다.

새벽녘 밖에서 나는 꿍음에 소스라치게 놀래어 나가보니 세찬 바람에 보일러 문이 활짝 열려 벽에 부딪히는 소리였다. 게다가 들마루에 매달린 죽풍경의 재잘대는 불규칙적인 엇박자는 바람의 횡포였다.

집 뒤뜰에 바람을 맞서고 있는 대나무 숲을 보니 올곧게 하늘을 향해 올라가던 죽순은 새우등이 되어 엎드려 있고 그 옆에 촘촘히 서 있는 묵은 댓잎은 연신 응원의 율동으로 어린 죽순을 일으키는 모정의 운기가 있었다. 때마침 잿빛 하늘로 비닐 한 조각이 날아오른다. 대밭 옆에 있던 꼬마 비닐하우스가 바람을 견디지 못하고 터져버린 것이다. 난감한 가슴도 찢겨져 너울거렸다. 찢어진 비닐은 산발한 듯 휘날리며 와삭와삭 비명을 질렀다.

강풍주의보를 발표한 기상청의 날씨 예보는 모처럼 확실한 신뢰를 확보했다. 조용하고 한적하던 산촌의 아침은 비와 바람, 그리고 하늘의 저주로 엉망이 되었다. 땅 위에 뿌리를 둔 초목은 자신의 의지와 관계없이 내둘리고 하물며 심지 곧은 참나무마저 바람에 흔들리고 있었다. 불행은 혼자 오지 않는다는 서양 속담이 있다. 아주 작은 맛보기 환경 재앙인 듯하다.

손목으로 삽자루를 감아 뒷짐을 지고 밭에 나갔다. 물 먹은 밭고랑은 습지가 되고 콩보다 웃자란 잡초는 옥토를 차지했다. 한 마디로 쑥대밭이 되었다. 그렇다고 물 진창이 된 밭에 들어가 풀을 맬 수도 없는 노릇이었지만 사실은 잡초로 인해 떨어지는 콩 수확량보다 이웃 사람들의 시선이 더 걱정이 되었다.

시골은 이웃끼리 정도 많지만 관심도 그에 못지않다. 아무개는 게을러서 풀도 매지 않는다며 누군가 입방아를 찧는 순간 걷잡을 수 없이 사안은 침소봉대되고 사심은 사실화되어 날개를 단다. 때로는 얼굴을 붉히고 난 뒤에 끝나는 경우도 있다. 비가 더 오려나 먹구름은 햇살을 삼킨 채 얕게 내려왔다. 문득 귀를 의심하며 사방을 둘러봐도 그 많던 새 소리는 들리지 않았다. 아마도 천지의 위험을 감지하고 안전한 곳으로 숨었나 보다. 인간이 만물의 영장이라며 호언한 자신이 민망하다. 자연에 맞서지도 못하고 미리 피안을 찾지도 못했으니 날이 개면 하찮게 여기던 조류와 곤충의 낯을 어찌 볼 수 있겠는가. 잠시 꾸짖는 자연에 고개 숙여 겸손함을 배운다.

한나절이 되어 잠시 구름이 걷혀 읍내에 생필품을 사러 나갔다. 시내는 오가는 발길이 확연히 드물고 닫힌 가게는 늘었다. 누가 귀띔을 안 해도 경제는 동력을 잃은 듯했다. 우한폐렴 아니 코로나19의 확산을 막기 위해 마트 입구에서 마스크를 쓰고 열 체크를 했다. 이미 자유와 권리가 통제되고 삶의 환경은 불안하였다. 지인을 만나니 거리를 둔 채 살갑지 않은 민낯으로 주먹을 내밀어 인사를 건넨다. 새로운 언택트 시대의 변화된 낯선 광경이다. 잰걸음으로 중국에서 무비자로 입국한 코로나19 바이러스는 이미 팬데믹으로 선포하였다. 21세기 인류의 재앙으로 꼽히는 핵과 기후변화와 함께 확산되고 있는 전염성이 강한 바이러스는 공포 그 자체다.

사실 상상조차 하고 싶지 않은 핵은 차치하고라도 우리의 피부에 와 닿지 않아 좀 둔감한 기후변화에 따른 현상도 무섭기는 마찬가지다. 지금 펄펄 끓는 러시아와 시베리아, 수십 년 만에 최대 메뚜기 떼의 습격을 받은 인도, 광대한 먼지구름에 갇힌 미국 그리고 속수무책으로 산불이 번지는 브라질은 고통의 연속이다.

환경 재앙에 직면한 이들 나라는 공교롭게도 코로나19로 가장 큰 피해를 입고 있는 지역이기도 하다. 엎친 데 덮친 고통의 상황이 지속되고 있다. 지구상에서 가장 추운 곳으로 손꼽히는 시베리아의 북위 67.5도에 위치한 베르호얀스크에서 지난 6월 20일 최고 기온이 무려 38도를 찍었다. 시베리아 평균 기온보다 17도나 높은 이상고온 현상이 나타난 것이다.

또 다른 재앙은 곳곳에 동시다발적으로 창궐한 메뚜기 떼다. 케냐와 예멘 등 동아프리카에는 70년 만에 인도와 파키스탄 등 남아시아에도 27년 만에 최악의 메뚜기 떼가 엄습해 옥수수와 사탕수수 등 농작물 등에 심각한 피해를 입히고 있다. 사하라 사막에서 발원한 거대한 고질라 먼지구름이 대서양을 가로질러 카리브해 나라들과 멕시코, 미국 남부까지 뒤덮었다.

우리 주위에서 맴도는 코로나19만으로도 숨통을 죄어오고 있는 상황에서 기후변화에 코로나까지 겹친 지역의 사람들은 엄청난 고통에 시달리고 있을 것을 생각하니 내 아픔으로 느껴진다.

땅거미가 질 무렵 읍내에서 집으로 돌아온 나를 마당까지 나와 반기는 건 태양광 외등이었다. 비가 그치고 기온이 내려간 산골의 밤 공기는 참 신선하다. 아주 짧은 찰나에 거친 얼굴을 스치며 폐부로 향하는 보드랍고 달달한 공기의 느낌은 황홀하다. 그것도 잠시, 중문을 열고 긴장감을 헛기침으로 뱉어내며 컴컴한 현관문을 들어선다. 불 꺼진 텅 빈 집안의 스위치를 더듬어 불을 켜는 순간은 심정적으로 허허롭다. 저녁 9시 메인 뉴스에 박원순 서울시장이 사망했다는 보도다. 어찌 된 일인지 믿기지 않는다. 불량식품 같은 가짜뉴스인가 싶어 채널을 돌려가며 재차 확인해 봐도 사실이었다. 그를 두고 애도를 넘어 죽음을 추앙하는가 하면 페미니스트의 숨은 모습은 마초(macho)라는 사람까지 있다.

정의가 무척 혼란스럽다. 여기에 겹쳐 대한민국을 지켜낸 백선엽 장군의 선종에 친일이라는 프레임으로 장지인 대전 현충원에서 소란을 피웠다는 소식도 안타깝다. 또 이재명 지사의 선거법 관련 대법원에서 무죄 취지로 파기 환송했다는 보도를 놓고 투정을 부리는 이들도 있다.

하루하루 뉴스 보기가 겁난다. 한동안 TV뉴스와 거리를 두었다가 모처럼 세상사가 궁금하여 곁눈질하였다가 굵직한 포승줄에 묶여 몇 날을 혼자서 안달복달하였더니 가슴은 아프고 답답하고 의식은 혼돈의 시간이었다. 소인배는 여전히 알 수 없는 함의 세상이 존재한다는 믿음이 빗나가기를 바라는 것이 진심이다.

이제 몇 날의 시끄럼에서 벗어나 지금껏 누리던 그 소박하고 자유로운 삶에 더 익숙하려 한다. 그렇게 생각이 바뀌니 관심의 초점이 빅뉴스에서 꽃으로 향한다. 냇둑에 미완의 노란 달맞이꽃 봉오리가 보이고 담장 밑에 핀 봉선아꽃에선 돌아가신 엄마의 손톱이 보인다. 아마도 관심은 사랑하는 마음으로 다가가 좋은 감정을 찾아 자신을 만족시키는 것인가 보다. 그런 마음으로 북아메리카에서 우리 화단까지 홀로 이민 와서 연한 홍자색으로 귀염을 독차지하고 있는 플록스를 들여다보니 열정은 넘쳐도 외로움에 군집한 채로 벌, 나비를 맞고 있었다.

한참을 호접이 되어 꽃을 찾아 자유분방하게 돌아다녔더니 한계에 이르렀다. 그리 멀지 않은 뒷개 소근방조제로 황새낫을 들고 갔다. 초복이 지났으니 소화기에 좋다는 익모초 생즙을 내어 한 대접 마셔볼 요량이었다. 그곳에는 바닷바람이 키운 야관문이 지천이었다. 그 사이에서 애써 고개를 돌려 외면하는 익모초 몇 포기를 베어왔다. 옛날 할머님이 하시던 방식으로 작은 절구에 찧어 삼베포로 짜서 나온 쓰디쓴 초록의 초혈(草血)을 단숨에 들이키고 마늘장아찌로 입가심을 했다. 어찌나 쓴지 진저리를 치면서 마셨지만 뒤끝은 그냥 견딜만했다. 자유로운 영혼의 활동반경은 사방 20여 리쯤 되나 보다. 그것도 분위기에 적응할 수 있는 변장술로 변신하면서 말이다.

오늘 하루에도 새벽에 서생으로 책을 읽다가 주부가 되어 아침밥을 짓고 농부가 되어 밭을 맸다. 그리고 나비가 되어 꽃에 키스도 하고 자연인마냥 민간요법으로 익모초를 생즙 내어 건강도 지키며 자

유로운 인턴 백수로 보냈다. 날이 저물어 가니 저녁밥을 준비해야
한다. 오늘은 가볍게 가지나물에 애호박전을 부쳐 먹어야겠다. 이
렇게 세상을 소풍 가듯 자유롭게 사는 것이 수학 문제 풀듯 머리 아
프게 사는 것보다 낫지 않나 싶다. 이미 소박한 것에 만족하고 소소
한 재미에 길들여져있다.

　후덥지근한 7월 중순, 미숙한 백수의 일주일을 그렇게 보냈다.
백수를 잉여인간이니 한량이라고도 하지만 그 경지에는 미치지 못
하니 사치를 부려 프리랜서라는 호칭을 붙이면 어떨까 싶어 객기
를 부려본다.

제 6 장

자전 에세이

하루해가 잠들 때

언제나 하루해는 어둠을 낳는다.
앞산마루 굽은 능선에 기어 올라
창공에 살다 수평선 자락에서 빛을 거둔다.

마지막 타고 남은 노을은 짧다.
바다에 남은 고운 빛깔
외로운 잔물결에 포로가 된다.
어둠은 파도 타는 소리마저
일생을 더듬어 가슴에 숨는다.

눈에서 떠나는 그리운 이
아직 목에 걸린 마음을 던지듯이
잔잔한 물결에 제비뜨기를 한다.
돌 하나에 욕망을 싣고
또 하나의 돌에 추억도 담아 버린다.
해가 지듯 비움이 시작된다.

어미 우렁이

엊그제 상고대가 내리던 한겨울밤. 모처럼 시골에 계신 부모님과 밤이 이슥하도록 살아가는 이야기를 나누었다. 아버님은 말씀하면서도 누런 백열등 아래에서 연신 밥을 으깨어 반창고에 발라 손가락이며 발뒤꿈치에 돌돌 감는다. 살성이 세어 해마다 찬바람에 가을걷이하고 나면 손가락 마디마디에 계급장처럼 반창고를 덕지덕지 붙인다. 어머님의 얼굴에도 풍상의 세월만큼이나 잔주름으로 가득했다. 그 곱던 새댁을 할머니로 데려간 세월이 미웠다.

내가 꿈꿀 옆방에 이부자리를 폈으나 웃풍으로 콧등이 시렸다. 눈이 오려나 찬바람이 흙벽을 뚫고 방으로 들어온다. 집 뒤뜰에 빽빽이 들어선 대나무밭에서 상고대로 얼은 댓잎 부비는 사각사각하는 소리가 점점 가까이 다가오는 듯 더 크게 들렸다. 이미 잠은 멀리 달아나 버려 말똥거리는 두 눈이 검은 천정에 고정되었다. 온통 머릿속에는 좁은 방에서 부모와 무릎을 맞대고 나눈 약해지신 이야기로 가득했고 모습에서조차 당당했던 기개는 어디로 떠났는지 주름진 얼굴에 처진 어깨는 세월의 무게를 느끼는 듯했다.

'벌써 몸도 마음도 많이 쇠약해지셨구나.' 하는 짠한 마음이 댓바람 소리와 함께 가슴을 지난다. 아들딸 칠남매를 낳아 애지중지 키우고 늘 바람이 불까 비가 올까 근심걱정으로 지낸 부모를 생각하니 가슴이 저렸다. 자식 위해 먹고 싶은 것도 참고 입고 싶은 옷도 마음대로 한번 못 사보고 살아왔다. 나도 자식을 키워보니 더욱더 깊고 간절한 생각이 들었다.

엊그제 친구한테 '부모는 자식의 노예'라는 말을 들었을 땐 지나가는 말인 줄 알았는데 그것이 진실이었음을 부모님의 얼굴에서 확인할 수 있었다. 그동안에는 차가운 이성으로 얄팍하게 인지하는 정도이었지만 오늘에서야 가슴에 진정한 사랑으로 다가서니 그 울림이 나를 울렸다. 한 해가 다르게 몸과 마음이 늙어가는 모습은 차라리 어미 우렁이의 마지막을 보는 듯해 마음이 아팠다.

우렁이는 새끼를 자기 몸속 맨 끝부분에 낳는다. 수십 개의 새끼들은 그곳에서 어미의 연한 살을 갉아 먹으면서 자란다. 새끼가 무럭무럭 커가는 동안 어미의 육신은 점점 작아진다. 마침내 어미의 마지막 머리 부분까지 몽땅 뜯어먹은 새끼들은 생명력을 잃은 어미 우렁이의 껍데기가 거꾸로 엎어지는 순간 논바닥에 주르르 쏟아져 내린다. 그들은 새로운 삶이 시작되지만, 영혼을 잃은 어미 우렁이의 껍데기는 정처 없이 떠내려간다. 이것이 우렁이의 한 세대가 바뀌는 과정이다. 우리 부모님도 이 우렁이와 무엇이 다르겠는가. 모든 것을 다 바쳐 자식을 위해 살아오다 이제는 고단한 심신을 따스한 아랫목에 녹이고 싶은 연약한 모습이 되었으니 말이다.

이 모습이 어찌 우리 부모님만의 것이겠는가. 고생을 보람으로, 자식들 가르침을 낙으로 살아온 부모님의 숭고한 뜻이 있었기에 우리가 이만한 삶을 누리는 것이 아닌가 하는 생각이 뇌리를 어지럽

힌다. 창호지 한 장으로 겨울의 찬바람을 가린 방안은 벌써 댓잎 소리와 혹한 공기로 가득했다. 이불로 얼굴까지 덮고 몸을 웅크린 채 늙어가는 부모님 모습이 마치 우렁이 어미 같음을 깨달을 즈음 새벽녘 첫닭이 울었다.

어머니의 나팔꽃 사랑

요즘 농촌은 가을걷이 철이다. 어정칠월 지나 동동팔월 되니 참깨 털고 고구마도 캐야 한다. 여기에 우리 집에서는 견우자(牽牛子) 몇 알을 더 수확하여 잘 갈무리해야 한다. 내년 봄에 정성껏 심어야 하기 때문이다. 견우자는 소 한 마리와 맞바꾼다는 나팔꽃 씨앗이다. 몇 년째 연례행사처럼 이어져 오는 아파트 베란다에 놓인 토기 화분에다 다섯 그루의 나팔꽃을 심을 작정이다.

이른 봄에 심어 귀엽게 돋아난 새싹은 꽃샘추위를 떨치고 자라면서 지주를 휘감아 돈 줄기에 보드라운 솜털이 뽀송뽀송해지면 제법 나팔꽃 줄기의 꼴이 잡힌다. 이때부터 새벽 별빛 속에서 예쁜 짓을 하며 커가는 나팔꽃을 보는 재미가 쏠쏠하다. 잎새의 겨드랑이에서 나온 나사 모형의 꽃봉오리는 붓 모양으로 어둠을 머금고 있다가 동틀 무렵이면 제각기 자유로운 보랏빛 색깔과 핑크색으로 활짝 피어나 기쁨을 주는 청순한 꽃이다.

우리가 나팔꽃과 긴 인연을 맺게 된 것은 특별한 이유가 있다. 이미 오래전에 대문 앞 우물가에는 화단이 있었다. 그곳에는 해마다 씨앗이 떨어져 봄이면 새싹이 트는 다년생 같은 일년생 봉선화랑 채송화는 수줍은 듯 동무가 되어 피고, 가을이면 붉은 정열의 사르비아와 칸나도 예쁘게 피었다. 여름에 피는 나팔꽃은 화단의 가장자리에 선 무궁화나무에 기어 올라 한 해를 산다. 어머님이 시집와서 본 화단의 꽃들은 새댁의 신혼에 꿈처럼 앙증맞고 예뻤다. 하지만 종갓집 맏며느리의 하루는 고달팠다. 식구가 자그마치 열세 명이나 되었고 하루가 멀다고 사람을 얻어 일을 하였다. 그 많은 식구와 일하는 사람들의 끼니를 챙기는 일만도 버거운 일과였다.

하루해가 징그럽게 길고 어둠이 촌각인 한여름에 어머니는 여명에 대문을 여는 일로 하루가 시작되었다. 아침밥을 짓기 위해 녹강샘에 물을 길어야 하기 때문이었다. 우물 옆에 있는 화단에서 막 피는 나팔꽃이 너무나 반가웠다. 한 무리지어 피어나는 꽃은 맑고 신선한 향을 아낌없이 흩날렸다. 그뿐인가. 새벽이슬을 머금고 함초롬히 피어나는 화사한 꽃은 나팔을 크게 벌려 반갑게 고단한 일상을 보듬어 주는 듯하였다. 동틀 무렵, 그때 하늘에 뜬 흐릿한 별빛보다 더 영롱한 나팔꽃에게 받은 위로와 사랑이 있어 시집살이의 어려운 고비를 넘길 수 있었다.

그때부터 어머니는 나팔꽃을 좋아하게 되어 해마다 시골집의 화단에 나팔꽃을 심고 살뜰히 가꾼다. 그래서 언제부터인가 내가 살고 있는 아파트에 봄이면 나팔꽃을 심고 어머님이 보고플 땐 나팔꽃을 보며 마음을 달랜다. 올해도 아내는 어김없이 지난해에 받아둔 견우자를 베란다 화분에 싹을 틔웠다. 목마르지 않게 물도 주고, 가려울까 진딧물도 잡아주면서 애지중지 키운 나팔꽃은 7월이 되니 드디어 무녀리 꽃봉오리 하나가 맺혔다. 매일 눈을 뜨자마자 꽃을 보기 위해 베란다로 발걸음이 옮겨간다.

그러던 어느 날, 꽃이 보일 듯 말 듯하게 아주 작고 옅은 보랏빛 나팔꽃이 피었다. 앙증맞고 귀여웠지만 내심 어머님이 좋아하는 시골집에 피는 핑크빛이었으면 싶었다. 이 또한 어미의 DNA를 닮아 해 뜰 무렵에 피었다가 해가 뜨면 바로 꽃잎을 접는 바람에 부지런하지 않으면 볼 수 없었다. 잠꾸러기 아이들은 깨워서 보게 할라치면 실눈으로 보는 체만 하고 곧바로 방으로 달려갔다.

나팔꽃의 꽃말도 덧없는 사랑이듯이 사랑은 편애인가 보다. 비록 향은 있는 듯 없는 듯해도 어머님께서 좋아하고 의지하던 사랑의 꽃이기에 나에게도 정말 소중하고 사랑스럽다. 이 늦가을에 견우자를 애틋하게 생각하는 것은 찬바람이 몰고 올 감기보다 어머님의 고독이 걱정되기 때문이다.

동백나무를 심은 뜻

쉰 살 되던 해 동백나무 50그루를 심었다. 시골집 진입로 변에 심은 나무는 일렬횡대로 선 경계 초병처럼 꼿꼿하게 자리를 잡았다. 아직 작은 묘목에 불과하지만 상상의 시뮬레이션은 어느 공원의 한 축이었다.

몇 날을 벼르던 일을 마친 성취감은 지난 설날에 우울했던 마음이 되살아났다. 쉰 살이 되던 설날 아침, 차례를 지내고 조부모님 산소에 성묘를 하러 갔을 때 무엇인가 허전하고 죄송한 마음이 울컥 올라왔다. 잠시 묘소 앞에 앉아 곰곰이 생각하니 조부모님이 나에게 베풀어준 한없는 사랑과 희생, 그리고 장래에 대한 기대감에 부응하지 못하고 아직 범부에 머물고 있나 하는 민망함이었다. 하지만 그보다도 중년의 나이에 걸맞은 번듯한 무엇 하나 이루지 못한 것이 더 면목이 없었다.

그날 이후 머리는 엉킨 삼베 실처럼 복잡하고 마음은 심란했다. 더 많은 세월의 겹을 쌓기 전에 작아도 의미 있는 아름다운 내 인생의 흔적을 만들어야겠다는 생각이 떠나질 않았다. 하지만 팔자에 없는 거부가 될 수도 없고, 낙하산 타고 큰 자리를 차지할 형편도 안 되니 내 능력으로 할 수 있는 아이템을 고민했다. 그러면서 평소 좋아하는 독서로 위안을 삼아 평소와 다름없이 지냈다.

그러던 중 어떤 책을 읽다가 'Noon of life'의 한 구절을 읽으면서 공허했던 가슴에 용기가 생겼다. 작가는 인생에 정오를 마흔 살이라 주장했지만 내 나이는 그보다 10년이 지난 쉰 살이었다. 그렇다 할지라도 지금이 인생에 정점이라며 자신의 사고에 가면을 씌웠다. 그것도 모자라 젊음의 열정을 덧칠하기도 하고 의도적인 자부심도 키웠다. 그러다 보니 일상은 보편적이고 긍정의 사물이 보였다. 일체유심조(一切唯心造), 그렇다. 사람은 생각하기 나름이고 마음먹기 달렸다. 그 마음으로 우공이산의 공상에서 현실적으로 가능한 흔적을 남길 수 있는 아이템을 찾으니 그것은 동백나무를 식재하는 것이었다.

우리 집 화단에 터줏대감 노릇을 하고 있는 오래된 한 그루의 동백나무가 있다. 사시장철 푸른 기상으로 집을 지키는 수호신 같은 그 나무 주위에는 해마다 씨앗이 떨어져 자생하는 어린 모가 탐스럽게 자라고 있었다. 마침 주말에 처가에 온 막내 매제와 동백 모종을 캐어 집으로 들어오는 길 가장자리에 내 나이 쉰 살에 맞춰 50그루를 이식하였다.

길가에 일렬로 늘어선 나무는 오는 손님 반갑게 맞고 떠나는 사람 배웅하는 듯했다. 그곳에 물을 길어다 흠뻑 주고 나서 푸른 동백을 보니 성취감과 보람에 마음이 흡족하여 병석에서 일어난 기분이었다. 일을 마치고 매제와 들마루에 걸터앉아 막걸리 한 잔 기울이니 소소한 행복에 젖는다. 매제는 진입로에 좋은 나무도 많은데 하필 동백나무를 심은 뜻이 있냐고 물었다. 오늘 심은 동백나무는 단순히 집에 모종이 있어서 옮긴 것이 아니라 평소 동백의 생태가 우리에게 울림으로 다가오는 철학과 의미가 있음을 말해 주었다.

동백은 선비의 상징이다. 도톰한 이파리는 사시사철 변치 않는 초록이요, 붉은 꽃은 시들기 전에 통째로 숨을 거두어 추한 모습을 보이지 않기 때문이다. 교활하지 않으니 의리요, 구걸하지 않으니 결의에 찬 사내 모습이다.

보통 동백꽃은 매화와 함께 겨울의 끝자락에 핀다. 추위에 떨면서 꽃을 피우니 수정은 곤충이 아닌 동박새가 맡는다. 목련꽃은 아름다움이 나무에서 열리는 듯 아름답지만 꽃이 질 때는 가장 추한 모습으로 한 잎 한 잎 떨어진다. 하지만 동백꽃은 노란 수술이 달린 채 목이 부러지듯 꽃송이가 통째로 떨어진다. 꽃이 통구조이다 보니 그렇다. 여기에 더하여 꽃은 완전히 시들어 초라한 모습을 보이기 전에 한 번에 떨어지기 때문에 떠나는 뒷모습이 아름다운 나무로 여긴다. 때문에 뭐니 뭐니 해도 동백의 백미는 낙화다. 그때 또 하나 긋는 나이테의 값을 못한 아픔을 동백이 보듬어 주었다.

오늘도 나는 주련처럼 서서 메시지를 전하는 그 길을 옷깃을 여미며 걷는다. 공직자인 나는 남은 생애 내내 동백을 빼닮은 선비로 살고자 다짐한다. 그런 마음에서 심은 50그루의 동백나무는 내 삶을 함께하며 어리석은 나를 깨우치고 채찍하고, 때로는 버팀목도 되고 따스한 안식처의 역할도 톡톡히 할 것으로 기대한다.

처음으로 자동차를 타던 날

유년 시절 태안 오일장날에 엄마 손을 잡고 장터에 갔다. 그때만 해도 교통수단이 워낙 열악하여 버스는 하루에 두서너 번 운행할 때다. 오지 않는 버스를 기다리다 지쳐 고모네 염전에서 소금을 실어 나르는 트럭을 사정하여 탔다. 소금을 가득 실은 트럭의 소금가마니 위에 앉아서 아찔한 곡예 운전에 굿하는 신동처럼 몸을 흔들며 갔다. 비포장도로에 이는 흙먼지가 입안이며 콧속에 가득했지만, 자동차를 처음 탄 기분에 신이 났다. 그것도 잠시 태안 장터 부근에 내렸으나 걸을 수가 없었다.

소금가마니에서 간수가 올라와 모시 반바지에 흥건히 배여 오줌을 싼 것은 유분수였다. 어기적거리며 장터에 들어서니 그새 젖은 반바지는 까맣게 잊고 가슴이 뛰고 눈이 휘둥그레졌다. 모두가 처음 보는 것이고 새로운 것이었다. 시끌벅적한 상가에는 갖고 싶은 물건도 많고 오가는 사람도 많았다.

어린 시절에 본 세상은 참으로 신비했다. 그렇게 내 인생에서 처음으로 자동차를 타고 읍내에 가서 시장 구경을 한 것이다. 돌아올 때는 차부에서 한참을 기다려 버스를 탔다. 들뜬 마음으로 호기심에 좋다고 깡충깡충 뛰면서 버스에 올라탔더니 어찌나 사람이 많던지 어른들 틈바구니에 끼어 숨도 제대로 못 쉬었다.

찜통 같은 버스 안은 땀 냄새에 생선 비린내, 게다가 멀미한다며 소리 지르는 사람, 서로 안부를 묻고 장터에서 생긴 일까지 이야기하느라 어찌나 시끄럽고 복잡하던지 혼란스러웠다. 차장은 호루라기를 불면서 계속하여 사람들을 버스 안으로 밀어 넣어 숫제 승객은 삼다발이 되어 옴짝달싹할 수 없을 지경이었다. 하필 그날이 태안 장날이라서 그렇게 많은 사람들이 탔다.

그들은 시장에서 산 물건들을 한 보따리씩 손에 들고 머리에 이고 버스에 탔으니 사람 반 물건 반으로 버스는 터질 것만 같았다. 그때 어떤 아저씨의 사타구니 밑에 서서 겨우 숨을 몰아쉬면서 생각했다. '버스는 사람이 탈 자동차가 아니구나. 차라리 트럭을 탈망정 다시는 버스는 안 타겠다'고 다짐했다. 초주검으로 소원에 내려 명월산을 넘어 논둑길을 걸었다. 땡볕에 땀을 흘리며 걸어도 차라리 굴속같은 버스보다 편하게 숨이라도 쉴 수 있어 좋았다.

그렇게 생애 처음 자동차를 타본 경험은 한동안 편견이 되었다. 사람이 트럭에 가득 실은 짐 위에 타는 것은 위험하지도 않고 구경할 수 있어 그곳이 1등석이라는 생각이 고착화되었다. 하지만 버스는 엄청나게 많은 사람을 진공포장하듯 싣고 몇 시간씩 기다려야 하기 때문에 정말 싫다는 생각이었다. 그래서 그랬을까. 태안으로 중학교에 진학하여 얼마간 버스통학을 하게 되었다.

꼬마 때 첫 경험했던 그 불편하고 고통스러웠던 부정적인 트라우마(trauma)가 살아났다. 하지만 집안 여건으로 어쩔 수 없어 버스통학을 하였다. 여전히 버스는 불편하고 힘이 들었지만 어쩔 수 없는 한계를 인정하고 긍정적으로 받아들이며 이용해 보니 그런대로 적응이 되었다.

　새벽밥 먹고 차부까지 30분을 걸어 가고, 차부에서 버스를 타고 또 30분을 간다. 버스 안에서 재잘거리며 시험 정보도 나누며 선배도 알게 되고 그렇게 어울리다 보니 세상 물정도 조금씩 터득해지는 쏠쏠한 재미가 있었다. 평소에는 뒷좌석에 앉기도 하고 서서 가도 괜찮았으나 오일마다 있는 장날이면 으레 사람과 짐으로 채워진 버스 소굴에서 진땀을 뺀 뒤에서야 내릴 수 있었다. 버스에서 내리는 시골 동네는 천국이었다. 어찌 됐든 통학하는 것도 반복되다 보니 어느새 익숙해져 기우뚱거리며 달리는 버스의 불편함도 느끼지 못하는 불감증에 포로가 되었다.

　어느새 어렸을 때 고정 관념이 되었던 자동차의 편견도 제자리를 잡고 트라우마도 사라진 지 이미 오래되었다. 하지만 오늘도 내가 처음으로 탔던 트럭과 버스는 나의 유년 시절을 싣고 덜컹거리는 비포장 길에서 뿌옇게 흙먼지를 일으키며 신나게 달리고 있다. 어리석은 추억이 있어 참 좋다.

우리 집 신앙의 가면

　언제부터 시작됐는지는 몰라도 우리 집은 '미신'에 대한 신앙이 가풍으로 전해 내려왔다. 그 행위가 무속 의식인지 토속적인 관습인지 분간하기는 어렵지만, 선대로부터 대물림되는 전래신앙이다. 어떻게 보면 불교와 접목도 되고 유교적인 것도 포함이 되지 않나 싶다. 서양인의 표현으로는 샤머니즘이다.

　우선 우리 집의 신앙은 신께 의지하는 믿음에서 출발하는 것 같다. 설과 추석 명절에 조상께 지내는 차례에 앞서 초자연적인 존재와 정신적 교류의 수단으로 음식을 정성스레 올렸다. 조왕신과 성주신, 그리고 삼신께는 짚을 추려 가지런히 놓고 밥과 국을 올리고 뒤주, 우물, 장독대, 외양간, 대문 등에는 역시 짚을 깔고 밥 한 그릇 바치고 그를 관장하는 신령께 복을 빌었다. 한 해 동안 그 역할이 뒤틀리지 말고 무탈하게 이루어질 수 있도록 보살펴 달라는 간절한 기도였고, 그런 행위가 반드시 이루어질 것이라는 믿음에서였다.

　그리고 정월 초열흘에서 보름 사이에 무속인이 반드시 안택을 하였고 아주 드물게 안택을 겸한 작은 굿도 했다. 그때는 집안에 우환이 있거나 큰일을 앞두고 행했던 것 같다. 안택을 할 때는 주로 밤에 안방 윗목에 제사상을 차려 놓고 경객이 독경을 하면서 북과 징을 두드렸다. 한밤중에 크게 울려 퍼지는 징 소리가 신을 깨워 춤을 추게 할지는 몰라도 나는 정말 듣기도 싫었고 무섭다는 생각이 들었다. 독경의 경문은 잘 알아듣지는 못해도 신령께 인간의 내력과 함께 대주의 집안에 복이 들어오고 액운은 떨쳐내 달라는 소원을 비는 내용인 듯하였다.

안택이 끝나고 나면 그 이튿날은 하늘에서 평신이 내려온다는 정월 열사흘 아니면 열나흗날이다. 강추위가 여전한데도 한밤에 어머니와 떡시루를 지게에 지고 술 주전자 들고 냇가 건너 삼거리에 짚을 깔고 떡을 놓고 이어서 내 둑길을 따라 한참을 내려가 둑방의 수문 위에다 떡시루와 술을 따라 놓고 평신인 토지 신께 "비나이다 비나이다. 천지신명께 비나이다" 하면서 홍수에 물난리를 겪지 않고 풍년 들게 해달라고 주문을 외며 절을 하였다. 혹한의 눈바람이 부는 둑방 위에서 어찌나 추운지 볼이 떨어져 나갈 것 같고 손발이 시려 울기도 했다. 그때 어머니께서는 "이런 미신 행위는 너희들에게 물려주지 않고 내 대에서 끝내겠다."며 단호하게 말씀했다. 그 말을 듣는 순간, 어린 마음에 기쁘기도 했지만, 신령의 진노가 두렵기도 했다. 믿음은 또 하나에 편견이기 때문이었으리라.

보름날에는 밥을 김에 싸서 복조리에 담아 조왕이 있는 벽에 걸어 풍년을 기원했다. 이날 낮에는 나무 아홉 짐을 하고 밥을 아홉 번 먹는다는 전래풍속이 있었으나 설의 연장선에서 동네를 돌면서 음식도 먹고 윷놀이를 하며 즐기는 분위기였다. 저녁에는 또 하나의 민속놀이로 일찍 자면 눈썹이 센다며 달집을 태우고 쥐불놀이로 밤이 가는 줄 몰랐다.

세시 전래신앙은 기본적으로 우주만물에 기대고 살던 때인지라 어떤 면에서 인간 스스로 한없이 약하다고 느낀 나머지 신의 존재를 만들었다. 그래서 신령은 여러 가지 자연물이나 장소에 존재한다는 확신을 가지고 인간은 그곳의 신에게 복을 기원하고 재앙을 물리쳐 달라고 빈 것으로 판단된다. 이는 가설이지만 아무튼 한 가문에 종교 같은 신앙으로 자리를 잡아 집안의 안녕과 번영을 빌고 하물며 우환이 있으면 병을 낮게 해달라고 굿까지 했다. 당시 토속신앙은 많은 사람들의 정신세계에 큰 영향을 준 것은 틀림없는 일이다.

이렇게 내려오던 우리 가문의 신앙은 먼저 할아버님께서 작고하시고 그 뒤를 이어 할머님께서 1979년에 돌아가시자 그 이듬해인 1980년에 우리 집에서 굳건히 존재했던 조왕과 삼신을 비롯한 모든 신령은 죽었다. 아니 죽였다. 부모님은 미신을 부정하며 단호하게 모시던 신들을 버려 끝장냈지만, 한동안은 때가 되면 꺼림직하다며 미련을 보이기도 했다. 하지만 그 뒤 어떤 일이나 변화도 일어나지 않았다. 이로써 정설을 증명하지 못한 가설의 미신을 타파한 부모님의 현명한 판단은 참으로 훌륭하다.

그 과정을 지켜보면서 살아온 나의 결론은 '신은 인간이 만들었다. 고로 신을 만들지 않으면 존재하지도 않는다.'는 보편적 사실을 깨달았다. 그렇게 우리 집에 대물림되던 종교 같은 전래신앙은 우여곡절 끝에 신령이 죽은 뒤 또 하나에 추억으로만 가물가물하게 기억될 뿐이다.

둥근 밥상의 의미

일반적으로 밥상은 음식을 담은 그릇을 올려놓게 만든 것을 말한다. 나는 오랜 세월 동안 네모난 밥상과 제사상만 보고 살았다. 그래서 아는 만큼 보이듯 상은 언제나 네모난 모양뿐인 줄 알았다. 또 쓰임새에 따라 주안상이니 다과상, 두레상 등도 있었건만 우리 집에서는 밥상에다 술을 먹도록 차리면 술상이 되고 과일과 차를 놓으면 다과상이 되었다. 그뿐인가. 그 밥상을 가만히 들여다보면 숱한 고생도 한다 싶다. 물론 나무로 만든 용품이기에 생명이 없어 감정도 온도도 느끼지 못하지만, 상이라는 이름이 있기에 생각해 본다.

상에 올려놓는 음식은 온기를 안고 있는 밥사발부터 아궁이 불에 바글바글 끓여낸 된장 뚝배기며 뜨거운 게국지까지 많은 그릇을 머리에 이고 있는가 하면 술상이 되었을 때는 엎질러진 막걸리에 젖었을 뿐 아니라 흥이 돋으면 젓가락 장단에 가장자리가 상처를 입기도 했다. 그렇게 우리 식구들하고 떼려야 뗄 수 없는 네모난 밥상이 지금은 비닐에 싸여 광에 있는 시렁으로 올라갔다.

선뜻 버리지 못하는 것은 어느 것은 할머님의 숨결이 또 다른 것은 어머니의 손때가 묻어 있어 버리기에는 가슴이 시리고 두고 보자니 쓸모가 없어진 고품이지만 그대로 보관하고 있다. 가끔 광에 들어갈 때면 네모난 밥상에서 어머니를 본다. 지금은 하늘에 계신 어머니가 생전에 수없이 밥상을 사랑으로 음식을 차리고 그 무거운 상을 들어 나르느라 허리 한번 제대로 펴지 못한 모습이 선하다. 그 수고를 모르던 철부지는 어머니가 밥상을 차리는 것은 당연한 것으로 여겼으며 가끔은 반찬 투정에 돌도 씹어 어머니를 무안하게 하였다. 지우고 싶지만, 그 시절로 돌아가 네모진 밥상에 어머니와 마주 앉아 따뜻한 밥 한술 뜨고 싶다.

한편 생각하면 밥상머리는 가정교육의 장이요, 시간이었다. 늘 어른들이 하는 말씀은 고주알미주알 잔소리였다. 그야말로 훗날 피가 되고 살이 되는 줄은 몰랐다. 하지만 그 말씀에 대한 반론은 물론이고 '왜'냐는 이유조차 아무도 묻지 않았다. 유교적 양반의 법도가 침잠되어 집안의 공기는 항상 무겁기 때문이었다. 더욱이 네모난 밥상은 권위적이었다. 서열에 의한 좌석이 불문율로 정해져 있고 하물며 할아버님 혀 차는 소리에 모두 긴장하였다. 밥 먹을 때는 즐겁고 화기애애하기보다는 늘 엄숙하고 조용한 분위기였다. 그때 나는 속된 말로 코 흘리는 꼬맹이에 불과했기에 보고 듣기만 했다. 그러면서도 내가 어른이 되면 밥상에서는 자유롭게 웃으며 이야기도 나누고 서로 칭찬도 하는 분위였으면 했다.

어느새 꼬마였던 나는 어른이 되어 2녀 1남의 아빠가 되었다. 그 아이들이 자라나 초등학교에 입학했다. 큰딸은 3학년이 되고 작은 딸은 1학년에 들어갔을 때였다.

불현듯 어릴 때 늘 마주하던 네모난 밥상이 생각났다. 당시 내가 느꼈던 그 권위적이고 경직된 밥상머리가 이 네모난 밥상에 아직도 차려지지 않나 싶었다. 엄숙한 분위기는 아니어도 네모난 밥상이 싫어졌다. 그래서 네모난 밥상밖에 모르던 나는 느닷없이 시장에 나가 둥근 상을 하나 사 왔다. 그날 저녁 둥근 밥상에서 제비들처럼 둘러앉아 밥을 먹으며 이야기꽃도 피우고 아이들의 예쁜 재롱도 볼 수 있어 너무 좋았다. 밥을 먹고 난 뒤 내 어릴 때의 작은 바람에 덧칠을 했다.

오늘 사 온 둥근 밥상은 단순히 새 상이 아니라 우리 예쁜 두 딸이 어른이 되어 사회 활동할 때, 한 여자가 아닌 사회 일원의 한 여성으로 당당히 참여하고 역할을 다하라는 의미가 담겨있다. 네모난 밥상 같은 사회는 권위적이며 여성의 한계가 있지만, 둥근 상은 자유로운 영역과 능력에 의해 인정받는 사회라는 뜻이 담겨져 있다. 따라서 우리 두 딸은 이 둥근 밥상을 통해서 여권신장의 마인드를 쌓는 출발점으로 삼으라는 뜻이 있다며 길게 생색을 내고 의미 있는 말을 했지만, 어린 나이여서 잘 알아듣지는 못했겠지만 잠재의식은 살아있으리라 생각했다.

지금 돌이켜 생각해도 뿌듯하게 여겨지는 것은 때 이른 여권신장의 선구자적인 생각을 하였고, 그 실행의 일환으로 네모진 상을 버리고 내 뜻과 바람이 깃든 둥근 밥상을 장만하여 그곳에 아내의 정성을 담은 소찬에도 두 딸과 이야기꽃을 피우며 함께 먹으니 세상 부러울 곳 없는 행복이었다.

행복이 담긴 음식

가끔 식사 약속할 때 식당을 선정하는 일이 은근히 큰 고민이 된다. 평소에 가고 싶은 식당이나 메뉴를 특별히 기억하고 있는 것도 아니고 그렇다고 딱히 떠오르지도 않아 본의 아니게 결정 장애를 유발한다. 더구나 식사에 동석할 대상이 누구냐에 따라 메뉴의 선택도 달라져야 하기 때문이다. 그냥 부담 없이 편하게 먹을 수 있으면 좋겠지만 세상은 그렇게 만만하게 흘러가지 않는다.

사실 오랫동안 직장에서 의전 업무를 담당하면서 가장 어려웠던 일은 귀빈을 모시는 식당이며 메뉴 선택이었다. 나중에는 아예 바인더 북을 만들어 조금은 고민을 덜었다. 이는 상대를 너무 의식한 배려 때문이거니와 나의 소심한 탓도 한몫했다. 내 개인적으로 진짜 좋아하는 음식은 일반 식당에는 흔하지 않은 소박한 밥상이다. 그저 토속적이고 담백한 음식이라면 투정 부릴 일도 없을 것이다. 여기에 앞치마를 두르고 정성을 곁들이면 금상첨화일 것이다.

우리가 아기였을 때 누구나 그러하듯이 이유식은 물에 불린 밥알 몇 개가 전부였다. 그렇게 시작한 밥은 평생 먹어도 물리지 않으나 반찬은 혀가 인식하고 있는 메뉴를 찾는다. 대개는 어렸을 때 길들인 신토불이 음식을 똑똑한 혀끝은 평생 기억한다. 그래서 고급 레스토랑에서도 어머니의 손맛이 생각나는 것이다.

나도 숟가락질을 하면서 할아버지, 할머니 밥상 앞에 무릎 꿇고 앉아 밥을 먹었다. 무릎을 꿇은 이유는 어른을 공경하는 유교사상과 함께 상보다 작은 키 때문에 음식을 먹는 데 불편해서였다. 할아버지께서 내 잘못을 꾸짖어서가 아니라 존재 자체만으로도 더 작아지고 무서웠다. 그래서 가끔 다리가 저려도 편히 앉지도 못하고 콧등에 침 바르며 밥을 먹었다.

엄마는 안방에 밥상을 들여가기 전에 몇 가지 타이른다. 생선구이나 계란찜 같은 맛있는 음식은 할아버지, 할머니께서 드셔야 하니 먹지 말라고. 처음에는 무척이나 서운했지만, 나중에는 당연한 일로 여겼다. 하지만 할머님께서는 "맛있는 음식을 많이 먹어야 공부 잘한다"라며 밥사발에 생선살을 발라 올려 놓아주셨다. 할아버지께서 한번은 진지를 드시고 숭늉으로 입을 가신 다음 한 말씀하셨다. "밥 먹을 때는 말하지도 쩝쩝거리는 소리도 내지 말고, 특히 수저로 밥사발을 긁는 소리도 내면 안 된다"고 하셨다. 또한 "밥상머리에는 예절이 있어야 하고 정성껏 만든 음식은 정갈하게 먹어야 한다"고 하셨다. 정말 밥 먹을 때는 고요하고 거룩한 시간이었다. 요즘 아이들의 밥상머리는 산만하고 시끌벅적한 모습에 옛 생각을 떠올리면 정말 격세지감이 든다.

언젠가 아버지하고 겸상했을 때 한 가지 주의를 받았다. 반찬을 먹을 때는 아무리 좋아하는 음식일지라도 자기 몫만큼만 먹어야 한다. 둘이 먹을 때는 1/2 정도, 넷이 먹을 때는 1/4만큼을 생각해서 먹어야 공평하고 상대를 배려하는 것이라고 하셨다. 아주 지당한 말씀이었다. 하지만 조부모님이나 부모님께 배운 대로 착하고 정직하고 남에게 피해를 주지 않으며 선하게 산다는 것은 요즘 세상에서 정말 쉽지 않다. 하지만 다른 한 편을 생각하면 나쁜 마음과 행동은 그에 상응하는 대가를 지불한다. 경우에 따라선 원상회복이 불가능한 명예나 인격의 훼손도 있을 수 있다. 이 두 개의 가설이 가지고 있는 가치는 딜레마에 빠지지만 그래도 옳은 것은 좋은 것 같다. 그럼에도 마음 씀씀이도 세태에 따라 변해야 생존할 수 있다. 지연된 정의가 더 이상 정의가 아니듯이 말이다.

아무튼 소식(小食)하는 나는 푸짐하고 맛있게 먹는 사람은 부럽지만 많이 먹는 사람은 그다지 우러러보지는 않는다. 몇 사람에게 실수 아닌 실수를 했을 때 책망을 들었기 때문이다.

한번은 셋이서 칼국수를 먹으러 갔다. 나는 보통을 먹고 둘은 곱빼기를 먹는데 주인아주머니께서 "더 드릴까요?" 하고 칼국수 그릇을 민다. 그래서 내가 얼른 "아뇨, 됐어요."라고 대답했다가 욕을 바가지로 먹었다. "아니, 곱빼기를 먹고 더 먹는다는 겨?" 어이 상실이었다. 지금은 먹는 양에 관해서 물어봐도 대답하지 않는다. 왜냐면 그 부분은 입을 다문 지 오래이기 때문이다.

몇 해 전부터 도시가 답답할 땐 시골에 내려와 농가에서 혼자 지낸다. 앞치마 없이 주방을 점령하고 자유로이 내가 좋아하는 음식의 레시피에 대한 기억을 더듬어 만들어 먹으면 행복하다. 누가 이 기막힌 추억의 맛을 느끼겠는가. 혼자보다는 둘이라면 더 좋겠지만…. 한때 유행했던 '너희가 게 맛을 알아?'라는 대사가 떠오른다. 가끔 형편없는 맛에 골탕을 먹기도 하지만 그러면 어떠랴. 길들여

지지 않은 손을 들여다보며 씨~익 한번 웃고 그런 날은 대충 때우고 만다. 하지만 중요한 것은 한 끼니도 거르지 않고 꼭 챙겨 먹는다는 사실이다.

이렇게 음식을 이야기하다 보니 어릴 때 안 먹다가 지금은 가끔씩 찾는 음식이 생각난다. 그것은 다름 아닌 칼국수다. 옛날에 칼국수는 집에서 밀을 수확하여 맷돌에 갈아 만들었다. 여름이면 마당 한쪽에는 모닥불을 피워놓고 온 식구들이 밀짚방석에 둘러앉아 별미로 만들어 먹었다. 감자도 채 썰어 넣고 애호박도 들기름에 볶아서 고명으로 올려 먹음직스러웠다. 하지만 나는 화중지병(畵中之餠)이었다. 밀을 맷돌에 갈아서 나온 거친 밀가루로 반죽하여 면발을 만들기 때문에 나는 그 칼국수를 삼킬 때 목구멍이 간지럽고 찌르는 것 같아 먹을 수가 없었다. 그래서 30대 초반까지는 칼국수를 아예 거들떠보지도 않았다. 언제부터인가 곱게 빻은 밀가루로 칼국수를 만들 때 먹기 시작했다. 지금은 그야말로 별미로 칼국수 한 그릇과 수육을 찾는 마니아가 되었다.

한동안 잘 먹던 바다 고기가 있었으나 지금은 냄새도 맡기 싫어진 생선이 있었으니 그것은 다름 아닌 고등어다. 맛있는 음식과 이별의 아픔보다 오히려 좋았던 추억마저 떠날까 걱정이다. 고등어를 저주하기 시작한 것은 가을비가 추적추적 내리던 날, 동료들과 늦게 점심을 먹으러 갔을 때였다. 식당 안에 들어서자 비릿하고 구수한 고등어 지짐이 냄새로 가득했다. 그날따라 아주머니 손이 큰 건지 아니면 준비한 반찬이 남아서 그런지 무를 넣은 고등어 지짐이를 한 냄비 주셨다. 시장하던 차에 참 맛있게 많이 먹었다. 오후쯤 됐는데

속이 뒤틀리고 어질어질하더니 구토가 나왔다. 그때 코를 찌르던 그 비린내며 트림할 때마다 나는 비린 악취는 몇 십 년이 지난 지금도 생각하면 몸서리쳐진다. 고등어 먹고 체했던 그 트라우마는 결코 내 머리와 콧속에서 떠나질 않는다. 그래서 국민 생선 고등어를 아이들이 먹고 싶다면 가수 김창환이 부른 '어머니와 고등어' 노래를 불러 주는 것으로 대신했다. 가족들한테는 정말 미안하다.

지금은 내가 진짜 좋아하는 음식을 가끔 요리해 먹는다. 아마도 내가 좋아하는 음식 중에는 아내가 모르는 것도 있다. 평소에 맛있는 요리를 해도 강하게 표현하거나 무슨 음식을 해 달라고 주문하는 일이 없기 때문이다. 음식은 만들어 주는 대로 잘 먹고 반찬 투정도 하지 않기 때문이다.

우선 음식의 좌장인 밥이 맛있어야 한다. 밥은 철 따라 잡곡이 다른 세 가지를 좋아한다. 얼마나 좋아하면 밥솥을 열면 김이 모락모락 올라올 때 그 김을 두 손바닥으로 코 쪽으로 부채질하듯 연신 까부른다. 그 밥 향은 백합꽃 향보다도 더 향기롭고 쌀의 윤기는 도자기보다 더 빛난다.

밥을 푸기도 전에 밥 냄새에 벌써 침이 꼴딱꼴딱 넘어간다. 그 밥의 하나는 가을에 지은 햅쌀에 풋두렁콩을 넣은 햅쌀밥이다. 쌀은 탈곡한 일반 벼에 찰벼를 조금 섞어 도정할 때 14분 백미보다는 쌀눈을 살린 12분 미로 도정하여 검은 두렁콩을 넣어 밥을 지으면 그 맛있는 햅쌀 냄새와 밥에 흐르는 윤기는 감이 표현을 허락하지 않는다. 하나 더 봄에 풋오가피콩과 늦여름에 동부를 까서 밥을 지으면 그 자체가 밥도둑이다. 반찬이 없어도 눈으로 보고 코로 맡는 향만으로도 밥 한 사발은 뚝딱 해치운다. 좋아하는 음식은 맛과 향, 그리고 오감이 내 안에서 살아있어야 한다.

또 좋아하는 국은 세모가사리국과 배춧국이다. 세모가사리는 갯바위에서 자라는 해초로 채취하여 말리면 가시처럼 끝이 뾰족하여 찔릴 정도다. 이 세모가사리에 굴을 넣고 맑게 국 끓여서 바로 먹으면 천상에 맛이다. 다만, 끓여서 오래 두면 세모가사리가 물에 불어 못 먹게 됨을 유의해야 한다.

배춧국은 눈이 펑펑 오는 날 먹는 것이 제격이다. 간단하게 멸치육수에 된장을 풀고 굴 몇 송이 넣고 배춧국을 끓여 내놓으면 정말 토속적이면서도 감칠맛에 빠져든다.

여기에 더하여 탕은 박속 꽃게탕과 우럭젓국탕을 매우 좋아한다. 꽃게는 비싸서 흠이지만 장이 꽉 찬 4월 봄 꽃게에 박속을 넣고 탕을 끓이면 달달하며 시원한 그 맛은 일품이고 여기에 낙지 두 마리만 추가로 넣는다면 천하일품이 된다.

우럭젓국탕은 우리 가문에 전통 있는 음식으로 제사를 모시고 나면 음복하고 남은 우럭포며 조기 대가리, 부친 두부, 동태포전 등을 몽땅 쓸어 넣고 끓여 놓으면 첫 느낌은 저급한 잡탕 같으나 일단 한번 맛 들이면 중독성이 강하다. 우리 막내 매제는 첫 수저에 "이런 고약한 음식이 어디 있느냐"며 투덜대다가 한번 먹어 보고는 신들린 사람처럼 냄비 바닥을 드러내고 말아야 수저를 놓는다.

전(煎)은 여름에는 들기름으로 붙인 애호박전이 으뜸이고 겨울에는 식용유로 붙인 굴전이 최고다. 사실 이보다 더 맛있는 전채가 있다. 어머님이 잘하시던 요리인데 닭의 연한 갈비를 칼로 뼈와 함께

난도질한 다음, 튀김가루를 살짝 입혀 프라이팬에 부쳐서 내놓으면 정말 둘이 먹다 하나 죽어도 모를 정도로 맛있다. 이 맛있는 음식을 먹어 본 날도 아득하다.

이 밖에 별미로는 참기름으로 손맛을 낸 봄나물 무침과 꽃게 새끼인 사시랭이 간장게장이 정말 맛있는데 요즘에는 어족 보호를 위해 금어기로 정하여 통제하기 때문에 먹을 수가 없다. 안타깝다. 다만, 서리가 내릴 때쯤 잡는 능쟁이를 산 채로 쪽파와 고춧가루를 넣고 함께 버무려 놓으면 양념을 이고 지고 접시에서 상 위로 나와서 기어 다니는 놈을 먹는 맛이란 환장할 지경이다.

한편, 좋아하지 않는 음식은 민물고기로 만든 회 종류와 매운탕이며 풋내 나는 설은 김치다. 감칠맛이나 깊은 맛이 없고 양념 맛이 강해서 싫다. 다만, 배추겉절이는 좋아한다.

모두 내가 좋아하는 음식은 풍미는 없어도 토속적인 고향의 맛이 배여 있다. 어려서부터 먹던 음식을 내 기억력 좋은 혀끝과 잘 생긴 코가 감별해 낸다. 좋아하는 음식이 이처럼 많을 줄은 정리하기 전에는 몰랐다.

이를 한상 그득히 차려 놓고 먹어 볼 날이 오려나? 아니다. 그것은 좋아하는 음식에 대한 불경스런 일이다. 그보다는 철 따라 생각날 때마다 한두 가지씩 이벤트로 요리하여 소박하지만 맛있는 밥상을 차리는 것도 기쁨이다. 먹을 때는 혼자보다는 사랑하는 가족, 그리고 지인들과 함께 둘러앉아 오순도순 정담을 나누며 음미하는 것이 큰 행복일 것이다.

고둥 쌈

유난히 5월의 젖빛 하늘이 그리운 날. 이른 아침에 소중한 절친 '무이'한테 전화가 왔다. 오래간만에 어릴 적 개헤엄을 치던 구름 포구로 '고둥 쌈' 먹으러 가잔다. 뜸 들일 여유조차 없이 오케이 사인을 냈다. 벌써 마음은 옛 추억이 서린 바닷물에 담금질을 하고 있었다.

우리가 도착하였을 때는 이미 썰물이 시작되어 물에서 나온 젖은 갯바위는 햇볕을 쐬고 있었다. 철썩거리는 바다 물결을 따라 내려가면서 바위틈에서 통통하게 살이 오른 고둥을 땄다. 나선 모양의 껍데기를 둘러쓴 참고둥이며 몸은 비대칭으로 뒤틀림 모양의 삐뚜리 고둥을 바다가 허락한 만큼 잡았다. 고둥의 우두머리인 소라도 하나쯤 기대했지만, 눈을 씻고 보아도 보이질 않았다.

원래 보물찾기 같은 은닉 재물을 찾는데 우둔한지라 처음부터 생각한 자체가 과욕임을 또 한 번 절감했다. 고둥과 함께 싸 먹을 귀한 해초인 미역 아지매를 채취하려 바위틈이며 물가를 헤맸으나 보이질 않았다. 아무래도 청정한 바닷물을 고집하다 보니 환경의 변화에 적응하지 못하고 떠났나 보다.

아쉬움을 뒤로 한 채 파도치는 큰 바위 아래에 붙어있는 어린 미역을 뜯었다. 물이 아주 멀리까지 나가는 사리 때인지라 아주 느긋하게 파도 타는 갈매기의 노래가 그칠 때까지 줍고 뜯어 바닷물에 깨끗이 씻었다. 그리고 시원한 바닷바람이 불어오고 뭉게구름이 보이는 널찍한 바위에 자리를 잡았다. 눈치 없는 따사로운 햇살이 짓궂게 훼방을 부렸지만 즐거운 일에는 대가(代價)를 치르는 거라며 무릎을 맞대고 돌멩이로 고둥을 깨치고 껍질의 편린을 바닷물에 씻어 미역에 마늘과 함께 싸서 볼이 터져라 입에 넣고 꾸역꾸역 먹었다.

게걸스럽게 보일지 몰라도 나름 풍류의 극치다. 또 맛은 어떠한가. 어떤 일류 요리사도 감히 흉내 낼 수 없는 정말 환상적인 맛이다. 여기에 비릿한 갯내음과 짭조름한 고둥의 궁합은 소주 한잔이 제격이다. 소주잔을 주거니 받거니 하면서 안주 삼아 먹는 고둥 쌈은 첫사랑 같이 잊을 수가 없다. 달큰하면서 얕은 맛인 듯하나 씹을수록 깊어지는 그 감칠맛은 고둥 쌈을 먹어 본 사람만이 알 수 있을 것이다. 여기에 더하여 좋은 친구가 옆에 있으니 행복이요, 천혜의 아름다운 바다가 벗하니 진수였다. 세상 부러울 것 없는 자유롭고 소소한 행복을 느끼게 한 것은 무이 친구 덕이었다.

이처럼 바닷가에서 먹는 고둥 쌈은 듣는 것조차 생경하지만 사실은 강가에서 즐기는 천렵과 같은 것이다. 잘 알다시피 천렵은 여름철에 산수 좋은 강가에서 여럿이 헤엄을 치면서, 잡은 물고기를 걸어놓은 솥에 매운탕을 끓여 먹기도 하고 꼬치구이처럼 싸리나무에 꿰어 불에 구워 먹기도 한다. 이 또한 한번 즐겨본 사람이라면 은근히 중독성이 있어 해마다 때가 되면 생각이 앞서간다. 그렇게 먹고 뒤풀이로 찬물에 발을 담그고 덕담과 뒷담화로 스트레스도 풀고 강변에서 모래찜질로 심신의 피로도 푼다. 이 또한 전설 같은 풍류가 아니겠는가.

원래 고둥 쌈도 천렵의 한 줄기로 고대 수렵사회(水獵社會)와 어렵사회(魚獵社會)의 생활 습속이었지만 이제는 그 명맥을 이어 여가를 즐기는 풍속이 된 셈이다. 아마 그 시절에는 누구나 먹고살기 위해 해안가에서 고둥을 잡고 강이나 냇가에서 물고기를 잡았다. 그러던 것이 현대 문명사회로 진화하면서 생계를 위한 경제적 수렵(狩獵)은 이해타산이 맞지 않기에 자연히 도태되고 전통의 맥을 이어 고둥 쌈의 참맛을 아는 극소수의 무형문화재급만이 1년에 한두 번씩 찾고 있는 실정이다. 그중에 한 사람이 내 절친 무이다.

그해 청순하게 맑았던 5월 일진이 좋던 날, 나를 불러 박장대소하며 함께 추억을 쌓았던 무이 내외와 성배 친구 내외가 고마웠다. 왜냐면 훗날 인생이 저물어 갈 때쯤이면 사람들로부터 멀어져 무관심과 망각이 가장 무서울 것이다. 그때 오늘 엮어놓은 '이야기 앨범'을 가끔 꺼내어 추억을 기억하면 나는 덜 외로울 테니까.

희망고문

　우리 둘째 딸 유진이는 밥상머리에서 가끔 '희망고문'이라는 말을 했다. 집에서는 회사에 관한 이야기를 잘 하지 않지만, 배신감이 들 때나 기대감에 못 미칠 때 푸념으로 일갈하는 것 같았다. 그래서 이 생소한 희망고문의 개념이 무엇인지 슬그머니 내 가정교사인 인터넷에 물어보았다. 그 뜻은 '거짓된 희망으로 오히려 괴로움을 주는 행위'라고 알려주었다. 아하~ 그런 의미였구나! 그렇다면 우리 예쁜 딸을 희망의 이름으로 힘들게 하는 이는 대체 누구란 말인가?

　하지만 돌이켜 생각하니 나도 평생을 두고 희망고문에 시달렸던 것이 어디 한두 번인가 싶어 감정조절을 했다. 얼마 전만 해도 농부의 가슴이 타들어 가는 가뭄에 많은 비가 내린다는 기상청의 예보에 잔뜩 희망이 부풀어 올랐었지만 빗나간 일기예보는 폭염으로 잔인하게 고문을 했다. 사람들은 한마디 한다. "개뿔, 비는 무슨 비여! 뚜껑 열리겠네." 공감을 한다. 바로 이런 사례가 희망고문임을 이해하고 실감했다.

　세상사가 그러하듯이 영원한 것도 항상 옳은 것도 없다. 많은 것은 일상적으로 인간의 필요에 따라 생성되고 소멸되기를 반복하면서 진화한다. 우리가 쓰고 있는 단어, 용어, 규칙 등도 예외는 아니다. 이 희망고문이라는 용어는 박진영의 수필집 〈미안해〉에서 '애 매한 태도를 보여 상대방으로 하여금 희망을 갖게 함으로써 자기를 포기하지 못하게 만드는 것'이라 표현했다. 사랑하는 사람끼리 밀고 당기는 거리나 느끼는 서로 다른 감정에서 겪게 되는 상황이 다. 이를테면 "나는 네가 행복했으면 해. 그런데 나는 널 행복하게 해줄 수 있는 사람이 아닌 것 같아"라는 어투로 말한다면 그것은 사실 사귈 마음이 없으면서도 상대를 붙드는 정신적인 고문을 하는 것이다. 그 때문에 더 많이 사랑한 사람이 약자가 되고 더 깊은 상처를 받는다.

최근에는 '어장관리'라는 말도 등장했다. 매우 악의적이며 의도적인 '희망고문'의 또 다른 잔인한 표현이다. 자신을 좋아하는 상대의 마음을 알면서도 적당히 거리를 유지하면서 계획적으로 관리하는 것이 바로 '어장관리'다. 참 용어도 상황에 딱 맞춤으로 잘들 만들어낸다 싶다.

희망은 앞날에 좋은 결과를 기대하는 개념이라면 고문은 원하는 것을 얻기 위해 상대를 정신적 육체적으로 고통을 주는 일이다. 상반된 의미의 단어가 혼란스럽게 합성되어 악성 용어로 쓰인다. 이는 희망이 싫은 것이 아니라 고문이 나쁜 것이다. 그러다 보니 강한 부정적 용어가 되었고 지금 사회의 한 단면을 나타낸 것이다.

물질적으로는 풍요롭고 화려한 더 높은 곳으로 달리고 있는 반면 정신적으로는 높이 올라간 빌딩의 크기만큼 긴 그림자의 내면에는 고통스럽고 비열하고 피폐하고 음습한 곰팡이가 자라고 있다. 얼마나 보다는 어떻게 치유할 것인가에 사회적 젠틀운동이 필요하다고 본다. 교양과 예절, 그리고 부드러운 배려가 기본이 되는 사회로 이끄는 방향성이 요구된다. 이를테면 '희망고문'보다는 '희망보상'이라는 용어가 이 사회를 지배했으면 좋겠다.

기대가 있어 열정적으로 땀 흘려 무엇인가 이루어 냈다면 그에 상당한 물질이든 정신적이든 보상이 주어져야 한다. 그게 바로 공정하고 정의로운 사회가 아닌가 싶다. 나도 때로는 우유부단하고 현실적인 욕심이 낮은 밸류(balue)에 속한다. 모진 사람이라기 보다는 착한 사람의 그룹으로 기울기가 서 있다 보니 극단적 이기주의자들이 쳐놓은 희망고문에서 자유롭지 못할 때가 있다.

이제 장기판에서 머리 맞으며 훈수할 때처럼 먼발치에서 한마디 거들고 싶다. 희망고문의 늪에서 벗어나려면 다양한 경험을 통해 심장을 튼튼하게 만들어 대처 능력을 키워야 하고 고지식한 품성을 융통성 있는 적극적인 성격으로 바꾸어 스스로를 옭아매는 일은 하지 말아야 한다. 말하자면 상대의 문제보다 자신을 다스리는 일이 우선이다. 공포라는 것은 신선도가 있다. 두려우면 두려울수록 감정은 죽어가는 간다는 사실을 기억했으면 한다.

이쁜 우리 딸, 이제 알겠지?

사람 노릇하기

설에 막내 동생이 다녀갔다. 장남인 나하고 19살 차이로 부자 간이다시피 하여 거리감을 느끼지만, 어머니는 늦둥이 막내아들이 늘 눈에 밟히는 모양이다. 무릎에 앉히고 싶은 마음으로 뒤를 졸졸 쫓아다니면서 참견하며 말을 건다. 그동안 밥 먹는 것부터 회사 생활까지 집요하리만큼 묻고 또 묻는다. 야위었다며 제때 밥 챙겨 먹고 회사에 잘 다니라며 걱정이 태산이다. 가끔 전화 통화는 하지만 한동안 뜸했던 시간만큼이나 궁금한 것은 태산을 이루나 보다.

설 다음날 점심을 먹고 숙직이라며 일어섰다. 어머니는 하룻저녁이라도 옆에서 더 자고 가기를 원했지만, 그 바람을 채워드리지 못하고 갈 길을 재촉했다. 동생이 훌쩍 떠나고 난 뒤 다시 빈자리에 앉으며 어머니는 혼잣말로 중얼거렸다. "직장이라도 다니는 놈이 용돈도 안 주고 갔다"며 서운해하셨다. 나는 그 말씀에 토를 달았다. "동생도 적은 봉급으로 물밥 사 먹으며 빠듯하게 살기 때문에 용돈 드릴 여유가 없나 봐요. 어머님이 이해하세요." 그렇게 말씀드렸더니 어머님은 그 말을 듣고 한참 있다가 "그런 소리 말게. 이해 못해서가 아니라 늙으면 그런 것도 다 서운한 겨." 그 짧은 시간에 지은 섭섭한 표정과 사무치는 말씀은 아직 내게서 떠나질 않는다. 그래서 사람 노릇하기가 어렵구나, 하는 무거운 생각이 엄습했다.

세상을 살아가면서 가장 어려운 일은 사람 노릇인 것 같다. 어떻게 하는 것이 부모 노릇을 제대로 하는 것인지, 어디까지가 올바른 자식 노릇을 하는 것인지, 사회생활을 하면서 수많은 인간관계를 어떻게 해야 잘하는 것인지 혹여 잘못하여 남의 입에 구설에 오르지 않는지, 도무지 알 수가 없다. 예절이나 가치의 객관적 기준도 없거니와 순전히 관념적인 상대적 판단이며 결과에 대한 평가이기 때문이다. 생각은 같아도 판단의 기준이 다르기도 하고 나름 한다고 했건만 의도와 관계없이 오해로 인하여 서로 관계가 소원해질 수도 있다.

어쩌면 좋단 말인가. 생각이 깊을수록 여간 어려운 일이 아닌 것은 틀림없다. 자신의 입장이 편하려면 누가 뭐라 해도 내 방식대로 사는 것이고, 자신이 힘들어도 옳게 살려 하면 역지사지(易地思之)하는 마음으로 상대방의 입장을 헤아려 언행을 하는 것이 좋을 듯싶다. 그 바탕에는 수오지심(羞惡之心)이 정의의 단서가 되어야 하지 않을까 싶다. 사람들은 말한다. "철없을 때가 좋지, 철나면 고생이다"라고. 그 말은 맞는 것 같다. 사람 노릇을 하는 것도 세상 물정을 알아 옳고 그름을 판단하는 것도 철난 징조이다. 사람으로서 갖추어야 할 품성을 갖추어 행동하려니 여간 어려운 일인가. 하지만 그 길이 고행일지라도 깨달아야 제대로 된 어른 노릇을 한다.

나이가 많다는 이유로 어른 대접을 받으려면 형식이 된다. 나이가 인격은 아니기 때문이다. 결코, 어른 노릇도 쉽지 않다. 어른으로서 행동이나 가치를 잃으면 '나잇값도 못 한다'는 손가락질을 받는다.

결국, 어른다워야 어른이다.

　머지않아 내 생일 케이크에 70개의 촛불로 축하해줄 것을 생각하니 만감이 교차한다. 그때 폐에 공기를 가득 채웠다가 바로 촛불을 끌 생각이다. 왜냐면 순간에 꺼지는 촛불처럼 인생은 잠깐이라는 메시지를 전하기 위해서다. 아직 설익은 인생인데 내가 무려 일흔 살을 먹다니…. 아무리 곱씹어 생각해도 동의할 수가 없다. '싫다 싫어'라고 부정을 해도 세월은 무심하다.

　일흔 살에 이르러 공자 생각이 난다. 공자는 일찍이 나잇값의 기준을 제시하였다. 마흔 살에 흔들리지 않는 불혹(不惑)이요, 쉰 살에는 하늘의 뜻을 아는 지천명(知天命)이며, 예순 살에는 잘 새겨듣는 이순(耳順)이고 그리고 일흔 살은 종심(從心)이라 하였다. 고희(古稀)라고도 부르는 일흔 살. 그동안 살아온 세월을 거울에 비추어 앞으로 남은 생애도 제대로 사람 노릇을 해야 한다. 그 또한 사람의 일인지라 쉽지 않겠지만 노력해야 한다.

　종심(從心)은 공자가 말한 칠십이 종심소욕불유구(七十而從心所欲不踰矩)에서 시작된 용어로 일흔 살에는 마음먹은 대로 행동해도 법도에 어긋나지 않았다는 뜻이었다. 말하자면 그동안 살아오면서 깨달은 이치와 도리, 그리고 예도가 나이테처럼 한 인간에 녹아들어 일흔 살쯤 되면 스스로 정도를 지키고 가지 말아야 할 길을 자제한다는 것이다.

　고희(古稀)는 중국 당나라 시인 두보의 시 '곡강(曲江)'의 한 구절 인생칠십고래희(人生七十古來稀)에서 유래된 것으로 "사람이 태어나 일흔 살이 되기는 예로부터 드물었다"라는 뜻이었다. 하지만 요즈음 100세에 비추어 본다면 지연된 말이지만 건강하게 잘 살아있음에 축하하는 의미로 본다면 인사는 되지 않을까 싶다.

그동안 그렇게 어렵다는 사람 노릇을 제대로 못하고 왔어도 이제라도 종심(從心)의 의미를 새기면서 눈총받지 않으며 사는 것이 사람 노릇을 하는 것이다 싶다.

어쩌다 어른

　모처럼 은행에 갔다. 그동안 인터넷 뱅킹이나 ATM기를 이용하다 보니 직접 은행 창구에 방문한 것은 오래간만이었다. 고객 의자에 앉아 순서를 기다리고 있는데 창구에서 "어르신, 이쪽으로 오세요."라고 부르는 소리가 들렸다. 하지만 나를 '어르신'이라고 부르리라고는 천부당만부당한 일인지라 거들떠보지도 않았다. 재차 "어르신?" 하고 제법 목소리를 높여 부르는 소리에 무심코 쳐다봤더니 웃으며 고개를 끄덕였다. 그 창구로 오라는 신호였다. 아니 내가 '어르신'이라는 호칭을 들을 나이인가? 하고 생각하는 순간, 누군가가 나를 쳐다보는 것 같아 혼자 어색하고 쑥스러웠다.

　집으로 돌아오는 길에 내내 죄책감 같은 '어른'에 꽂혀 혼돈상태에서 정신없이 왔다. 우리가 어렸을 때 어른들은 정말 어른다웠는데 지금 나는 정말 '어른깜'이나 되나 자신에게 물었다. 나이도 그렇거니와 '어른'다운 생각이나 행동을 제대로 하고 있는 건지 머리가 복잡했다.

　어떤 덕목을 갖추어야 우리 후손들이나 후배들로부터 진정으로 존경받는 어른이 될 것인가. 아니 존경은 고사하고 어른다운 어른으로 호칭에 걸맞게 늙어가야 할 텐데 말이다. 어쩌다 나이를 먹었다는 이유로 꼰대 노릇이나 하는 그저 그런 어른이 되면 안 되지 않겠나. 문제는 알지만 대안이 없다면 공허한 일이며 문제를 다툴 의미도 없다. 이제부터라도 내가 안다고 하기보다는 많은 사람들의 입에서 회자되는 내용을 정리하여 다짐해 보는 기회를 갖고자 한다. 아는 만큼 실천하는 것이 중요하기 때문에 나도 어른으로 거듭나기 위해 주련처럼 정리해 본다.

먼저, 나이에 걸맞은 최소한의 교양과 지성을 유지할 수 있도록 무슨 책이든지 자주 읽고 아니 신문이라도 보아야 한다. 늙었다는 이유로 모른다는 것은 자랑이나 존경의 대상이 아니기 때문이다.

두 번째는 욕심과 아집을 내려놓고 젊은이들을 인정하고 웃어 주라. 보너스로 감사와 칭찬까지 챙겨주면 용돈까지 받을 수 있을 것 같다. 늙어서 욕심이 많으면 노욕이라고 폄훼되고 고집이 세면 외톨이가 된다.

세 번째는 가급적 입은 닫고 지갑을 열어 관심 표명을 해야 한다. 그렇지 않으면 주변 사람이 떠난다. 그리고 외출할 때는 단정한 몸가짐과 깨끗한 옷을 입고 밝게 다녀라.

넷째는 말씨도 다듬고 자신의 주변을 정리해라. 말씨는 인격이다. 긍정적이고 품위 있는 말씨를 쓰면 좋겠다. 그리고 언제 삶이 끝날지 모르니 외상값도 갚고 재산 분배도 유언장에 기록하여 떠날 때는 깨끗하게 떠날 수 있도록 미리 준비해야 한다.

지금 나는 많은 부분에서 기본적인 방향성은 잡았으나 현실적으로 실천하기까지 아직 부족하고 미숙하여 마인드의 바구니에 보편성의 구슬을 담고 있다.

여기에 더하여 한 해 한 해 나이가 쌓이면서 노년을 더 걱정하게 되는 것은 건강하고 우아하게 늙고 싶은 바람이 추가된다. 인생에 연장전은 없을 뿐 아니라 오늘이 처음이자 마지막이다. 이제 힘의 정도에 비추어 무거운 짐을 조금씩 내려놓고 손에 잡은 곡괭이도 호미로 바꾸어야 된다. 여기에 필요한 건강식품도 챙기고 적당한 운동을 통하여 건강을 지키는 것이 무엇보다 중요하다. 건강을 잃으면 모든 것을 잃기 때문이다. 사실 육체 건강도 소중하지만, 정신의 건강도 녹슬지 않도록 노력해야 한다. 아름다운 노년을 보내야 하기 때문이다.

누구나 존경받으며 우아하게 늙어가기를 원하지 않는 사람은 없을 것이다. 사실 쉽지는 않지만 정신적으로 사랑, 여유, 용서, 아량, 부드러움이라는 긍정의 마인드를 갖도록 노력할 필요가 있다. 정신적 에너지는 하루아침에 이루어지거나 바뀌지 않는다. 만약 갑자기 그런 척하는 것은 진정성 없는 위선에 불과하다. 긍정 마인드에 더하여 생활에서 불평, 의심, 절망, 욕심, 험담이라는 부정적 생각을 버려야 한다. 부정적 요인을 안고 살면 본인은 얼굴이 일그러지고 가족은 눈총을 주고 이웃은 손가락질을 한다. 앞날에도 어쩌다 어른이 된 그 수준에 머물러 늙어갈 것이다. 자신을 한 차원 업그레드시키는 노력을 통하여 어른으로서 존재 가치를 인정받으며 살아야 한다. 세월은 누구나 공평하지만, 그 세월의 가치는 자신이 결정하는 것이다.

지인은 자연인이 되겠다고 산으로 갔다. 그는 사업을 하여 큰돈을 벌어 잘 살았다. 하지만 사업이 흔들리자 가정도 흔들렸다. 주변에 그 많던 사람들도 모두 떠나고 홀로 남아 망연자실했다. 그는 '인생 헛살았다'며 가슴을 두드렸다. 그는 인생을 모두 돈에 걸었기 때문이었다. 주변 사람들을 의식하거나 물질에 매여 사는 사람은 자기 인생이 없다. 껍데기 인생만 남는다. 욕심을 비우면 살아볼 만한 세상인데 말이다.

김난도 작가가 지은 〈천년을 흔들어야 어른이 된다〉 책에도 "어른이 되기 시작할 때 그 무게를 지탱할 수 없어 흔들린다."고 주장하면서 '그 흔들림은 어른이 되는 여정'이라고 위로하고 있다. 하지만 언제까지 우산 밑에서 보호만 받고 있을 것인가. 미리 준비해야 어른다운 어른이 된다. 또한 강세형 작가가 쓴 〈나는 아직 어른이 되려면 멀었다〉라는 책은 청춘의 꿈과 사랑을 담은 청춘 공감 에세이다. 반복되는 아픔과 실패로 어느덧 겁쟁이로 변하지만 조심스레 희망을 되뇌며 평범한 일상으로 살지만 아름다운 희망을 그렸다. 두 작가는 성인인 된 청춘을 화두로 삼았지만 성인으로서 또 어른으로서 갖추어야 할 덕목이나 교양, 그리고 상식이 너무 메말라 있어 그 나잇값을 못 한다는 것이다.

진짜 어른다운 어른이 되는 것은 순전히 자신만의 노력으로 가능하고 존경받으며 멋있게 늙는 것도 자신의 몫이다. 육체적인 건강을 위해 투자하는 것도 중요하지만, 정신적인 내면에 더 많은 시간과 에너지를 할애하여야 할 것이다. 좋은 사람은 외롭지 않고 어진 사람은 존경받는다. 그냥 어쩌다 나이만 먹은 늙은이로 살다가 죽는 건 억울할 것 같다. 그렇지 않은가?

얼굴

　농번기에는 어찌나 바쁜지 세수할 시간도 없다. 며칠 만에 면도하려고 거울을 들여다보고 깜짝 놀랐다. 거울에 비친 사람은 분명 내가 아니었다. 순간 충격을 받았다.

　'아~ 넌 누구니?'

　물었지만 물론 대답은 없었다. 혼자 실없이 웃으며 독백으로 '잘~났다' 자문자답하면서 얼굴을 거울 가까이 내밀어 자세히 들여다보았다. 아뿔싸! 헝클어진 반백머리에 눌러썼던 밀짚모자 자국이 선명했다. 거기에다 검게 그을린 얼굴에 허연 턱수염이며 듬성듬성 난 구레나룻이 가관이었다. 이마저 부족한지 깊게 패인 팔자주름 옆으로 검버섯이 되려는지 거뭇거뭇한 주근깨가 자리를 잡았다. 보면 볼수록 자신이 밉고 보는 이가 없어도 창피했다. 하루에도 많은 사람들을 논밭에서 만나고 헤어졌는데 이토록 찌그러진 세숫대야 같은 얼굴을 나 자신만 모르고 있었다는 생각에 스스로 화가 났다.

　감정을 추슬러 거울에서 한 발짝 뒤로 물러서서 내 모습을 보았다. 거울에 비친 내 모습은 어느 한 구석도 예쁜 데가 없었다. 땀 냄새 풀풀 나는 구닥다리 남방셔츠는 흙으로 덧칠을 했고 바지는 헐렁해진 허리춤에서 바람이 드나든다. '이게 무슨 꼴이냐'는 자책에 한숨이 섞인다. 이 추레한 모습은 누구에게도 더 이상 보여주고 싶지 않았다. 감추고 싶어 세수를 하고 선크림으로 위장을 서둘렀다. 얼마 지나지 않아 맘에 쏙 드는 젠틀맨은 아닐지라도 그럴싸한 내 모습을 되찾았다. 짧은 시간에 변한 두 얼굴을 보고 웃었더니 거울도 따라 웃었다. 아마도 마음의 심리상태가 얼굴로 전이되어 표정으로 나타나나 보다. 하기야 성깔은 얼굴에서 나타나고 감정은 음성의 변화에서 엿볼 수 있다. 비록 반농부로 살아가지만, 얼굴만은 착한데 몰골이 말이 아니었다.

그 모습을 외국인이 보았다면 어땠을까. 외국인은 나뿐 아니라 대체로 한국인의 첫인상이 무섭다고 한다. 나쁜 마음으로 외국인을 대하며 인상 쓰는 것은 아닌데 말이다. 하기야 얼굴색 하나 변하지 않는 두 얼굴의 사람들도 있다. 말을 틀 때는 매력 있는 천사 얼굴이지만, 악의적인 이익을 취할 때는 낯짝이 두꺼운 사람으로 돌변한다. 그들을 염치없는 철면피라 부른다. 살아가면서 어떠한 경우라도 복명가왕 소리는 들을지언정 얼굴에 철판 깔았다는 말은 듣지 말아야 한다.

불혹의 나이가 되면 자신의 얼굴에 책임을 져야 한다. 태어날 때는 부모님이 얼굴을 만들어주었지만 그 이후는 자신이 걸어온 삶이 녹아 얼굴에 나타나기 때문이다. 어떤 마음으로 어떻게 살았느냐가 얼굴에 쓰인다는 것이다. 나다니엘 호오도온의 소설 〈큰바위 얼굴〉처럼 우리 모두가 자신과 남을 사랑할 줄 아는 그러한 얼굴을 닮았으면 하는 바람이다. 오래 편안하고 따뜻한 얼굴로 기억되는 사람 말이다. 하기야 잘 생기고 심성이 바른 사람은 그늘도 없고 살기도 없겠지만 누구나 그렇게 살도록 삶의 가치를 가지면 훈남이 될 것이다.

얼굴의 표정은 감정이나 성질의 움직임에 따라 그 모양이 약간씩 변형되어 일정한 형태를 이루게 되고 이것이 계속 반복되면 그 부분이 노화되어 주름이 생기게 된다. 주름은 10대 중후반부터 점차 그 형태가 잡히는 것으로 보여 평소 생활하며 어떤 표정을 가장 많이 지었느냐에 따라 주름의 형태가 결정되니 노년에 멋진 주름을 남기고 싶은 사람들은 평상시에 열심히 노력하는 것이 좋다. 물론 자신의 얼굴이 마음에 들지 않으면 성형수술을 하기도 하는데 그보다는 자연산이 좋은 것이 아닌가.

그날 이후에는 얼굴에 책임질 마음으로 다듬고 아무리 바빠도 얼굴을 잘 관리한다. 얼굴은 정신에서 중심이 되는 얼이 숨어 있는 굴이 일곱 개가 있기 때문에 더더욱 그렇다. 개기름이 흐르지 않도록 얼굴 마사지도 하고, 수염도 자주 깎아 나 스스로가 자신을 사랑해야 한다. 그렇게 하면 거울도 나를 예쁘게 비춰 줄 테니까.

인생이 익어갈 때

　누군가 '늙으면 고생이다'고 절망적인 말을 뱉었다. 안타깝게도 아름다운 황혼을 보지 못한 외톨박이 눈의 편견이다. 나름 젊은 날은 살아 보았지만, 아직 미래는 오지 않았다. 내가 늙은이가 되어 살아갈 세상이 설레거나 기다려지는 것은 아닐지라도 에둘러 갈 수는 없다. 기왕에 맞이할 인생길이라면 그 길을 걷는 나는 스스로 즐겁고 행복하기를 바라고 타인의 시야에도 고고한 아름다움과 기품이 벗어나지 않기를 바라는 마음이다.

　바람은 막연한 목표에 불을 지피는 일이다. 하지만 건강이 우선이다. 벌써 풍문으로 들은 '건강을 잃으면 모든 걸 다 잃는다.'는 말이 경로당 문틈으로 샌다. 그래서 그런지 차부 근처 선술집에서 만난 늙수그레한 노인 몇 분이 막걸리 사발을 들고 9988124라고 건배 제의를 한다. 청소년의 은어보다 속도감이 더 붙어 있다.

　결국 아흔아홉 살까지 팔팔하게 살다가 하루 앓고 이튿날 죽자는 뜻을 담아 거침없이 외친다. 자식들 눈치 안 보고 건강하게 살다가 깔끔하게 입적하자는 의미가 배여 있다. 하지만 바람은 불행히도 이루어지기 어렵다.

　우리나라 사람은 평균 11년 동안 앓다가 세상을 떠난다는 절망의 보고서가 있다. 만약 소망하는 나이만큼 산다면 80대 중반에 투병 생활이 시작하여 극노년기는 고통의 그늘에서 숨만 쉬다 가는 것이다. 여기에 넘어야 할 복병이 도사리고 있다. 여유 없는 품위유지비와 외로움의 고통은 생각하기조차 싫다. 사실은 그보다 더 두려운 것은 늙어가며 병치레할 돈이다.

자식들의 양육을 들먹이는 것은 고리타분한 이솝 이야기가 된 지 오래다. 스스로 노후 생활을 책임져야 한다. 그래서 이론적으로는 안정된 노후를 위해서는 세 개의 통장이 필요하다고 한다. 하나는 국민연금이고 또 하나는 퇴직연금이다. 그리고 개인연금까지 알뜰하게 마련해두어야 한다고 말한다. 하지만 이렇게 준비된 사람이 노인층에서 20% 정도에 불과하다는 통계다.

오늘도 허기를 채우기 위해 무료급식소에 줄을 서는 사람들, 유모차에 폐지를 주워 싣는 노인, 견디기 힘든 사회적 냉대와 고통은 어떤 한파보다 매섭다. 이래서 노후자금이 절대 필요하지만 돈으로 해결 안 되는 부분도 있다. 아름답게 익어가는 삶은 양보다 질이다.

오래 사는 것보다 팔팔하게 살다가 영면하려면 죽는 날까지 준비할 일들이 많다. 무엇보다도 첫째는 단연 건강관리다. 건강은 아무리 강조해도 지나침이 없는 선택이 아닌 필수 사안이다. 많은 의사, 약사, 건강관리사들이 건강 비결을 연구하여 발표한다. 문제는 몰라서 실행에 옮기지 못하는 부분도 있지만 절실한 의지가 부족하여 관리가 잘 안 되는 사람도 있다. 그래서 식습관과 운동에 대해 살짝 언급하고자 한다.

맛있는 음식을 먹고 싶은 욕구는 인간의 본능이다. 하지만 과식에 대한 자제력이 요구된다. 음식은 식사량의 80% 정도의 소식을 권하고 싶다. 그리고 운동한다는 생각을 하면 게으름 피워지기 때문에 소일거리를 찾아 부지런히 움직이는 생활 습관이 있으면 좋겠다. 여기에 정신적인 건강을 위해 책을 읽고 두뇌활동을 건전하게 이끌어야 한다. 노인의 치매는 최고의 복병이다. 적극적인 삶을 늦추지 않는 것이 예방법이라 하겠다.

오래전부터 회자되는 나이 든 어른들이 존경받는 일곱 가지 방법을 실천하는 것도 하나의 방법이겠다. 더 깨끗해야 하고, 더 옷에 신경 써야 하고, 더 상대방 말을 들어줘야 하고, 더 많은 사람을 만나야 하고, 더 잘 어울려줘야 하고, 더 지갑을 열고, 더 포기해야만 한다. 여기에 몇 가지 덧붙이고 싶다. 설치지 말고, 헐뜯고 우는소리 하지 말고, 알고도 모르는 척 보고도 못 본 척 어수룩하게 사는 것도 한 가지 비결이다. 한마디로 나이 들수록 나이티 내지 말고 젊었을 때처럼 행동하라는 것이다.

말이 쉽지 실천하기란 어려운 일이다. 허나 존경받는 메시지는 정도의 차이는 있겠지만 그동안 많은 관찰을 통하여 나온 결과물일 것이다. 좋은 습관을 갖는 것은 육체적이든 정신적이든 중요하다. 또 하나는 이웃과의 관계이다. 신은 이웃과 더불어 살 때 행복을 느끼도록 만들었다. 나이 들수록 이웃이나 친구도 없이 독불장군이나 배타적인 삶을 추구하는 사람은 불행을 초래한다. 아는 사람들과 자주 만나 담소를 나누고 따뜻한 정을 나누면 얼마나 좋을까 싶다. 또 아름다운 노년을 살아가기 위해서는 아랫사람을 책망하기보다 인정(認定)해 주고 칭찬을 아끼지 말아야 한다. 어떤 이는 봉사를 꼽는다.

다른 사람을 섬기는 마음은 욕심을 내려놓고 이웃의 아픔을 나누는 보람과 자신감을 갖게 하는 은총이라는 것이다.

인생이 익어갈 때 홀로 산다는 것과 돈에 의존하는 인생은 행복하다 할 수 없다. 하지만 재산과 돈은 과욕을 탓하는 것이지 남에게 손 벌릴 정도의 청빈을 말하는 것은 아니다. 늘그막에 돈 없으면 측은해지고 자식도 멀어진다. 늘 자신의 건강을 돌보고 적당한 일거리에 희망이 있어야 한다. 그리고 이웃과 더불어 새로운 나날을 만들며 살아야 한다.

생각해보자. 늙음은 가까이에서 멀어진 만큼 가슴에 찬바람이 지나는 것을 느낀다. 상대가 있는 관계는 그리움이요, 홀로 생각하는 관계는 외로움이다. 간절한 보고픔은 사무침이다. 한 인생이 황혼에 서면 불러도 대답 없는 이들이 얼마나 많은지 아는가? 겪어보지 않은 사람은 모른다. 꽃도 향기롭고 열매도 달콤한 오얏나무 밑에는 늘 길이 나 있다. 쉽지 않지만 오얏나무 닮은 황혼을 맞고 싶다.

목욕탕 에피소드

　나는 목욕을 좋아한다. 오늘도 목욕을 끝내고 목욕 가방 하나 들고 휘파람을 불며 집에 돌아오는 길이 즐겁다. 몸이 정갈하고 홀가분한 느낌의 생명은 하루쯤 간다. 이런 기분에서 배 깔고 엎드려 좋은 책을 읽으면 세심(洗心)의 경지에 이를 것만 같다.

　돌이켜보면 내가 어렸을 때에는 시골에 공중목욕탕이 없었으니 하물며 보통 집에는 더할 나위 없었다. 그 시절에 우리 집에는 보잘것없었지만 목욕간(沐浴間)이 있었다. 선친께서 드럼통을 구해 반으로 절단하여 뒤뜰 처마 밑에 목욕 시설을 만들었다. 부뚜막 위에 드럼통을 올려놓고 물을 부은 다음 아궁이에서 불을 지펴 물을 데웠다. 드럼통 밑바닥에는 대나무 발을 엮어 화상을 입지 않도록 깔았다. 식구들은 가을부터 봄까지는 가끔씩 그곳에서 따뜻한 물에 몸을 담가 목간을 했다. 여름밤에는 집 앞 냇가나 우리 집 샘에서 몸을 씻었고, 낮에는 땀 흘리고 나면 등목을 했다. 아주 열악하고 형편없는 목욕 시설이었지만 그나마 흔하지 않아 친구들에게 자랑도 했다. 그것도 태안 읍내에 대중목욕탕이 생기면서 서서히 생명력을 잃었다.

　바야흐로 세상이 수없이 바뀌고 변하여 1990년대 초쯤에 대전에 살 때다. 어느 날부터 채헌병 선배가 새벽 목욕을 다니자고 제의했다. 인근 아파트에 살기에 새벽에 만나 유성으로 다녔다. 한 달분 목욕 티켓을 구입하면 할인 혜택이 있다는 정보를 얻어 수년간 그렇게 다녔다. 매일 새벽에 목욕탕에서 만나는 사람들은 어느새 낯이 익어 반갑게 서로 목례를 한다. 한 2년쯤 다닐 때 온탕 안에서 누군가가 다들 모이라는 듯이 손짓을 했다. 그분은 "우리 매일 만나는 사람들이니 모여서 식사나 하자"고 제안했다.

모두 동의하여 만나기로 한 일요일 점심에 해장국집에 가보니 낯선 사람들뿐이었다. 순간 당황했으나 만나기로 한 그분들임을 감으로 알았다. 옷을 벗고 목욕탕에서 마주 볼 때하고 두툼한 겨울옷을 입고 식당에서 보는 얼굴은 딴판이었다. 어색하기는 서로 마찬가지였는지 크게 소리 내어 웃으며 말을 튼다. 그렇게 시작된 오찬 분위기는 화기애애한 모임으로 급선회하여 일사천리로 회장, 총무 뽑고 모임 명칭은 알몸으로 만나는 모임이라는 의미로 '알몸회'로 정했다. 이래저래 가입한 많은 모임이 있지만, 홀랑 벗고 만나는 모임은 기상천외했다. 하지만 혼자 외톨이가 될 수 없어 함께하였으나 길지 않은 날에 깨졌다.

그래도 목욕 마니아가 되어 하루라도 가지 않으면 마음까지 불결한 생각이 들었다. 한번은 설 쇠러 시골에 가려고 섣달그믐날 새벽에 목욕탕에 갔는데 문이 잠겨 있었다. 이상하다 싶어 시계를 보니 실수로 오픈 한 시간 전에 간 것이다. 문밖에서 서성이는데 관리인이 쳐다보고 무엇 때문에 왔느냐 물었다. 그래서 구구한 사정 이야기를 했다. '단골 목욕 꾼인데…' 조금 듣다 말고 지금 들어가되 오픈 시간에 첫 입실하는 사람들한테 들키지 않게 나오라는 것이었다.

몇 번 약속을 다짐받고 목욕탕 입실을 허락했다.

　처음 입욕 순간에는 넓은 욕탕의 첫 물에 혼자 몸을 담그니 왕이 된 기분이었다. 하지만 얼마 지나지 않아 약간 침침한 조명에 넓은 목욕탕은 왠지 부담스럽고 만족스럽지 않았다. 게다가 가끔씩 천정에서 온탕으로 떨어지는 물방울 소리가 왜 그리 크게 들리는지 으스스한 느낌마저 들었다. 관리인의 배려로 그 넓은 공중목욕탕의 첫 물에 혼자 목욕하는 기쁨도 잠시 느릿한 공포감이 서린 불안은 길었다. 역시 목욕은 여러 사람과 함께 땀을 내야 제맛인 듯하였다. 그로써 대중목욕탕에서 혼자 목욕을 즐긴 사람은 아마도 네로 황제 이후 내가 첫 남자인 듯싶었다.

　여기에 목욕 이야기가 한 가지 더 있다. 모년 모월부터 십수 년 동안 손 없는 휴일에 목욕탕을 동행해주는 의리남이 있다. 그는 다름 아닌 전태석, 박병희 두 아우다. 평소에도 은근히 기다리다 같이 가는 날이면 탕에서 말벗이 되어주고 의지가 되어 든든하기 짝이 없다. 여기에 더하여 등을 밀어주니 기쁨이요, 목욕이 끝나고 순대국밥에 우애를 더하니 즐거움이다. 같은 사무실에 동료로 근무할 때 우연한 계기에 큰 인연이 된 것에 의리를 지켜주어 고맙다.

　오래전에 셋이서 사우나에 갔는데 어떤 젊은이의 무례한 모습에 잘못된 목욕 문화를 꼬집었다. 옛날보다 민도가 높아져 크게 개선되었으나 아직 눈살을 찌푸리게 하는 행동을 보며 말했다. 이를테면 옷장 앞에서 옆 사람에게 불편하게 한다든지 샤워도 하지 않고 탕에 들어가고 샤워 꼭지를 틀어놓고 그대로 나가는 이도 있다. 특히 온탕이나 냉탕에 들어가 머리를 감는 일은 정말 삼갔으면 한다.

개럿 하던 교수의 '공유지의 비극' 이론까지 이어 갔더니 그만하라고 만류하면서 이제 형님은 보아도 못 본 척 들어도 못 들은 척 하라고 한다. 나잇값을 못 하는 중늙은이의 잔소리였나 싶어 순간 서운한 감정이 살얼음처럼 밀려왔지만 한편 생각하니 옳은 말이었다. 노인의 행동지침에 지갑은 열고 입은 닫으라고 하지 않았던가. 그날 모처럼 국밥값을 얇은 지갑일망정 열어 냈더니 더욱더 기뻤다.

이제 그 좋아하는 몸을 씻는 일과 함께 마음을 닦는 세심(洗心)에도 힘써 성냄도 욕심도 내려놓는 수련이 필요할 것만 같다. 낙엽이 지는 쓸쓸한 만추에 첫눈 소식도 들린다. 이번 주말에 온천탕에서 셋이서 알몸으로 만나 건식사우나에 들어가 땀을 흠뻑 내고 서로 등을 밀어주며 하루를 즐겨야겠다. 그리고 우리 집 근처에 있는 오뎅바에서 따끈한 정종 한 잔으로 우정이 식지 않도록 데워야겠다. 그날이 기다려진다.

일에 군침이 넘어갈 때

　요즈음 TV에서 방영되는 '나는 자연인이다' 프로그램에 빠져있다. 자연에 사는 것은 많은 남자들의 로망이고 나 또한 관심이 많다. 오랜 기간 시청하다 보니 소위 자연인이라 칭하는 그들이 산으로 간 사연도 가지가지이기에 나누어 분류해 보았다.

　어떤 사람은 사업에 실패했거나 투병 중인 사람도 있고 누구는 가정의 불화로 또 다른 사람은 산이 좋아 산에 사는 이도 있다. 모두가 공통적인 것은 열악한 환경과 식생활에 불편함을 겪으며 살아도 약초를 찾아 험준한 산을 헤맬 때나 밭에서 구슬땀을 흘리며 일할 때도 얼굴에서 편안함은 떠나질 않았다. 더욱이 자연이 좋아 그곳에 묻혀 사는 사람은 사회성을 초월하여 새소리와 초목에 묻혀 사는 얼굴에서 고독과 외로움의 그늘이 없다. 한결같은 산 생활에 만족하고 행복해한다.

　보편적 가치에서 본다면 이해하기 어렵다. 산중에서 세상을 등지고 사는 독거 생활이 그렇게 좋을까 싶지만, 세상에는 이론으로 설명할 수 없는 일들이 많이 있다. 자신이 하고 싶은 일이나 취미 활동은 아무리 힘든 일이라 할지라도 만족도는 올라간다. 나도 시골집에서 혼자 밥해 먹고 밭뙈기에 소꿉장난하듯 채소를 심고 가꾼다. 익숙하지 않은 설거지에 청승맞게 밭고랑에 혼자 앉아 풀 매는 모습이 안타깝게 보일지 몰라도 나 스스로 자발성에 의한 일인지라 어려운 줄 모르고 재미있다.

예를 들어 같은 월급쟁이가 하는 일일지라도 자기가 좋아하는 일을 하는 사람은 황금연휴를 다 즐기지 못해도 불만이 없지만 반대로 월급을 받기 위해서 죽지 못해 일을 붙들고 있는 사람은 황금연휴를 다 즐겨도 좋은 인생이라 생각하지 않는다. 실제로 자신이 좋아하는 일이나 자신의 일을 할 때는 놀라울 정도의 집중력을 발휘하여 눈 깜짝할 사이에 시간이 지나가 버린다. 누구나 자존감을 살려 자신이 하고 싶은 일을 한다면 극한작업일지라도 재미있을 것이다. 그래서 자연인도 자신이 선택한 삶이기에 산속에서 하는 일이 즐거운가 싶다.

또 하나, 일이 재미있으면 아침이 기다려진다. 자신이 하고 싶은 일에 미쳐있고 주위 사람들한테 인정받을 때다. 그동안 세컨드 홈(second home)에 가마솥을 걸어 메주도 쑤고 맛있는 음식도 만들어 먹기를 소원했다. 하지만 모든 꿈이 이루어지지 않듯이 이 또한 큰일은 아니어도 쉽지는 않았다. 하루는 미루어 오던 일을 저질러 보려고 큰맘 먹고 시장에 가서 가마솥을 사 왔다. 마당 가장자리에 꿈을 담은 가마솥을 걸기 위해 터를 파고 벽돌과 돌을 날라 쌓기 시작했다. 어찌나 그 힘든 일이 즐겁고 신이 났는지 어둡도록 일을 해도 지칠 줄 몰랐다.

이튿날 새벽같이 일어나 굴뚝을 세우고 마무리 작업하는 데 한나절이 걸렸다. 보는 사람들마다 참 예쁘게 잘 만들었다며 칭찬을 했다. 나이를 먹었어도 인정받으면 기분이 좋아지고 행복지수가 올라간다. 그토록 만들고 싶은 가마솥을 거는 일에 미쳐 일을 해보니 자신감이 생겼고 피로하기는커녕 더 큰 힘이 솟았다. 게다가 식구들은 양념으로 별 하나씩을 달아주니 이처럼 재미있는 일이 또 있을까 싶었다. 그날부터 나는 내일은 어떤 재미있는 일이 있을까 궁금하여 오늘을 산다.

또 하나, 이익이 있으면 재미있고 침이 꼴딱꼴딱 넘어간다. 침이 고이는 것은 대개 맛있는 음식을 보거나 냄새를 맡을 때 생기는 현상이다. 하지만 일할 때도 내 주머니에 돈이 들어오면 일은 즐겁고 군침이 넘어간다. 왜 안 그렇겠는가. 세상에서 제일 어려운 것이 사람 노릇하는 것과 남에 지갑에 든 돈을 내 주머니로 옮기는 일인데 말이다.

한참 동안 아내가 사업자등록을 하여 부업을 했다. 매일 거실에 산더미처럼 일거리를 쌓아 놓고 이웃 아주머니들과 작업을 하여 납품했다. 일요일만은 각자 집으로 물건을 가지고 가서 일을 한다. 그렇지만 여전히 우리 집에도 엄청난 물량이 거실에 남아 있다. 아내는 일을 빨리 끝내려고 아침 밥상에서 제안을 했다. 나를 포함하여 아이들까지 부업거리를 작업하면 일한 만큼 돈도 주고 간식으로 치킨도 한 마리 사줄 테니 일을 같이하자고 꼬드겼다. 아이들은 좋아했지만 나는 뒤꽁무니를 빼며 궁상을 떨었다.

어쩔 수 없이 작업을 하지만 싫은 일을 하려니 재미도 없고 짜증도 났다. 아이들도 열심히 일하고 있어 꾹꾹 참고 한나절 일을 마치고 점심을 먹고 나니 아내는 각자 오전에 작업한 물건을 카운트하여 일한 만큼 돈을 주었다. 적은 돈이지만 내 주머니에 돈이 들어오니 힘들었던 생각은 까맣게 잊고 기쁨만 가득했다. 여지없이 오후에도 누가 먼저랄 것 없이 부업거리에 덤벼든다. 오전에 돈맛을 본 터라 이때부터는 한 푼이라도 더 받을 욕심으로 눈에 쌍심지를 켜고 침을 꼴딱꼴딱 삼키며 재미있게 일을 했다. 소인은 온도와 이익에 민감하게 반응한다.

이렇게 재미있고 흥미로운 일만 있으면 살맛 날 텐데 언제나 즐거울 수만은 없다. 재미있게 일하다가도 재미없게 만드는 걸림돌을 만날 수도 있고 정말 앞이 안 보이게 힘든 날도 있다. 그럴 땐 물구나무를 서면 다른 세상을 볼 수 있다. 지금 하는 일이 피동적으로 쓸모없는 짓을 하는지 그 방향성은 맞는지를 뒤돌아보고 자신이 주도성을 가지고 일을 할 수 있어야 한다. 그 새로운 세상에서 자발적으로 재미있는 일을 일구고 인정받는 아침이 기다려지고 흥미로움에 침을 삼키는 날이 지속된다면 그곳은 천국이리라.

나의 스승

　나에게 지금 이 순간에도 가장 가난한 것은 지식이다. 물론 자신을 자학하거나 전문 지식인으로 살려는 것은 아니지만 아는 것도, 지혜도, 수단도 여전히 부족하다고 느끼기 때문이다. 그래서 갈증이 나면 물을 마시듯이 책을 가까이하려 한다.

　아무리 손쉬운 일도 익숙하지 않으면 불편하듯이 책을 읽는 것도 다르지 않아 습관이 중요한 것 같다. 그동안에는 책의 장르를 가리지 않고 잡지든 평론이든 어떤 책이든지 손에 잡히면 읽었다. 여기에 더하여 아침신문은 젊었을 때부터 기도하는 마음으로 무릎을 꿇고 읽는다. 가끔은 신문 배달이 안 되는 시골에 있을 때 아침이면 높새바람 부는 날같이 심란하다. 늘 신문을 봐왔던 리듬이 깨지기 때문이다.

　신문을 볼라치면 정치면보다는 문화, 오피니언 사설을 더 좋아한다. 그곳에는 따뜻한 생활의 이야기가 있고 사회 현상의 진실을 합리성과 논리로 숙취를 풀어주는 해장국 같은 역할이 있기 때문이다. 요즈음 서점에 가면 예전과 다르게 관심이 있는 서가에 발걸음이 멈춘다. 수험생이 기출문제집에 손이 먼저 가고 환자가 건강 관련 서적에 눈이 꽂히듯 나는 전기(傳記)나 에세이 코너를 찾는다. 에

세이는 담담하고 진솔한 수채화 같아 부담 없고 편해서 좋다. 전기를 선택할 때는 주인공은 굳이 훌륭한 사람을 찾지 않는다. 무명인이라도 좋고 성공한 사람이라도 좋다. 어떤 사람이든지 그의 삶 속에 배여 있는 철학을 만나고 싶을 뿐이다. 전기는 자서전 같은 형식을 빌려 본인이 살아온 발자취를 기록도 하고 작가가 누군가의 생애와 업적을 평론하여 쓰기도 한다. 나는 어떤 형식으로 썼느냐보다는 담담한 그의 자취를 통해 그의 삶에서 묻어나는 철학과 지혜를 만나 반면교사로 삼고 싶기 때문이다.

수많은 분들이 가슴에 새겨둘 만한 소중한 말씀을 하였다. 이를테면 고 정주영 회장께서는 "나의 스승은 벼룩이었다." 자신의 몸에 몇 백 배를 뛰는 벼룩을 보고 도전정신을 깨우친 거다. 또 고 성완종 전 국회의원은 "가난과 희망은 나의 스승이다."라고 했다. 솔직한 인생역정은 다른 사람의 희망이 되기를 원했다. 김수환 추기경은 "사랑이 머리에서 가슴까지 오는 데 70년이 걸렸다"고 했다. 사랑은 차가운 이성에 머무는 것이 아니라 진실한 영혼이 담길 때 진정성이 있다는 뜻일 것이다. 이 얼마나 장엄한 말씀인가. 두고두고 새겨볼 소중한 말이다.

여기서 글을 통하여 내가 좋아하고 지득하게 된 몇 분의 소중한 삶의 자취와 철학을 반면교사로 생각해 본다. 한 번의 일면식이 없어도 아주 멀리 떨어져 있어도 괜찮다. 그의 정신세계와 교류하고 공감하는 것으로 만족하기 때문이다.

먼저 반기문 UN사무총장의 인품을 좋아한다. 첫인상이 충청도

양반의 표상이다. 언제나 입가에 백제의 미소가 떠나질 않고 편안하며 카리스마가 있다. 그는 공사를 불문하고 원칙을 존중했다. 학창 시절에는 세상에서 가장 공평한 것이 공부라 생각하고 제일 잘할 수 있는 공부에 올인했다. 그 과정에서 돌파력을 배웠다. 등산을 할 때는 가이드 없이 간다. 숱한 고통에서 극복하는 방법을 체득하고 우직한 소와 같이 무슨 일이든 열심히 한다.

살다보니 인생을 바꾸는 것은 인상과 멘토, 그리고 시련이다. 먼저, 인상은 입가에 웃음을 머금고 얼굴에서는 편안하고 긍정적인 느낌이 있어야 한다. 화장실에서 자신을 칭찬하고 웃는 연습을 하라. '참 잘생겼다.' '한 번 웃어보자.' 두 번째는 멘토와 인맥이 금맥보다 더 중요하다. 고교 때 영어 선생님이 외교관이 되라는 말씀이 불씨가 되었고 노신영 총리의 믿음에 기댈 수 있는 큰 힘이 되었다. 세 번째는 시련의 시기일수록 열심히 준비한다. 성공한 사람들의 공통점은 좌절을 극복했다는 사실이다. '한쪽 문이 닫히면 한쪽 문이 열린다.'는 것을 기억하라.

이어서 인도에 나렌드라 자다브 푸네 대학총장 이야기다. 그림자만 닿아도 오염되는 불가촉천민(달리트)에서 대학총장, 중앙은행 총재로 성장한 역사적인 인물이다. 불가촉천민은 인간이라는 사실이 불행한 사람들이다. 신이 내린 은총은 오직 '구걸할 권리'뿐인 사람들이다. 태어난 신분을 절대 바꿀 수 없는 인도의 절대적 신분제도의 족쇄를 나렌드라 자다브는 온몸을 던져 풀었다. 그는 "내 운명에 손대지 마라. 내 운명은 신이 아니라 내가 만든다."라고 말했다. 인도의 카스트제도는 신분을 네 가지로 구분하는데 불가촉천민은 예외이다. 그들은 전통적으로 가장 비천하다고 여기는 오물 수거, 시체 처리 등에 종사해야 한다. 그래서 인도인들은 그들과 닿기만 하여도 부정해진다는 생각을 하고 있다. 공동우물에서 물도 먹을 수 없고 거리를 지날 때도 허리춤에 비를 매달아 발자국을 쓸어야 했다. 그는 "내 운명은 내가 선택했다. 그리고 그 원동력은 바로 교육이었다."고 말한다. 인도의 살아있는 영웅 나렌드라 자다브는 자신의 부모 세대가 투쟁했던 것처럼 자신 역시 투쟁의 역사를 이어가고 있다고 생각한다.

마지막으로 몽골의 칭기즈칸을 만나러 간다. 이름만으로도 말을 타고 칼을 휘두르며 초원을 달릴 것만 같은 강한 이미지가 풍긴다. 몽골의 족장 아들로 태어났으나 아홉 살 때 아버지가 독살되고 그는 양털 더미에서 겨우 목숨을 건졌으나 극도의 빈곤으로 엄청난 고생을 하였고 학교도 다닐 수 없어 자기 이름도 못 쓰는 문맹인이었다. 사실 그는 강인한 군인이자 따뜻한 가슴을 지닌 현명한 지도자였다.

칭기즈칸은 아들에게 제왕의 덕목으로 자기절제와 분노를 이기라고 가르쳤다. 언제나 감정을 자제하고 평상심에서 이성적으로 다스리라는 의미다. 그리고 신하들에게 자신의 고통 속에서 교훈이 되었던 깨달음을 말했다.

"못 배웠다고 한탄하지 마라. 나는 내 이름도 쓸 줄 모르지만 현명한 사람에 귀를 기울여 배웠다. 가난하다고도 한탄하지 마라. 나는 들쥐를 잡아먹으면서 연명했다. 또 너무 막막하다고 포기하지 마라. 나는 목에 칼을 쓰고 땡볕에 양털 속에서 숨어 살았다. 그리고 나는 숨 쉴 수 있는 한 희망을 버리지 않았다. 과거에 매달리지 않고 아직 결정되지 않은 미래를 개척했다. 마지막으로 적은 밖에 있는 것이 아니라 내 안에 있었다. 그래서 나는 그 거추장스러운 것들을 깡그리 쓸어버렸다. 그렇게 나 자신을 극복하자 칭기즈칸이 되었다."라고 솔직하게 털어놓았다. 힘없는 약자가 변화에 대응하고 창의성과 유연성으로 강자가 될 수 있는 희망의 메시지다.

　이 밖에도 수 없는 삶에 철학과 의미가 담긴 메시지가 많지만 중요한 것은 하나라도 실천하는 것이다. 현자의 철학과 용기, 그리고 지혜는 나의 스승이다.

제 7 장

서정 산문

손님 오시던 날

까치는 울지 않아도 손님이 오시려나 보다
한나절이 지나 나른한 오후
어느새 할머님은 새 옷을 입고
아버지는 마당을 쓸었다

엄마의 손맛이 부엌문 틈으로 나온다.
철없는 꼬마들 마냥 신이 나
모처럼 깔깔대고 천방지축 뛴다.

엄마가 작은 손짓으로 부른다.
손님 오면 인사 잘하고
맛있는 음식은 보지도 말라 한다.
이건 청천벽력의 행동지침이다.
엄한 가정교육이 못내 야속했다.

니들이 능쟁이 맛을 알아?

앞 논에 깔아놓은 볏짚에 무서리가 하얗게 내렸다. 식전 댓바람에 시베리아에서 날아온 겨울철의 진객 쇠기러기는 편대를 이루어 곧 추위가 닥친다고 동네를 싸돌아다닌다. 일찍 날아온 쇠기러기 소리에 인촌 김성수 선생의 모친은 추위가 빨리 올 것을 예견하고 입도 선매하여 많은 돈을 벌었다는데, 나는 겨우 마무리 못한 장작을 패는 일이나 하고 수도꼭지를 보온 덮개로 싸매는 일이나 생각했을 뿐이다. 해가 오르자 촌로(村老)의 손발이 바빠졌다. 덩달아 텃새들도 내 눈치를 보며 먹이 찾아 뒤주 앞을 분주하게 들락거린다.

더 춥기 전에 겨우내 먹을 밑반찬거리를 준비하기 위해 읍내 저잣거리에 나갔다. 시골에서 장만한 농산물과 수산물을 즐비하게 늘어놓은 골목은 시끌벅적하다. 두툼하게 껴입은 아주머니들은 좌판 앞에 쪼그리고 앉아 댓가지씩 플라스틱 용기에 담아 놓고 구수한 태안 사투리로 "아저씨! 이것 좀 사유~." 하며 호객한다. 수백 종의 먹거리는 없는 것 빼 놓고 있을 것은 다 있었다. 기웃거리며 그냥 지나치기가 민망하기도 하지만, 눈요기하기에는 충분했다.

둘러보다가 발이 멈춘 곳은 능쟁이(서해안의 작은 게)를 담아논 고무다라 앞이었다. 날씨가 추워서 그런지 활발하지는 않아도 쉴 새

없이 움직이며 서로 물고 물리는 광경은 싱싱하다는 느낌이었다. 정산포 갯벌에서 갓 잡아 왔다는 말에 토를 달고 싶지 않았다.

정산포 앞바다는 능쟁이를 비롯하여 바지락, 낙지, 망둥어 같은 연안 갯것들이 걸다. 능쟁이는 펄이 많고 썰물에도 물기가 마르지 않는 태안반도 갯벌의 조간대(潮間帶)에서 많이 서식한다. 하지만 요즈음에는 진화된 어구로 남획하는 바람에 능쟁이 숫자는 태안의 인구만큼이나 줄어들고 있다.

여기에 더하여 낙지는 능쟁이를 사람보다 더 좋아한다. 그래서 연승어업에 칠게나 능쟁이를 미끼로 쓴다. 괭이 갈매기나 도요새도 능쟁이를 좋아해서 그들 동족이 줄어든다. 대신에 능쟁이 4촌격인 칠게가 환경에 잘 적응하는지 서식 범위가 늘어나며 간장게장이 되어 식탁에도 심심찮게 오른다.

손이 큰 아주머니는 싸게 준다며 덤으로 몇 마리 더 주었지만 생각보다 비싼 값을 치르고 우수리와 섭섭하지 않을 만큼 담은 비닐봉지를 받아 들었다. 전문 래시피 없는 회무침을 해 먹을 요량이다.

능쟁이는 간장게장이나 튀김, 된장찌개를 끓이기도 한다. 간장게장은 여름에는 약간 누린내가 나서 잘 먹지 않지만 이른 봄철과 가을에는 별미로 밥상에 오른다. 봄 능쟁이는 간장에 담았다가 초여름 보리밥하고 게걸스럽게 먹을 때가 밥도둑이 된다. 짭쪼름하게 간이 밴 게장을 양 손가락으로 잡아 잘근잘근 씹어 먹고 국물이 묻은 손가락을 쪽쪽 빠는 맛도 일품이다. 흔히 게장이란 게를 간장에다 담가먹는 것이라고 아는 사람이 의외로 많은데 사실은 암게의 등딱지 안쪽에 붙은 노란 미숙 난(卵)을 게장이라 한다. 간장게장은 난황(卵

黃)이 간장에 맛 들여져 풍미를 더 하는 것이다.

　하지만 무서리가 내릴 때 잡는 일명 서리능쟁이는 산 채로 요리된 회무침이 좋다. 원래 게는 무장공자(無腸公子)라는 별칭이 말해 주듯 창자가 없는 귀한 몸이다. 비유적으로는 담력이 없는 사람을 일컫기도 한다. 하여 비린내가 없고 껍질이 얄팍하여 산 채로 먹는 맛은 잔인하다기보다 둘이 먹다 하나 죽어도 모를 정도다. 죽기 전에 꼭 먹어야 할 음식으로 추천하고 싶다.

　가성비 좋은 갑각류 중의 하나인 능쟁이의 겉모습은 볼품없는 장작개비에 갯벌 땟국물 묻은 것같은 비호감이다. 몸통 어디를 보아도 먹음직스럽게 살이 통통하게 오른 곳은 찾을 수 없고 게다가 발가락 끝부분의 유영지도 퇴화되어 뾰쪽한 발톱이 앙상하다. 하지만 바지락처럼 민물에 해감하여 깨끗하게 씻어 양푼에 담고 거기에 간장, 고춧가루, 쪽파, 마늘, 깨소금을 뿌려 놓으면 양념된 채로 쓰리고 따가워 활발하게 기어 다닌다. 밥 한 숟가락에 한 놈씩 무작위로 잡아먹는 맛이란, 젓가락을 내려놓을 수가 없다. 칼칼하고 고소한 그리고 아삭한 식감의 아우라는 어떤 음식에 비교불가다. 한 가지 중요한 것은 '보름게는 개도 안 먹는다'라는 속담을 기억하면 더 맛깔 나는 능쟁이를 구입하게 될 것이다.

　일반적으로 게는 빛을 굉장히 싫어하기 때문에 달 밝은 보름 전후에는 살이 빠져 맛이 덜하다. 이왕 살이 꽉 찬 게를 먹으려면 달빛이 별로 없는 그믐 전후에 잡은 게가 좋다.

　읍내에서 집에 돌아오니 아내와 아들딸이 김장하러 이미 와 있었다. 저잣거리에서 골고루 산 먹거리를 담은 검정 비닐봉지를 하나씩 열어 보더니 어물전이라며 박장대소를 한다. 내가 좋아하는 능쟁이며 갱개미, 붕장어, 톳 그리고 굴 소스와 세제다. 바다에서 잡는 해물은 모두 입맛에 길들여져 있기 때문에 늘 장바구니에서는 바다 냄새가 난다.

그동안 혼밥 짓던 고전 셰프의 손맛을 자랑하고 싶었다. 간편한 능쟁이 회무침을 메인 메뉴로 선정하고 맛깔나게 만들었다. 몸에 양념간이 배어드는 고통에 무반주에도 열 개의 발이 춤을 춘다. 이를 〈자산어보〉에서 화랑해(花郞蟹)라 일컬었던가 보다. 발을 들었다 접었다 하며 기어 다니는 모습이 춤추는 남자와 같다는 뜻으로 이름을 붙였다 한다.

점심 밥상 가운데를 차지한 양푼에 담긴 능쟁이 회무침을 본 반응은 제각각이었다. 처음 만나는 능쟁이 맛은 어떨까 하는 호기심마저 없이 못마땅한 눈치다. 딸은 맛은 어디로 갔던지 투박한 양푼이 볼썽사납다며 가장자리에 꽃무늬가 그려진 넓은 접시에 능쟁이를 부었다. 그러자 탈옥한 죄수처럼 화랑해는 쪽파와 고춧가루를 등에 지고 사방으로 흩어져 달아나기 시작했다. 밥상 위는 물론이거니와 방바닥으로 떨어져 도망가는 놈들을 포획하느라 야단법석이었다. 그야말로 6·25 때 난리는 난리도 아니었다.

생포한 놈들을 다시 양념에 버무려 맛있게 먹기 시작했다. 하지만 아들딸은 얼굴을 찡그린 채 들여다보기만 했다. '불쌍하다.' '맛이 없어 보인다.'는 핑계를 대며 빈 젓가락만 굴린다. 셰프의 정성과 자존심을 건드린다. 하기야 '니들이 게 맛을 알아?' 어느 CF 광고 대사를 인용한 꼰대의 말에 자연 조미료를 가미하여 채근했다.

먹거리의 선택은 자유지만 맛은 눈, 코, 귀로 감지할 수 있어도 혀끝에 닿지 않고는 제대로 느낄 수 있다며 일단 눈을 질끈 감고 한 마리씩 입에 넣고 씹어보라고 했다. 의외의 반응을 보였다. 바삭하고 고소한 식감이 천하일품이라며 연신 감탄사를 쏟아내는 사이 바닥이 났다. 밑바닥을 드러낸 양푼에는 칭찬과 감사와 박수가 가득했다.

가족의 사랑 그리고 행복은 소소한 일상에 잠들어 있다. 그것을 깨우면 현실로 다가온다.

천황봉에 달맞이 가다

　천황봉의 압권은 천단(天壇)에 뜬 보름달이다. 정월 대보름달을 만나기 위해 추위와 어둠을 뚫고 돌계단에 발 딛기를 수없이 반복했다. 골짜기는 동면에 들어서인지 물소리조차 멎었다. 흐린 날씨에 앙상한 잡목 가지 사이를 지나는 찬바람 소리만 간간히 들릴 뿐이었다. 어둠을 쫓는 플래시 불빛이 하나둘 산길에 줄을 그으며 산 위를 오르고 있었다. 이윽고 일행의 거친 숨소리는 환희의 괴성으로 터져 나왔다. 야~호! 민족에 영산, 계룡산 천황봉 암반에 오뚝 세워진 천단 앞에 다다른 것이다.

　정상에서 보니 쌀개봉의 암봉이 지척이고 연천봉도 어둠을 뚫고 다가온다. 철 따라 갈아입는 아름다운 풍광에 대비되는 밤의 풍경은 또 다른 멋을 느낀다. 중천에 뜬 보름달은 물에 팅팅 불어 가장자리는 해바라기 꽃잎 모양이다. 물먹은 보름달은 산꼭대기의 고요를 더욱 짙게 누르고 있는 탓에 공기는 정갈했다. 바람결에 고개를 돌려 맘껏 폐를 채우고 예의를 갖춰 천단 앞에 엎드려 우리가 당도했음을 알리는 의식을 했다. 새해 첫 보름날, 밝고 빛나는 보름달에 소원을 비는 세시풍속에 또 하나 엄지손가락을 암반에 대고 기(氣)를 받는 유희도 했다. 비구름 사이로 자주 내다보는 달은 여전히 솜털로 치장을 하고 우리를 지켜보고 있었지만, 심연의 시간은 짧았다.

밤하늘에 맞닿은 능선은 용이 꿈틀거리며 거침없이 내닫는 모습이 더욱 선명했다. 눈을 들어 천지 사방을 돌아보니 도회지 불빛은 야광충을 불러 모은 듯했으나 촌락의 불그레한 가로등은 띄엄띄엄 서서 밤을 지키는 영락없는 초병이었다. 신은 고맙게도 우리를 잊지 않고 그토록 아름다운 밤을 선물했다. 정상 바로 밑에 산제단(山祭壇)에 들러 평화와 기쁨을 굽어 살펴줄 것을 기원하고 하산을 재촉했다. 이미 비구름은 물먹은 달을 삼키고 내뱉질 않기 때문이었다. 어둠은 정월 대보름달을 무색하게 했지만, 또 하나의 고요와 낭만의 서정을 만끽할 수 있는 시공이었다.

흔히 계룡산을 '봄 동학 가을 갑사'라 일컫지만 그에 못지않은 장관은 천황봉에 뜬 달이다. 가끔씩 추억으로 되살아나지만, 그날 계룡대 간부들과 소원을 비는 이벤트는 소통을 여는 대장정의 시작이었다. 그 뜻은 험준한 줄기를 타고 내려와 계룡의 품에 안기었다. 그때 동절의 응달에 잎사귀를 떨군 채 서 있던 진달래 나무도 이젠 가지마다 새 꽃눈을 빚어 봄을 기다리고 있는 걸 생각하니 감회가 더욱 새롭다.

계룡은 사시사철 아름다움이 지천이다. 동절 새벽에 핀 설화(雪花)는 새봄에 버들잎을 피우고, 한여름 은하의 별빛에 이은 단풍잎 지는 소리를 듣노라면 무아지경 그 자체다. 허나 계룡의 가장 멋스런 비경은 대보름날 천황봉 달맞이다. 바라볼수록 현묘의 느낌이 있기 때문이다.

계룡의 버들

올해는 유난히 봄이 더디게 온다. 하지만 계룡의 땅과 버드나무는 유록색 옷을 입었다. 아름다운 봄날 풍경이다. 물론 수줍은 진달래 꽃도 노오란 산수유꽃도 예쁘지만 새로 돋아난 버들잎도 무척이나 아름답다. 어쩌면 멋스러운 풍치는 아닐지라도 단아하고 평화롭다.

계룡산 골짜기에서 시작된 물은 실개천을 따라 신도안에 이르러 습지를 이룬 둔치에 수많은 버드나무가 서로 어깨동무하고 기대어 있다. 실바람이 불면 흔들리고 바람이 그치면 깊은 시름에 잠긴다. 눈길 한 번에 발걸음이 멎고, 멈춘 가슴은 머무르고 싶은 욕망으로 두근거린다. 그래서일까, 계룡시 봄의 대명사는 버드나무다.

버드나무류의 우리말 이름은 버들(버드나무)을 기본으로 붙여진 이름들이 많다. 갯버들, 늪버들, 누운산버들, 호랑이버들 등등 수없이 많다. 한자명은 유(柳)와 양(楊)으로 구분된다. 柳는 가지가 부드럽고 잎몸이 가늘면서 길다. 楊은 가지가 단단하면서 잎몸이 둥글고 넓다. 말하자면 나뭇가지가 위로 뻗은 버드나무는 양이요, 나뭇가지가 아래로 늘어진 버드나무는 유이다. 이곳에는 유보다 양이 훨씬 많다.

갯버들과 왕버들이 주류를 이루고 있기는 하지만 간간히 능수버들과 수양버들이 살랑살랑 제멋을 뽐내고 있다. 능수버들과 수양버들은 둘 다 가지를 아래로 향한 버드나무를 가리키는 것이다.

능수버들은 원산지가 한국으로 잎 뒷면이 녹색이고 씨방과 포의 끝에 털이 있는 반면, 수양버들은 중국이 원산지로 잎 뒷면은 진한 흰빛이고 씨방에 털이 없는 것이 특징이다. 충청도의 토속민요에 "~능수야 버들은 흥/ 제멋에 겨워서 / 휘 늘어졌구나. 흥흥 ~"의 노랫말에 나오는 버들이다. 이렇게 양유로 일컫는 버드나무의 탄생은 성스럽다.

버들잎은 볼수록 깊은 감칠맛이 난다. 여름밤이면 억새풀이랑 함께 달빛에 춤을 춘다. 낮이면 길손에 성찰의 교훈을 주기도 한다. 신라 김유신 장군이 목이 말라 물 한 바가지를 급하게 청하자 처녀는 물에다 버들잎을 띄워주었다. 버들잎은 절제의 언어이기 때문이다. 그뿐만 아니다. 버드나무를 사랑의 증표로도 쓰였다. 옛 여인들은 먼 길을 떠나는 낭군에게 버들가지를 꺾어 주었는데 이는 떠나지 말고 머물기를 바란다는 의미가 담겨있기도 하다.

산이 높으면 골도 깊다. 계룡산 천황봉에서 시원이 된 물은 암용추, 숫용추를 휘돌아 상원에서 합류하여 버드나무 잎을 피워내건만 아직 찬 기운은 가시질 않는다. 하지만 시민의 온화한 인심과 아름다운 자태를 빼닮은 버들은 분명 계룡시에 봄의 전령사다.

갑천은 흐른다

오늘도 갑천변 붉은 우레탄을 밟는다. 여름날에 동행하던 그 많던 사람들은 어디 가고 물 빠진 갯벌처럼 썰렁하다. 겨울 날씨 때문인가 보다. 간간히 진눈깨비 바람 타고 갑천에 유희하고 이를 지켜보던 솜털 모자 쓴 억새도 와삭와삭 노래하며 덩달아 춤춘다. 그렇게 순해 보이던 갑천 물은 검고 사나워 보였다. 얼마 전까지 발 담그고 싶던 충동은 시리도록 차디찬 물줄기가 시선에 들어오는 순간 움찔했다. 물은 사시장철 흐르건만 물빛은 계절 따라 다르다. 아니 물은 그대로인데 보는 이의 마음의 변덕 때문은 아닐까?

어찌 됐든 갑천의 물속에는 물고기가 살고 모래톱에는 청둥오리가 터를 잡았다. 그리고 갈대숲에는 통통하게 살찐 참새 떼가 웅크리고 있다. 그 많던 잉어랑 피라미는 어디에 몸을 숨겼는지 보이질 않는다. 평생 눈을 뜨고 사는 물고기는 경계심이 많지만, 미끼의 유혹에는 약하다. 이 추위에도 강태공은 낚싯대를 드리운다.

물 위에서 먹이를 찾는 청둥오리 열댓 마리는 어찌나 평화롭고 정겨운지 눈을 뗄 수가 없다. 이들 무리가 공존하는 삶을 민주주의의 발전에 접목하고 싶다는 생각이 울컥 치민다. 허울의 탈을 쓴 정치의 짓거리에 넌덜이 난 때문일 것이다. 청둥오리는 먹이에 집착하지 않고 지나가는 사람도 보고 흐린 하늘도 본다. 여유롭고 배려하는 모습이 아름답다. 눈치 빠른 참새들은 군무를 이루며 모이를 찾아 이리저리 분주하다. 장승처럼 진득하게 머물기를 거부한다. 웬잔소리가 그리 많던지 소란스러울 정도다. 그런데도 잠잘 때는 입을 꾹 닫고 나뭇가지 하나면 족할 것이다.

한참 걷다 보니 숨이 차오른다. 아무도 거들떠 보지 않는 벤치에 앉아 숨을 고른다. 멀리 갑하산 능선에는 싸리 울타리처럼 길게 늘어선 나목이 진눈깨비와 맞서 있다. 가까이에 흐르는 갑천은 눈과 바람을 안는다. 그들과 하나가 되어 낮은 곳으로 흐르고 또 흘러간다. 자연은 인간의 욕망에 관심이 없다. 사람들이 원하든 원하지 않든 하늘의 뜻에 바람이 불고 눈이 내린다. 그러하니 자연에 순응하며 살라 한다.

땀이 마르니 한기를 느낀다. 물길 따라 상류 쪽으로 걷는 발걸음이 가볍다. 만년교 다리 위를 지나는 꼬리 문 차량 행렬이 바쁜 일상을 말해 준다. 천변길 플라타너스 가로수 너머로 지나는 자동차 소리에 잡초는 익숙해져 있다. 아직도 파릇한 핏기가 무명초의 질긴 생명력을 알려준다. 그뿐인가 나무꼭대기에 지은 까치집이 몹시 흔들린다. 비에 젖고 바람에 흔들려도 알을 낳고 새끼를 길러낸 곳이 아니던가. 이렇듯 초목이나 동물은 자연에 불평하지 않고 순응하며 살아간다.

붕어가 물과 싸우지 않듯이 새들은 하늘에 상처를 낼까 봐 발톱을 가슴에 묻고 난다. 인간들이 자신의 터전을 무분별하게 개발하고 환경오염을 시키는 행위에 반면교사가 되었으면 한다.

여전히 골바람은 성깔 있게 분다. 그럼에도 억새와 버드나무는 제 자리에서 바람을 타고 있다. 그 바닥에는 모든 생명에 젖줄, 갑천에 물이 쉼 없이 흐른다.

오늘도 마음을 내려놓고 우레탄을 걸으니 예전에 못 보았던 또 다른 세상을 보았다.

낙엽이 떨어져서

눈보라가 몹시 치던 날, 공직 인생 38년을 정리했다. 어쩌면 물리적으로 길고 긴 여정이었지만, 뒤돌아보면 나뭇가지에 바람이 지나가듯 그렇게 가버렸다.

그동안 은퇴라는 말은 숱하게 들었지만 남의 이야기로만 여겼기에 나 자신은 무엇 하나 제대로 준비한 것 없이 맞았다. 고작 막연하게 어떻게 되겠지 하는 마음뿐이었다. 막상 집구석에 며칠 있어 보니 실감이 났다. 그러나 얼마간은 지낼만했다. 친분 있는 분들과 등산도 다니고 여유 있는 대포도 한잔 나누는 재미도 쏠쏠했다. 공무원 연금관리공단에서 실시하는 효소 담그기, 수지침 등 평생교육도 받으며 그럭저럭 덧없이 1년을 보냈다.

하지만 어느 날 곰곰이 생각해 보니 단물만 빨아먹으며 앞으로 30여 년을 소일하는 것은 암울한 일이었다. 땀이 없는 보람은 기대할 수 없기 때문이었다. 내자와 며칠 동안 묘안을 찾아봤지만, 정답은 없었다. 내가 좋아하고 할 수 있는 일은 정말 찾을 수 없었다. 어쩔 수 없이 차선으로 고향을 선택했다. 초겨울이 문지방을 넘나들 쯤에 노모가 계시는 심심산골로 옷 보따리 들고 내려왔다. 명분이야 귀농해서 어머님 모시고 여생을 지내겠다고 말이다.

그날은 금방이라도 눈이 올 것 같이 찬바람이 몹시 불었다. 빨랫줄에 매달린 목장갑은 손 벌려 그네를 타고 집 뒤에 있는 죽은 대나무는 되살아난 듯 비명을 질렀다. 마른 낙엽은 떼를 지어 구르고 아직 가지에 몸부림치던 마로니에 잎사귀마저 하늘로 치솟다가 끝내 축축한 땅바닥에 구른다. 그렇게 천지를 흔들던 하늬바람은 새벽별을 보고 나서야 잦아들었다.

이튿날 아침, 하늘은 언제 그랬느냐는 듯 맑다기보다 차라리 겸손했다. 하지만 마당 어귀는 물론 언덕에 낙엽이 엉켜 쌓이고 구절초는 산발하여 정연한 모습은 애초에 없는 듯했다. 갈퀴로 긁고 싸리비로 쓸었다. 여기저기 모아진 낙엽 더미에서 하얀 연기가 모락모락 피기 시작했다. 연기를 밀어 올린 불꽃은 가끔씩 거친 숨소리를 질렀다. 하늘로 불꽃 따라 오르며 타던 낙엽은 재가 되어 사방에 떨어졌다. 낙엽을 태우니 그 세월은 형체를 분별할 수 없는 한줌의 재가 되었다.

지난해 동짓날에 틔운 잎눈은 하늬바람에 흔들리고 비에 젖으며 넓게 펼치던 잎사귀는 이젠, 무서리에 물기가 거치고 곱게 물들었다. 지난여름 땡볕 쬐던 날의 위풍당당하던 나뭇잎의 높은 품격은 어디서도 찾아볼 수 없었다. 오히려 바닥에 구르는 낙엽은 구차하고 측은한 쓰레기가 되어 화마로 보냈다.

이미 생물학적으로 생을 마친 낙엽이지만 불 속에서 마지막 떠나는 그의 정체성은 분명했다. 굴참나무 잎은 자신의 색깔을 간직한 채 불꽃에서 상수리 향을 내고 솔잎은 자신의 모양으로 솔향을 냈다. 구절초 향은 예쁜 꽃잎이 연산되어 함께 피었던 무명초의 자존심을 짓밟는 듯했다. 어찌나 향이 맑고 고운지 코끝이 아닌 가슴으로 파고들었다.

초목의 낙엽은 달빛만큼 저마다 다른 자태와 향을 차곡차곡 쌓아 변절 없이 간직하는가 보다. 이렇듯 겨우 사철을 살다가는 잎사귀도 자신의 향을 속절없이 뿜어 내는데 반세기 가까이 공직에 몸담고 살아온 나는 이담에 이승을 떠날 때 어떤 향을 풍기며 갈까? 만추의 국화 향이었으면 오죽 좋겠냐만 고개를 가로젓는 이라도 없었으면 한다. 어떤 면에서는 무색무취로 자취를 거두어도 좋을 것만 같다. 하지만 이제라도 나의 평생지기 공직자의 색깔과 모양, 그리고 정체성을 어떻게 간직하고 지키며 살아갈 것인가 새삼 옷깃을 여민다.

오늘도 낙엽을 태우며 또 하루를 살았다. 청산간 뒤뜰에서 아주 작고 보잘 것 없는 낙엽에서 나를 보면서 말이다. 내 모습을 비추는 것이 거울이라면 내 심장을 볼 수 있는 것은 낙엽이었다.

"그대, 겨울을 몰고 오는 바람이 불거든 이 반월당으로 오세요. 밤이면 청솔가지로 군불을 지펴 따뜻하게 데운 방에서 지나온 공직의 보람도 나누고 추억에 웃음소리도 듣고 치열하게 살아온 아귀다툼 소리도 나누어요. 낙엽 태우는 모닥불에서 절절했던 사랑에 보따리도 풀고 맑은 눈물도 묻어내 보세요. 때로는 한량한 허기도 느낄 겁니다."

가을의 뒤끝은 낙엽과 같이 말라 있기에 우리는 그곳에서 만나야 한다. 바로 평생 공들여 살아온 우리 자신 말이다. 하여, 향은 허공에 흩어지고 재는 흙으로 돌아가는 마지막을 보아야 한다. 은퇴 1

년 만에 귀농한 산간에서 비로소 낙엽이 보이고 심장이 뛰는 구절
초 향을 맡는 철학을 깨달았다. 이윽고 낙엽 태운 세월의 잿더미에
눈이 내린다.

해바라기의 편애

    우리 시골집 울타리 앞에는 해마다 늦여름이면 해바라기꽃이 핀다. 꽃말이 그렇듯이 해바라기는 고개를 숙인 채 누군가를 늘 처연하게 기다리는 모습이다. 잠시 동그랗게 원을 그리며 돌아난 듯이 노란 꽃잎이 피어 있을 때만이 환희의 순간이다.

    어느 날 해바라기 그늘진 툇마루에 덩그러니 앉아 풍경소리를 들으니 손 뻗으면 닿을만한 앞산 너머에 그리움이 몰려온다. 나는 미치도록 보고 싶어도 그들은 동시성이 없기에 무심할 것만 같다. 홀로 기다리는 외로운 내공을 쌓으라고 해바라기는 어깨를 토닥여 준다. 이 또한 아직도 내려놓지 못한 무엇을 움켜잡고 있다는 방증이다.

    그것이 욕망이든 사랑이든 다 내려놓고 비워야 한다는 걸 왜 모르겠는가. 하지만 말처럼 그리 쉬운 일만은 아닐뿐더러 비운다면 그 공간을 무엇으로 채운다는 것인지 아직도 아리송하다. 물론 나에게 걸맞은 덕목도 지혜도 모두 나잇값 하는 품격의 요소들이다.

    바람에 해바라기 고개가 위태롭게 흔들린다. 나를 이해한다는 과도한 몸짓이나 사랑의 표현은 아니겠지만, 적어도 지독하게 사랑하는 태양에 달려가고 싶은 몸부림인 것만은 분명하다. 우리는 한쪽 눈이 멀도록 다른 한쪽만 바라보는 사랑을 편애라 한다. 이주향 교수는 고흐의 해바라기 그림을 보고 "해바라기의 솔메이트는 태양이다"라고 하였다. 진정으로 사랑을 나누는 존재를 솔메이트 (Soulmate)라 한다.

해바라기는 꽃망울이 맺기 시작하면 오로지 태양만 바라본다. 하루 종일 동쪽에서 뜬 해를 따라 몸이 틀어지도록 바라보다 서산마루에 해가 지면 밤새 머리를 다시 돌려 새벽이 되면 다시 동쪽 하늘을 보며 해 뜨기를 기다린다. 그토록 애절한 사랑이 또 있을까 싶다. 그렇게 긴긴 여름날이 끝날 때쯤 훌쩍 커버린 줄기 끝에 둥글게 꽃이 핀다.

꽃의 약속은 영원한 종족의 번식이다. 희망과 기쁨, 그리고 환희의 흔적이다. 허나 모든 생명체가 그렇듯이 굴곡 없이 그저 환하고 매끈하게 피어나 화려한 삶을 살았다는 것은 거짓이다. 그렇게 비에 젖고 바람에 흔들리며 핀 해바라기꽃은 만개할 때까지만 해의 사랑을 받고 성장하였지만, 이후는 해를 바라보지 않는다. 이는 배신이나 버림받아서가 아니라 자신의 남은 생을 고독한 시간을 선택했기 때문이다. 반평생 비바람을 견디며 햇빛만을 간곡히 사랑했기에 기꺼이 해를 등지고 고독으로 열매를 영글게 하려는 것이다. 바람 냄새나는 해바라기의 고독이 응고된 까만 씨앗 꾸러미는 그래서 아름답다.

이런 절대적인 사랑을 아가페 사랑이라 한다. 아가페 사랑은 가치를 부여하는 사랑이다. 가치가 없어도 버리지 않고 가치를 부여하기에 보편적이고 희생적인 사랑이다. 존재 그 자체를 귀하게 여기기 때문에 조건 없는 사랑이다. 부모 자식처럼 해바라기와 해처럼 영원한 사랑이다.

이에 반해서 낮은 수준의 육체적인 사랑인 에로스 사랑이 있다. 에로스 사랑은 가치를 추구하는 사랑이다. 자기에게 유익한 가치를 추구하는 이기적인 사랑이다. 처음에는 열정적이지만 더 이상 욕망이 채워지지 않으면 돌아서는 사랑이다. 이 사랑은 눈물의 씨앗이 될 수도 있다.

또 다른 플라토닉 사랑은 정신적이고 지성적 사랑이다. 진리나 지식에 대한 사랑이다. 인간의 모든 욕구는 여기에 귀결되는 고귀한 사랑에 종결자다. 지금 당신의 사랑은 아가페 사랑인가요 아니면 에로스 사랑인가요. 한 번쯤 자문자답이 필요한 때이다. 내년에는 해바라기 군락을 조성하여 좀 더 진지하게 아가페 사랑을 배우고 싶다.

구모배를 동경한다

구모배는 파도리에 조롱배며 샘기미, 아치네 등과 더불어 작은 마을 이름이다. 생경한 동네 이름만으로는 대체 무엇을 의미하는지 촉이 무너진다. 보통은 시목하면 감나무가 대표를 이루는 동네라든지 내가 사는 은골은 원래 어은동으로 물고기가 산란하기 좋은 포구 형태를 띤 마을이다. 그런데 파도리의 몇 마을은 이름부터 의미가 숨겨진 수수께끼 같아 마을 이름이 재미있다.

행정 지명인 파도리는 이웃 마을 연들에서 바다 한가운데를 띠 형태로 서남쪽으로 2㎞ 정도 이어져 내려가다 구릉지로 이루어진 곳이다. 이를테면 목이 긴 호리병 같은 모양으로 섬이 아닌 섬 같은 존재였다. 그래서 4/5면이 바다로 둘러싸여 언제나 품 안은 파도 소리가 그윽하여 지명도 파도리라 부르게 되었다.

오로지 뱃길에 의존하여 밖에 세상과 왕래하던 고립무원의 지대에 사는 사람들의 행복지수는 높았을지라도 문명은 더뎠다. 언어도 제주도 방언만큼이나 사투리가 심했다. 지금도 동네 사람끼리 "이씨브넝거 보소", "왜 지랄 헌 더닝" 하면서 웃곤 한다. 원주민의 고유 언어는 단조롭고 말투는 경상도 사나이처럼 억양이 강하고 투박하나 마음은 인정 있고 따뜻하다.

바다가 고향인 사람들. 그들의 대부분은 어업에 생계를 의존하였다. 때로는 목숨을 건 폭풍우와 맞서야 했고, 생선을 팔기 위해 마을을 나서는 아낙네의 발걸음이 무거웠다. 그랬던 옛날 파도리의 모습은 지금은 앨범 속의 빛바랜 사진과 전설 같은 추억이 전부다.

이제는 어느 집에나 안마당까지 차가 드나들고 기르는 어업기술의 발달은 황금 알을 낳는 거위가 되어 모두 부자가 되었다. 정겹던 사투리도 사라지고 서울 표준어가 자리를 잡았다. 더 이상 문명의 그늘이 있거나 삶에 불편함은 없다. 오히려 도시인들이 살고 싶은 선망의 대상이고 누구나 다시 찾고 싶은 아름다운 파도리다.

나는 그곳이 남다르게 푸근한 애정을 느낀다. 선친의 탯줄을 구모배에 묻었기 때문이다. 구모배에서 증조부를 모시고 사시던 조부께서 선친 나이 세 살 때 은골로 분가하면서 그곳을 떠나 왔지만 마음 한구석에는 옛집이 있다. 뿐만 아니라 아직 증조부님을 비롯한 선대의 혼령은 그곳에 산다.

종부였던 할머님은 샘기미 전주 이씨 집안에서 시집오셨다. 할머님 말씀에 의하면 당시 인자하신 증조부께서 통정대부에 추증되었을 정도였으니 그런대로 살만했다. 그러다 보니 많은 날에 놉을 얻어 일을 하였고 늘 사람들로 북적였다. 물론 농기구가 열악하여 그러했겠지만, 노적을 쌓아놓고 봄까지 벼를 탈곡하였다.

벼를 갈무리하는 봄이면 춘궁기였다. 이때 마을 사람들을 위한 잔치를 베풀어 주었다. 떡과 술, 그리고 밥을 실컷 먹도록 차리고 집에 돌아갈 때는 벼 한 자루씩 나누어 주는 인정을 베풀었다. 미약하지만 민간 구휼사업을 한 셈이다. 남은 볏섬은 중선배를 이용하여 인천에 내다 팔고 돈(엽전)을 싣고 돌아왔다.

증조부께서는 종부를 신뢰하고 아낀 나머지 엽전 관리를 시켰다. 엽전을 보관하는 골방에 할머니 혼자서 쌓아 놓은 엽전을 청올치로 꾸러미를 만드는 작업을 하였다. 몇 날씩을 엽전 위에 앉아 엽전 정리하는 일이 얼마나 힘들었던지 가끔 허리도 아프고 응치가 시리다고 했다. 그 집터는 기가 세어 도깨비가 살고 가끔 나타났다고 했으나 설화가 아니었나 싶다.

하지만 엄청나게 크고 귀까지 달린 구렁이를 직접 본 것은 사실이었다. 곡간의 바닥에 깔은 나무판자를 교체하려고 뜯었는데 그곳에 구렁이가 살고 있었다. 평생 처음 본 구렁이는 집과 뒤주를 지키는 가택신이라 믿고 있었다. 20대 중반의 새색시이었던 할머니는 보통 사람이 평생 동안 보고 들을 수 없는 큰 경험을 했다. 뿐만 아니라 남편도 잃을 뻔한 순간도 있었다.

조부께서 출타를 위해 나룻배를 타고 가다가 배가 전복되어 많은 사람들과 함께 바다에 빠졌다. 바지저고리에 두루마기까지 입고도 구사일생으로 헤엄쳐 나왔으나 대부분의 사람은 나오지 못했다. 열악한 교통이 귀중한 생명을 앗아간 것이다.

그때만 해도 파도리에서 내륙으로 나오는 방법은 세 가지가 있었다. 하나는 10여 리 길을 걸어서 모항 방면으로 나갈 수 있고, 또 하나는 구모배에서 중간지점인 화섬까지 나룻배를 타고 가서 신덕으로 걸어 나가는 방법이었다. 마지막 하나는 썰물 때 화섬 앞바다 골에 돌을 놓아 만든 유두(징검다리)를 이용하여 감을 건넜다. 말이 좋아 유두지 골이 깊은 중간쯤에는 무릎까지 바닷물에 빠지고 물살이 어찌나 급한지 위험하기 짝이 없었다. 나도 어렸을 적에 구모배에 갈 때면 늘 나룻배를 타거나 감을 건너다녔다. 그것이 당연한 것이어서 자연스럽고 재미있게 생각했다.

파도리는 나의 뿌리여서 언제나 자랑스럽고 애향심이 남다르다. 부정의 감정이 아니라 향수 같은 응어리가 있었기에 카타르시스(catharsis)를 느끼게 한다. 아마도 지혜롭던 할머니께서 들려주셨던 선대의 행적은 나에게 긍지와 자부심을 갖게 된 동기였다. 여기에 더하여 어려서 방학 때나 명절에 파도리에 갔던 그 길이 지금은 많이 변했어도 여전히 나의 마음을 자석처럼 반갑게 이끈다. 그래서 나는 오늘도 구모배를 동경하는 마음에 이 글을 쓴다.

갯벌의 추억

추석을 얼마 앞두고 밭고개 어항으로 생선을 사러 갔다. 즐비하게 늘어선 수산물 가게의 수족관에는 다양한 어종이 꼬리를 흔들며 마지막 사랑의 주인을 유혹하고 있었다. 잘생긴 우럭 두 마리와 잡어 1kg을 샀다. 흥정을 끝내고 건너편 어항 준설현장을 가보니 엄청나게 큰 기중기 작동에 굉음과 함께 지축이 울렸다. 준설한 돌은 동산을 이루는 대형 공사였다.

공사장 옆에 길게 뻗은 방파제에 올라서니 상쾌한 바닷바람이 거침없이 불어왔다. 방파제 외항 벽에는 불가사리 모양의 TTP(테트라포드)가 서로 엉켜 큰 파도를 잠재우는 파수꾼 역할을 하고 있었다. 그 아래 물가를 따라 갯바위에 올라선 루어 낚시 스포츠광들이 마치 방죽렴 같이 장관을 이루었다. 그 낚시꾼들은 손맛을 즐기지만, 그들을 바라보는 나는 사색의 로댕이 되어 추억을 되새김질하는 시간과 공간이었다. 그곳에 한동안 머물면서 일생을 통하여 바닷가에 남긴 발자국을 더듬어 보았다.

원래 바다는 우리 집 가까이에 있었지만 내가 어릴 때 하구에 방조제 공사로 물길이 막혔다. 둑 안품으로는 자연스레 민물과 바닷물의 완충지대인 해자가 조성되었고 그곳에는 장어의 최적화된 산란장이었고 망둥이의 보고였다. 그 웅덩이에 이웃 형들과 함께 나보다 몇 배나 긴 대나무 낚싯대를 어깨에 메고 미끼로 쓸 지렁이를 잡아 낚시질을 다녔다. 가끔 미끼가 떨어지면 잡은 망둥이를 잘라 미끼로 사용한다. 이는 동종을 포식하는 습성을 이용한 것이다.

초등학교 4학년 여름방학 때는 매일 망둥이 낚시질을 다녔다. 때로는 큼직한 장어도 잡았고 눈먼 물게도 건져 올렸다. 제법 물고기를 유혹하는 기술도 늘었고 짜릿한 손맛도 느낄 정도의 수준에 올라 재미있는 날을 보냈다. 하루는 둑방길을 지나가던 스님이 발걸음을 멈추고 낚시질하는 내 모습을 물끄러미 쳐다보고 있어 불안했다. 한참을 지켜보다 내 곁으로 와서 "왜 낚시질을 하느냐"고 물었다. 망설일 틈도 없이 귀찮다는 듯이 "먹을라구요" 하고 퉁명스럽게 대꾸를 했다. 스님은 쯧쯧쯧 혀를 차면서 "망둥이 생명도 소중하니라"라는 말을 던지고 떠났다. 그 순간 기분도 나쁘고 은근히 화도 나서 집으로 왔다.

스님의 말씀이 머리에서 떠나질 않아 곰곰이 생각해 보니 지당하신 말씀이었다. 망둥이를 먹는 즐거움도 있지만, 손맛의 재미로 미물을 유혹하여 생명을 빼앗는 것은 옳은 일이 아니다 싶어 그날로 낚싯대를 없애고 금기시해 왔다. 같은 이치로 분재도 내 사전에는 없다. 그 뒤로 50여 년간 낚싯대에 눈을 돌리지 않았다.

예순 살이 너머 은퇴한 백수의 무료한 시간을 감지한 내종 영수 아우가 나에게 낚시를 던졌다. 저녁 먹고 파도리 앞바다로 붕장어 낚시를 가자고 꼬드기는 바람에 덜컥 50년 금기의 순결을 잃고 말았다. 그 해 딱 세 번에 걸쳐 빨간 오징어 미끼로 붕장어의 손맛을 느꼈으나 마음이 여전히 허락하지 않아 접었다.

이젠 낚시 방법도 진화하여 강태공이 사용하던 대나무 낚싯대에서 릴낚시로 대중화되더니 최근에는 루어낚시가 대세다. 루어낚시는 생미끼가 아닌 인조 미끼를 사용하는 낚시를 말한다. 루어를 멀리 던진 후 릴을 감으면 루어가 헤엄치듯 도망가는 모습에 공격성이 강한 물고기는 루어를 덥석 물고 이때 낚아채는 방법이다. 낚싯줄을 던지고 감는 일을 반복하며 대상어를 유인해야 하기 때문에 손과 발은 쉴 틈 없이 움직여야 한다. 보통 낚시는 지루하다고 생각하는 고정관념을 탈피한 활력있는 방법이다.

한참 재미에 빠져있던 낚시를 스님의 한 말씀에 낚싯대를 꺾고 나서 우울할 때마다 바구니를 들고 뒤 갯벌로 갔다. 둑방 너머 물이 빠진 갯벌에는 바늘 찌를 틈도 없이 온통 능쟁이며 농게로 뒤덮혔다. 장난기가 발동하여 돌을 던지거나 소리치면 찰나에 게 구멍으로 몸을 숨겼다가 금방 갯벌을 덮는다. 그 가장자리에는 염생 식물인 나문재며 통통 마디의 별칭으로 불린다는 함초, 그리고 갯줄 등이 지천이었다. 나문재를 뜯어 가면 어머니는 반찬으로 만들 요량으로 좋아하셨다. 권지예의 단편소설 〈꽃게무덤〉에도 등장하는 함초며 나문재는 가을이 되면 짙은 자줏빛으로 물들어 만산홍엽보다 더욱 아름답다. 그렇게 어려서부터 바다에 반하고 갯벌에 살대고 살았다. 그래서 바다는 그리움의 품이었고 따뜻했기에 손을 담그고 발을 적셔도 늘 채워지지 않는 아쉬움이 남는다.

이듬해 5학년 여름방학에는 우리 집 일하는 아저씨와 법산 앞바다로 부개를 지고 사두질을 갔다. 긴 장대에 삼각형으로 그물을 달아 물속 깊은 곳에서 밀고 다니면 꽃게를 비롯하여 갈치, 복어 등 많은 어종의 수산물을 건져 올렸다. 부개에 가득 잡은 바다 고기는 회와 매운탕 요리로 아침 밥상에 올라왔다. 여기에 더하여 겨울에 김 살 매는 집에서 얻어온 물김으로 물회와 김국을 끓이면 둘이 먹다 하나 죽어도 모른다. 그런 추억이 있은 후로는 학교에 다니고 직장 생활을 하느라 바다에는 못 갔다.

아마 성인이 되어 처음으로 바다를 간 것은 30대 중반으로 기억한다. 숙부께서 연락이 왔다. 오는 토요일이 백중사리라 물이 가장 많이 빠지니 밤에 낙지 잡으러 해루질을 하러 가잔다. 평소 가고 싶었던 마음까지 다래끼에 담고 여기에 막소주 25도짜리 두 병, 마늘, 고추장 그리고 솜방망이며 기름통까지 챙겨 완전무장하고 썰물이 시작될 때쯤 전선으로 향했다.

이미 갯벌에는 3.1운동 이후 가장 많은 횟불이 불을 밝히며 낙지 잡이가 시작되었다. 벌써 여기저기서 개시했다며 낙지를 들어 올렸다. 나도 빨리 잡고 싶어 마음은 급하지만 우선 낙지 미끼로 쓸 구멍에 숨은 망둥이를 잡아야 했다. 굴 돌 밑을 더듬어 몇 마리 잡아가지고 낙지 부룻(구멍) 앞에 놓고 냄새로 유인한다. 드디어 낙지 발이 산발한 귀신 머리처럼 팔뚝을 감고 스멀스멀 올라온다. 긴장의 순간이었다. 옆에 있던 숙부가 재빠르게 낚아채라는 신호를 보낸다. 이때다 싶어 오른손으로 낙지 구멍에서 나오지 않은 머리를 잡아채려는 액션을 취하는 순간 벌써 구멍 속으로 사라지고 말았다. 어찌나 빨리 도망치는지 어이없고 당황스러워 헛웃음이 나왔다. 그 사이에 숙부는 이미 세 마리를 철사에 꿰어 다래끼에 넣었다. 한참 동안 갯뻘을 헤매며 겨우 두 마리를 잡았을 때 숙부는 다섯 마리를 잡았으니 이제 소주 한잔하자며 석화가 붙어있는 돌에 걸터앉았다. 소주 한 병씩 들어 마시고 안주는 방금 잡은 낙지 발을 떼어 갯물에 씻어 고추장을 찍은 마늘과 함께 먹었다.

별빛 쏟아지는 캄캄한 이경에 갯바닥에서 꿈틀거리는 낙지발과 마시는 소주 한잔은 지상 최고의 맛이요, 여기에 시 한 수 곁들이면 최상의 풍류였다. 빈 술병과 다리가 다 잘리고 머리만 남은 일곱 마리 낙지가 다래끼에 들어갈 때 하나 둘 횟불은 꺼지고 사람들은 밀물에 밀려 바다 밖으로 나가기 시작하였다. 이 여름밤에 비록 짧은 갯벌 사냥의 시간이었지만 그 행복감은 지금도 꾸물꾸물 살아있다.

한 번은 처가에 행사가 있어 갔을 때의 일이다. 밤새 태풍급 바람이 창문을 흔들어 잠을 설치다가 새벽에 겨우 잠들려는데 문밖에서 장인이 부르셨다. 두 눈을 비비며 나가 보니 두툼한 옷에 방한모자까지 쓰고 바다에 같이 가자며 플래시를 들고 앞장섰다. 아직은 어둡고 낯선 길을 양동이 하나 들고 졸졸 따라갔다.

달산포 앞바다에 도착했을 때 여명 너머로 거친 바람 소리와 함께 부서지는 파도의 하얀 포말은 공포였다. 밀물의 끝자락에 이르니 파도는 모래톱에 곤두박질하면서 튀어 올라 짭짤한 물방울에 금세 옷이 젖었다. 장인은 아랑곳하지 않고 모래 섞인 갯벌에 사는 대맛을 해일성 파도가 뽑아내는 대로 이리저리 뛰어다니며 주웠다. 나도 뒤질세라 파도에 맞서 눈을 부릅뜨고 돌아다니며 줍다보니 양동이에 금방 가득 채웠다.

날이 밝자 대맛이 갯벌에 지천으로 밀려 있는 것이 보였다. 하는 수 없이 장인은 웃옷을 벗어 대맛을 담아 보따리처럼 묶어 메고 양동이를 치켜들고 만선의 기쁨으로 귀가했다. 새벽 갯물에 옷이 흠뻑 젖어 추위에 덜덜 떨면서도 새파란 입술에서 만족스런 웃음이 터져 나왔다. 그 험한 갯벌에서 대맛이 밀려온다는 정보를 독점하여 우리 혼자만 큰 횡재 한 성취감은 이루 말할 수 없었다. 시장했던 아침상에 달달한 대맛 김치국과 석쇠에 구운 대맛은 식감까지 일품이었다. 다시 올 수 없는 그 날이 그립다.

최근에 정든 직장에서 은퇴를 하고 중국의 시인 도연명이 쓴 도화원기(桃花源記) 같은 고향 집으로 낙향했다. 하지만 아직 익숙하지 않은 애송이 농부의 하루는 지루했다. 그래서 삼면이 바다인 태안의 지리적인 여건을 십분 활용하여 무료한 시간을 바다에서 재미있게 보내려 맨손 어업허가를 냈다. 태안 관내 공유수면에서 금지한 맨손으로 잡는 어류며 해조류의 채취를 배타적으로 해제시켜준 것이다.

가장 먼저 간 곳은 먼동 김경옥 대표의 집 앞 바다였다. 김 대표와 함께 그의 양식장 부근에서 윤정상 친구와 전복과 해삼을 잡았다. 철제 지렛대를 이용하여 바위만한 돌을 뒤집고 물속을 더듬어 전복과 해삼을 따는 기분은 산삼 캘 때의 짜릿한 맛에 견줄만했다. 평생 처음으로 참고둥과 고급 어종인 해삼, 전복을 두 양동이나 잡아 옮기는 발걸음이 가벼웠다. 요즈음엔 일 년에 두서너 번 바위에 붙어있는 가시리에게 통 사정하여 몇 끼니 먹을 만큼 뜯고 썰물 때는 바닷물에 잠긴 말이며 미역을 한 주먹꺼리만 채취하여 별미로 상에 올리곤 한다.

바다는 생명에 공간이며 동적인 특성이 있다. 그곳에 내 생을 의존한 바다 사나이는 아닐지라도 어려서부터 친근해진 바다며 갯벌은 때로는 마음을 녹여주는 이부자리 같다. 평생 동안 바다가 나에게 깨우침을 주고 아낌없이 내어준 모든 것이 탯줄만큼이나 소중하다.

고향에서 멀리 떠나 있어도 여전히 꿈속에서는 갈매기 소리 들리고 썰물에 드러난 갯벌에 그이(게의 방언) 일광욕하는 자태며 골망뎅이(짱뚱어의 사투리) 뛰노는 모습이 아른거린다. 일생을 두고 차곡차곡 쌓아 올린 갯벌의 추억을 되씹으면 씹을수록 깊은 단맛이 나서 참 좋다.

가을을 타는 사내

벌써 절기는 입동이지만 아직은 따스한 햇살에 까칠한 바람이 숨죽은 만추(晚秋)다. 갑천에 도도히 흐르는 물길 따라 걷다 보니 미국 플로리다 반도 모양의 유림공원에 당도했다. 그곳의 마이애미에는 심지 곧은 안면송이 군락을 이루었고, 가장자리에는 호화 별장 대신 수십 그루의 모감주나무가 일찌감치 옷을 벗었다. 그야말로 새도 떠난 나뭇가지에는 마지막 잎새만이 힘겹게 부여잡고 있다. 그래도 삐쩍 마른 채 매달린 잎새는 동정의 시선이라도 받지만 떨어져 지천인 낙엽은 치워야 하는 쓰레기 취급을 받는다. 쓸려가는 낙엽을 보니 어쩐지 호젓하다는 공원의 선입견보다는 쓸쓸하다는 생각이 짙었다.

공원의 메인으로 가는 반달 모양의 테크 다리를 지나 아담한 정자가 세워진 연못가에 이르니 자작나무 잎이 쌓인 벤치에 모자를 눌러 쓴 한 사내가 무겁게 앉아 있었다. 분명 생각하는 묵은 로댕이었다. 내가 걷기 운동하는 발길을 벗어난 대뇌 운동 피질은 온통 그에게로 꽂혔다. 신원은 마스크와 깃을 세운 패딩 점퍼로 베일에 싸였으나 촉은 50대 후반 정도로 예단했다. 저 나이에 무슨 사연이 있어 저토록 눌러앉아 있을까. 아니, 실직을 했나? 그도 아니면 가정불화로 고민이 있나. 혼자 한숨을 쉬면서 걱정 만났다. 공연히 남의 깊은 사색에 쓸데없이 끼어들어 가당치 않은 생각을 한다며 스스로 머리를 흔들어 지우고 또 실마리를 찾아 상상하고 그 자체를 자책하며 또 버리기를 반복했다.

그 무한의 파장은 돌고 돌다가 가을을 타는 무이 친구에게서 단서를 찾았다. 봄은 여자가 타고, 가을은 남자가 탄다는 속설로 군더더기 없이 '가을은 남자의 계절'이라는 자가당착적인 가설을 역설했기 때문이었다. 그래, 그는 늦가을 타는 사내임이 분명했다. 아마도 첫눈이 내릴 때까지는 가슴앓이 시늉이라도 낼 것만 같았다. 사실 여부를 떠나 자문자답으로 결론에 다다르자 개운한 마음보다 앞선 것은 '가을을 탄다'는 화두의 꼬리였다.

수년 전부터 가을을 탄다며 사색에 찬 무이 친구에게 들었던 말이다. 그땐 정작 그 말의 정의나 느낌, 그리고 현상이 어떤가를 물어보지 못했다. 그저 고개만 끄덕이며 이해하고 알고 있다는 긍정의 표정만 지었다. 되묻는 말에 가시가 달려 상처가 될까 싶어 용기는 침과 함께 삼켜졌다. 그때 이후로 한동안 서늘한 바람이 불면 친구가 타는 가을을 유추하여 그 경지에 들어가 보려고 했다. 그것이 어떤 모양이고 얼마큼 힘든 것인지 알고 싶었다. 함께 비를 맞고 같이 느끼는 동감이 진정한 역지사지일 것만 같아서였다.

그래서일까. 나도 은퇴하고 얼마간 백수로 빈둥거릴 때쯤 여름 감기마냥 '가면 우울증'이 살짝 맛보기로 지나갔다. 밖으로는 아무렇지 않은 듯 표정 관리를 하면서 내면의 아픔은 괴로웠다. 겉은 두꺼워 씹는 맛이 별미지만 속은 상해 독이 차 있다는 육포의 한 형태인

석독(腊毒)이었다. 그때 느꼈던 '가을을 타는' 사내의 감정은 한 마디로 함축할 수 없는 우울한 기분, 그것이었다.

갈바람이 불면 무서리에 호박잎 오그라지듯 사나이의 무너진 가슴은 공기 잃은 풍선이 된다. 그나마 작은 가슴 일일 망정 미래와 희망이 담겨있으면 설렘이라도 있으련만 그곳에는 외롭고 쓸쓸한 슬픈 감정과 어디론가 떠나고 싶은 정서가 심하게 요동친다. 괜히 눈물이 나고 손에 일이 잡히질 않는다. 그것을 우리는 '가을 우울증'이라 쓰고 '가을을 탄다'라고 표현한다.

이 심란한 가슴의 회한은 살가웠던 인연과 애정의 땅에 맞닿아 있다. 지난날 추억할 시간에는 함께 웃고 울었던 사람이 선명하게 지나가고 사랑이 한 일들이 솟아나지만 헤어진 그들은 보이질 않는다. 보고 싶어도 그리워도 돌아갈 수도 다시 그 시절이 올 수도 없는 그 무대에 함께 있던 사람들은 이미 삼도천을 건넜다.

지금은 어디에나 추억은 역사가 되고 전설이 되었다. 마음 한구석에 남아 있는 빛바랜 사진첩에서 뜯어내어 낙엽처럼 바람에 날려야 한다. 그와 함께 자신이 붙들고 있는 옛정이 서려 있는 욕망의 땅도 미련이 남은 우물가 앵두나무도 가슴에서 내려놓아야 한다. 그것이 이 증상의 치료 방법이다. 바램과 욕망이 떠난 빈자리에 뛰노는 영혼은 자유롭고 즐겁다.

가을을 탄다는 것은 결국 가을이 왔다는 외침이기도 하다. 적어도 의학적으로는 긴 햇살을 받던 여름에서 일조량이 짧은 가을로 넘어오면서 기온의 하강에 뇌에서 분비되는 호르몬의 변화가 일으킨 일종에 계절적인 우울증이다. 하지만 반드시 그렇지만 않을 것 같아 여기에 곁들이고 싶은 말이 있다. 경우의 수는 다르지만 일의 열정이 남아있어도 일의 단절로 자신의 사회적 고립감에 분노할 때도 한몫한다. 손에서 일이 떠나면 존재감이 떨어져 어딜 가나 입장이 녹록지 않기 때문이다. 또한 사랑의 결핍이다. 평생 스쳐 지나간 인연에서부터 손을 잡고 목젖을 보이며 웃던 이들, 가슴을 열어 함께 울어준 연분도 때가 되면 멀어지고 떠난다는 평범한 이치는 불가항력적이다. 이를 몰라서가 아니라 만남의 시간은 길지만, 이별은 짧기에 부적응에서 오는 진통이다.

헤어지며 남은 미련도 억지로 잡지 말고 낙엽이 지듯 무위자연에 맡겨야 한다. 그렇게 찾은 평정심은 홀가분한 기분으로 타는 가을에서 have a dream을 노래하는 가을이 될 것이다.

한동안 그곳에 머물다가 집으로 돌아오는 좁다란 뚝방길에 '낙엽카펫'(defoliation carpet)이 깔린 벚나무 가로수 길은 슬픔의 반전이었다. 일찍 낙엽이 지는 벚나무의 속성 때문에 나목이 외로워 보였다. 하지만 가까이 다가가 보니 외롭지도 않고 부끄럽지도 않고 당당히 검게 그을린 듯한 표피에 울퉁불퉁한 근육질은 야성미 넘치는 사나이의 허벅지였다. 게다가 발걸음을 뗄 때마다 부서지는 작은 음률이며 마른 나뭇잎의 허브 향은 만추에 뜻밖의 귀한 선물이었다. 신이 빚은 화폭에 선율이 흐르는 이 예술품 위로 조금 전 공원의 벤치에 앉아 가을바람에 속앓이 하던 그 사내를 거닐게 하고 싶었다. 이 아름답고 행복한 길을 걸으니 호강에 겨워 서릿바람에도 더 머물고 싶어진다. 바로 가을을 타던 무이 친구에게 전화를 걸어 무섭다는 코로나19와 함께 이 가을을 잘 넘기도록 말해줘야겠다.

눈사람은 추억이다

　간밤에 눈사람 '엘사'가 테러를 당하여 생을 마감했다는 안타까운 뉴스다. 대전의 한 카페 앞에 영화 겨울왕국의 주인공인 엘사 모습으로 만든 아름다운 눈사람은 짧은 시간이지만 코로나로 지친 많은 사람들의 사랑을 받고 기쁨과 감동을 주었다. 하지만 야심한 밤에 누군가 저항할 수 없는 하얀 눈사람을 처참하게 부수었다. 어떤 이유인지는 모르지만 눈사람 인증에 소소한 행복을 느끼는 사람들에게 공분을 살 일이다. 귀여운 눈사람을 발로 차고 뭉갠 사람은 가슴이 시원할까?

　아린 마음은 조심스럽게 오래 묵은 눈사람을 추억한다. 산골에서 겨울에 눈이 내리며 으레 찬 맛을 만끽하는 산토끼 몰이와 눈싸움 그리고 마당가에 눈사람을 만드는 일이었다. 눈싸움은 동네 또래들과 편을 갈라 서로에게 눈뭉치를 던져 공격하는 놀이다. 냉기 가득한 검정고무신에 장갑도 없이 맨손으로 눈을 뭉쳐서 상대의 얼굴과 몸을 공격하여 무릎을 꿇게 하는 싸움놀이다. 하지만 순수한 우정을 쌓는 놀이일 뿐 나쁜 감정은 없다. 손발은 물론 얼굴까지 빨갛게 얼고 홑바지는 눈에 젖어 덜덜 떨지라도 그 순간만은 승패를 떠나 깔깔거리며 즐겁고 유쾌했다. 지금도 소환된 눈싸움은 냉골처럼 차가운 분위기의 연상보다는 따뜻하고 달달한 마음이 가득한 아련함이 앞선다.

　그때가 좋았던 것은 또 있다. 눈사람을 만드는 일이다. 여럿이 눈 뭉치를 굴려서 사람 형태를 꾸미는 설치미술 놀이다. 대개는 가족끼리 마당가나 언덕에서 눈을 굴려 얼굴과 몸통을 만들어 2단으로 쌓고 얼굴에는 숯덩이로 눈, 코, 입을 만들고 솔가지로 눈썹을 붙이면 집이나 마을을 지키는 수호신이 된다. 여기에 모자나 목도리를 이용하여 데코레이션을 하면 멋쟁이 뚱뚱보가 된다. 서양에서는 눈을 3단으로 쌓아 키가 큰 눈사람을 만들어 돌멩이로 눈과 단추를 달고 당근으로 코를 만들어 그들 모습을 형상화한다. 우리와는 조금 다르게 그들의 신체 특성을 살려 표현한다. 아무튼 함박눈이 내리는 날이면 우리 형제는 뜰 안에 크고 작은 눈사람을 만들어 누가 더 잘생기고 예쁜가 내기도하였다. 그리고 모두는 무엇인가 해냈다는 성취감과 보람에 비명을 지르며 때론 박수를 치며 노래도 불렀다. 노래는 생일 축하 노래처럼 언제나 '꼬마 눈사람'이었다.

　"한 겨울에 밀짚모자/ 꼬마 눈사람/ 눈썹이 우습구나/ 코도 삐뚤고/ 거울을 보여줄까/ 꼬마 눈사람."

　요즈음에는 눈사람을 만드는 오리 집게를 사기 위해 가게 앞에 줄을 서기도 하고 눈사람도 진화하여 컬러 눈사람도 태어나고 펭수 눈사람도 등장하여 눈사람 메이커 시대다. 손이 시리지 않게 하트 모양의 눈뭉치와 메이컵 된 눈(eye)을 거실에 모여 앉아 제품화된 눈사람에게 붙이기만 하면 된다. 하지만 손을 호호 불며 눈을 굴리고 소품을 준비하고 정교한 눈(eye)을 음각 처리하여 하나에 예술품으로 만들어 내는 기쁨에는 미치지 못하리라. 하지만 어렵사리 어미를 닮게 만든 눈사람은 돌부처 마냥 오래오래 그 땅에서 떠나지 않기를 바라지만 보통 하루가 지나면 누군가 해코지하여 몰골이 처참해지거나 잘 보존한다 해도 날씨가 풀리면 녹아내려 결국 물이 되어 흐른다. 어차피 눈사람도 사람인지라 인생의 유한함을 일깨워주는 듯하다. 시아(sia)의 노래 'snow man'의 내용도 눈사람의 허무함과 덧없음을 디테일하게 표현하고 있다. 그럼에도 가끔은 폭력성을 주체하지 못해 자기 안에 쌓여있는 스트레스나 분노를 반항할 수 없는 초단의 유형물에게 짓궂은 행패를 하는 것은 죄악이다.

세상에는 온갖 것이 존재한다. 사람을 비롯한 자연계의 생명체로부터 광물질에 이르기까지 수많은 종이 존재하지만 어떻게 존재가 시작됐는지는 주장이 다르다. 기독교는 신이 세상을 창조하였다고 주장하지만 계몽주의자들은 합리적인 과학과 이성을 통해 존재의 신비를 설명한다. 여기에 독일의 철학자 하이데커는 그런 말을 부정한다. 자신은 굴러다니는 돌멩이처럼 '그냥' 있다고 한다. 태어나고 싶어서 태어난 것이 아니라는 이야기다. 그냥 세상 속에 던져져 있는 그대로 존재하는 것일 뿐이라고 주장한다.

눈사람 역시 사람이 빚었던 신이 만들었던 생명체는 아니지만 세상에 그렇게 이름이 붙어 던져진 존재다. 다만, 눈사람은 스스로 사치 할 줄도 모르고 고통도 느낄 수 없는 수동의 존재이기에 한없이 겸허할 뿐이다. 속살까지 하얀 순백의 혼은 불교의 가르침인 무상(

無常)하고 무아(無我)하다. 그런 눈사람을 만든 사람은 자신의 영혼을 불어넣고 정성을 다해 이룬 예술적 작품임에는 틀림없다. 노래를 부르거나 춤을 추는 것도 그리고 그림이나 조형물을 만드는 것도 욕구의 표현이다. 그 가치는 존중되고 보호되기에 눈사람 역시 그 범주에 있어야 마땅하다.

원시시대에도 나무나 바위는 숭배의 대상이었지만 눈사람은 빠른 시간에 녹기 때문에 종교의 영원불멸의 상징에 부적합하여 대상에 오르지는 않았다. 그러나 사우디아라비아에서는 눈사람이 우상숭배인지 논쟁이 뜨겁다. 밥 엑스타인(bob eckstein)의 '눈사람의 역사'에서조차 언제 어디에서 최초로 만들어 졌는지는 불확실하다. 다만 중세시대 유럽의 길거리에 있었다는 주변부의 묘사만 있을 뿐이다. 다른 한편에서의 주장은 러시아 병사들이 눈 올 때 초병으로 작전지역에 눈사람을 세워 적을 기만하였거나 사람 형태인 눈사람을 표적으로 삼아 사격 연습을 하였다는 가설이 있을 뿐이다.

어찌 되었거나 동심의 눈사람은 차갑고 보드라운 눈을 소재로 단단하게 만들어졌지만 귀엽고 따뜻한 정감이 있는 신기루 같은 존재다. 그럼에도 '엘사'를 부수어 버린 사람은 아마도 눈사람보다는 새 생명을 사랑하는 자연인지도 모른다. 곧 봄이 올 텐데 엘사의 발밑에서 세상 밖으로 올라 오기 위해 씨앗은 뿌리를 내리고 새싹은 고개를 쳐들어야 할 텐데 찬 눈의 무게에 짓눌려 몸부림치며 힘들까봐 염려되고 걱정스런 마음에서 저지른 행동이 아니었을까. 하지만 추억에 남아있는 눈사람이 제발 아프지 않았으면 좋겠다. 추억은 아름다우니까.

원주민의 임종이 곧 그들이 사용하는 언어의 종말이지만, 내 인생의 기록은 영원히 살아있을 것이다. 그 기대감으로 아직 나의 체취와 체온이 남아있을 때 지난날의 이야기를 쓴다. 그래서 오늘도 메모지를 더듬고 잃어버린 기억을 떠올려 본다. 흐트러진 편린의 조각들을 모아 책으로 묶기 위해서다.

하나의 단어가 문장이 되고 그 단원들을 팩트별로 경계를 나누어 쓰면서 유언장을 작성할 때처럼 몇 번이나 무거운 가슴을 쓸어내렸다. 뭉클해진 가슴은 넓은 운동장이 되어 일생의 희로애락이 모두 모여 집에서 산으로 다시 도시로 오가다가 때로는 뛰놀기도 하고 웃고 울기도 한다. 그런 일생을 봄바람에 산발한 머리칼을 빗으로 곱게 빗어 내리는 것 같이 정리하는 수작업이었다.

불현듯 내 나이가 벌써 이렇게 많은 세월에 먹이가 되었나 하는 자괴감이 자신을 괴롭혔다. 조용히 일생을 마감할 때 되어 자서전은 준비하는 것이라는 편견이 용기의 발목을 잡는다. 요즈음 '내 나이가 어때서'라며 나이 든 자신을 위로하고 사랑을 앙탈하는 가요가 인기를 얻을까마는 현실은 받아들여야 한다.

누구나 그렇듯이 아름답고 행복한 꽃길만을 걸으며 평생을 살아온 사람도 없지만 추악하고 고통스런 가시밭길만 걸어온 사람도 당연히 없다. 잘 나가는 정치인도 인기 많은 연예인도 허물로부터 자유로울 수 없고 아플 때도 있는 것이다. 무릇 인생은 멀리서 보면 희극이지만 가까이에서 부딪히면 비극이다. 다만, 촉촉하게 물기가 배여 있는 추억이든 서슬이 퍼런 결단이든 치유되지 않는 후회가 버겁다. 그 후회는 해본 것보다 안 해본 것이 더 애절한가 보다. 그 잔영이 떠나질 않는다.

살아가는 시간의 총량은 동일하지만 개체가 갖는 시간은 대칭성이다. 시공간을 초월하여 돌아갈 수 없는 길이 있다면 그것은 그동안 살아온 시간이다. 그 길에 남긴 발자국은 지울 수 없다. 좋든 싫든 내가 예쁘게 가꾸었고, 그렸고, 또한 아무렇게나 낙서도 했지만 이제 지울 수도 고칠 수도 없다. 하지만 그 끝자락을 부여잡은 손은 놓아야 한다.

아주 멀리 왔지만 남은 길도 20여 리나 남아있다. 여생은 그동안을 반성하고 전철의 후회를 반복하지 않는 거다. 인생을 무엇으로 퇴고할 것이냐가 아니라 어떻게 마무리 지을 것이냐가 목표가 되었다. 그 목표는 가슴이 까맣게 탈 때까지 채우지 못할 욕망이지만 유일한 낙으로 삼으련다. 그것은 천으로 포장하거나 덧칠한 화장발로 화려하지 아니하고 그렇다고 비루하거나 누추하지 않고 담백한 덕과 지성으로 채운 어른으로 곱게 늙어가는 것이다. 나이가 들어간다는 것은 열정을 잃어가는 것이다. 허나 모자람을 인정하는 여유도 있다. 늘 배우는 마음으로 살아가련다.

이 책을 쓰면서 그동안 살아온 아름다웠고 슬펐던 삶을 기록하고 생각들을 추슬러 보기도 하고 때로는 아름다운 노년을 위한 다짐도 하고 오랫동안 마음에 간직하고 있는 소회를 들추어 엮은 것이 이 글의 본질이다.

'모든 초고는 쓰레기다'라는 말이 있다. 그래서 그럴까? 초고를 쓰는 것보다 퇴고하기가 오히려 어렵고 시간도 많이 걸렸다. 처음 쓰는 책이라서 일단 쓰고 나니 뭔가 아쉽고 부족한 부분도 많지만 내용이야 어떻든 살아있는 한 권의 책을 출간하게 됐다는 점에서 안도감이 든다. 허나 기쁨의 순간은 짧고 미련은 오래 남는다. 이 글을 읽는 분들은 하루면 족하겠지만 여운은 평생 가슴에 남아있으면 싶다.

마지막으로 이 책을 쓰도록 용기를 준 착한 아내 가동실 여사와 기품 있는 아들 혁률이, 그리고 지혜로운 큰딸 하림이, 슬기로운 작은 딸 유진이에게 마음에 사랑을 주노라.